理性の周縁

理性の周縁

古典主義時代と近代の再考

鈴木球子――編

水声社

理性の周縁　◉目次◉

序文

鈴木球子

フランスの十八世紀は、長らく「啓蒙」という枠組みで捉えられてきた。理性の光によって迷信や偏見の闇を打ち払い、教会に代表される伝統的権威や旧来の思想を批判的に検討したという「啓蒙」についての説明は、よく知られている。そして、啓蒙や人間の理性、進歩主義への期待は、未だに根強く存在する。「啓蒙主義の理念を二十一世紀の言語と概念で語り直そうと[1]」試みる、二〇一八年に出版されたスティーブン・ピンカーの著書『21世紀の啓蒙[2]』の副題「理性、科学、ヒューマニズム、進歩」は、そのことを示している。その一方で、十八世紀や「近代」と呼ばれる時期の再考は、これまでに多くの研究者によって行われてきた。「理性主義」のみに注目する捉え方は、近年減少していると言えるだろう。反啓蒙、非理性、あるいはアンチ・モダンやポスト・モダンなど、様々な言葉を耳にする。『啓蒙の百科事典』の「総論」で長尾伸一は、二十世紀以降の世界大戦やグローバルな格差などを経て、近代社会の在り方への疑念や「人間中心主義」からの脱却の試みが広がったことと、啓蒙への批判が広がったこととの関連性を指摘し、「現代の思想が『啓蒙』と『反啓蒙』の対立を巡って展開しているようにさえ見える」[3]と述べている。こうした「対立軸」の形成が、近代という時代を見直し、考察するための重要な転換点になったのは事実であろう。だが、近代社会への疑念から「反啓蒙」という考えが導きだされたこと自体が、啓蒙と近代との直線的かつ不可逆的なつながりを想定しているわけで、この対立は実は表裏一体の関係にあるように思われる。

啓蒙時代というのは、厳密に言えばあいまいな区分であるが、一般的には「ルイ十四世の死（一七一五年）から革命の勃発（一七八九年）にいたるあいだの十八世紀のおよそ七十五年間」を「啓蒙の世紀（Le Siècle des Lumières）」と呼ぶだろう。[4]しかし、理性についての言及は、むろんこの時期以前にも行われてきた。古くはその源を古代ギリシャの dianoia にまで遡ることができるし、あるいはラテン語は ratio の語を充てた。ミシェル・ドゥロン監修の『ヨーロッパ啓蒙辞典（*Dictionnaire européen des Lumières*）』は、「悟性」と「理性」は固く結びつく二つの概念であったと述べた後で、もともと後者がより「高尚」で「包括的」なものであったとする。理性はより「一般的」であるとされるが、「アリストテレス派とストア派の伝統では、（理性は）まさに理論的・実践的規範を司る『正しい理由（recta ratio）』であり、したがって高い審級」[5]であったとも述べている。そして、「この反省的思考と観想的思考、つまり至高の諸原理を知ることとの間の分離は、啓蒙の思考――スコラ学派の思潮においても、デカルト派の思潮においても――の基礎となっている」[6]とする。

「悟性（Verstand）」と「理性（Vernunft）」を明確に区別し、後者をヒエラルキーの上位にした上で、「啓蒙」と強固に結びつける一つの転機になったのは、カントである。彼は人間の認識とは、五感から入ってきた情報を時間と空間という形式によってまとめあげる直観の能力としての「感性」と、概念に従って思惟する能力としての「悟性」に基づき、より高次の「理性」によって総合的な（統一的な）像としてもたらされるものだとした。

我々の一切の認識は、感性に始まって悟性に進み、ついに理性に終るが、直観の供給する素材を処理して、思惟の最高の統一に従わせるものとしては、理性より高いもの〔認識能力〕は、我々のうちには見出せない[7]。

カントが後世に与えた影響は大きい。彼が一七四八年に刊行した小論文「啓蒙とは何か」の中で、啓蒙を「人間が自ら招いた未成年状態から抜け出ること」[8]と定義したのは有名であるが、ピンカーは先述の本の第一章の冒頭でこれを引用する[9]。とくに宗教に関する事柄においてカントはこの啓蒙について語り、啓蒙を実現するために「理性を公的に使用する自由[10]」を求める。

カントは人間の認識能力を慎重に見定める。人間は「物自体（Ding an sich）」を認識することはなく、理性は感性の先天的な形式としての時間と空間を介することによって、経験的な「物（Ding）」という認識を生み出すことが可能になる。ところで、カントより前――例えばデカルト――においても、この「人間の認識能力の範囲」という問題は、重要な位置を占めていた。デカルトは理性あるいは良識を「この世のものでもっとも公平に配分されている」「真実と虚偽とを見わけて正しく判断する力[11]」と定義する。理性は「自然の光」とも呼ばれ、「自然の光、即ち神から我々に与えられた認識能力」は「この能力によって捉えられるかぎり〔……〕真でない対象をとらえることは、決してあり得ない[12]」とされる。ところでデカルトは『精神指導の規則集』において「人間の認識とは何か、そしてそれがどこまで及びうるかを問うこと[13]」の重要性を説いている。山田弘明は「デカルトの合理主義について」において、この哲学者が理性の限界を認めていたことを指摘する。そして「理性の限界を画するということは理性の弱さを示すのではなく、反対に理性の拡張を意味する[14]」。カントにおいても同様のことが言えるのではないだろうか？　つまり彼の方法は、知の探究を人間の認識能力のうちに限ること、理性を介さない知の在り様を考察の対象とはしないことに繋がっていくのではないだろうか？　ところで、本書が目を向けたいと思うのは、まさにこの理性による認識の周縁部分なのである。理性がとらえきれないもの、言いかえれば理性主義の領域の外にあるものは、人間の知として注目されることはなかったのだろうか？

ここで視座を変えるために、「啓蒙」という枠を一旦離れよう。そもそも私たちは、これまでの考察の中で一七一五年を越え、すでにデカルトにまで遡ってしまっている。フーコーのように、古典主義時代という言葉を用いたほうがいいのだろうか？　フーコーは『狂気の歴史』で、十七世紀における「非理性」の閉じ込めや、十八世紀における理性《レゾン》を理性《レゾン》たらしめる根拠《レゾン》としての「非理性《デレゾン》」の扱いについて語った[15]。ところで、実際にヴァンセンヌやバスティーユの監獄に入れられ、最終的に精神病院に収容された、まさに非理性の一つの例と見なされるであろうサドは、彼の作品に登場する放蕩者《リベルタン》たちに、時に平然と理性を語らせたのだった。例えば、『ジュリエット物語』において、女主人公はローマ教皇に向かって、迷信に対する理性の勝利を語り、彼の権威は近いうちに失墜するであろうと告げる[16]。一方で、不思議な術を使い、未来を予言する魔女と呼ばれる女性と出会った時、ジュリエットは彼女を退けようとはしない。彼女はただ魔女に向かって「私たちはあなたのことが分からない[17]」と告げ、そして最終的に彼女からの愛を受け入れる。ここで私たちは再び「認識」の問題に直面する。つまりサドにおいて、己が認識できないものを受け入れることは、必ずしも神秘主義への回帰を意味するわけではないし、理性を有することと対立するわけでもないのである。

　フーコーはサドを、一世紀以上も前から監禁され沈黙させられてきた「非理性」が「欲望」として再び現れる時点に位置づけられるとし、彼の全作品は非理性の閉じ込められた場所のイマージュ（城や地下室、修道院など）に支配されていると述べる[18]。こうしたサド的な建物の中には、これまた閉鎖的な閨房や小部屋が多数存在するが、これは当時の貴族たちが愛を育んだ「別宅」や、フラゴナールが描く「閂」の場面を思い起こさせる。ところで、ジュスティーヌ物語の最後において、ヒロインの住む建物の「窓」から雷が飛び込んでくることを忘れてはならない。それが示すものは、もはや「人間」の非理性的な行動ではない。雷の暴力性は閉鎖空間を貫き、――つまり開かれたものにし――理性／非理性の対立を凌駕する。ところで、ジュスティーヌはこの雷による己の死の到来を予感していた。

しかしふいに彼女の気分が変わり、その原因は検討もつかなかった〔……〕。彼女は友人たちに囲まれているときも、時に泣き出す有様だったが、自分でも涙の理由を説明することができなかった。(19)

プレイヤード版の『美徳の不運』の注は、「予感（pressentiment）」は暗黒小説の重苦しい雰囲気を醸し出すのに使用されるとした後で、「予感」を偏見とみなすことを否定する言説の例を挙げている。(20)そのうちの一つが、『百科全書』のディドロによる「神智論者たち（Théosophes）」の項目であり、「予感に合理的な説明を供した」(21)とされる。

私たちは皆、予感というものを持っていて、それは私たちが洞察力や経験を身に着ければつけるほど、より正確で迅速なものとなる。〔……〕なんらかの現象が先行し、伴わない出来事はない。これらの現象がいかにはかなく、瞬間的で、微妙なものであっても〔……〕優れた感受性を持った人間はそれらに作用される。だが、多くの場合、それを重視していない時に起こるのである。〔……〕彼らはひらめきを受けたと感じ、実際そうなのだが、それは超自然的な神の力によるのではなく、細心の並外れた注意深さによるのだ。(22)

ここで重要なのは、注釈者がこの説明を「合理的（理性的）」と見なしていること、そしてディドロにおいて、こうした「はかなく、瞬間的で、微妙なもの」が「超自然的な神の力」と混同されていないことである。理性「主義」への疑問は、理性自体の否定ではない。またそれは、他の知の在り様を統一的に語ることとも異なるのではないだろうか？　本書が目指すのは、理性に対して非理性を、あるいは啓蒙に対して反啓蒙を対置することではなく、理性による認識を越えるものを、人間がどのように捉えようとしてきたのかを問い、そして理性の周縁にある――おそらく豊饒な――ものに目を向けることである。

*

本書は、二〇二二年に信州大学で開催したシンポジウム「アンシャン・レジームから近代へ、そしてその先へ――文学と哲学」での発表をもとにした論考集である。このシンポジウムでは、「十八世紀に終止符を打った革命と続く近代を通してのみ意味をなすような、十八世紀の目的論的な読解を避けること」、「従来、『啓蒙』と呼ばれてきたもの以外の要素に触れること」の二つをテーマに掲げた。それぞれの論考をささやかに紹介したい。

ミシェル・ドゥロン氏の「繊細さという概念」は、アルバン・ミシェル社から刊行された『繊細さの原則』(*Le Principe de délicatesse: Libertinage et mélancolie au XVIII*^{e} *siècle*, Albin Michel, 2011. 邦題『アンシャン・レジームの放蕩とメランコリー』)から十年を経て、あらたに書かれたものである。「繊細さの原則」とは、獄中のサドが夫人に宛てた書簡の中の文言であり、ロラン・バルトも『サド、フーリエ、ロヨラ』の中でこれに注目をした。だが「繊細さ」とはサド的な用語というだけのものではない。パスカルによる「幾何学的精神」と「繊細さの精神」の対比に遡り、ロマン主義の時代まで、数学的視点も取り込みつつ、その言葉が意味するものに迫っていく。十八世紀における幾何学に対する微積分学の位置づけ、無限小つまり「零」への限りない収束、そして「何かわからぬもの」や「ほとんどないもの」に向けられる繊細な眼差しについて語る。

「スピノザ哲学から十八世紀の唯物論へ」は筆者が著した。十七世紀に自由主義者《リベルタン》たちによってフランスに持ち込まれたスピノザ哲学とその解釈の間の食い違い、あるいはスピノザ哲学と啓蒙時代の唯物論との間の齟齬が、いったい何に由来するものなのかを考察した。とりわけ「無限から有限への変状」というスピノザの発想は、当時もっとも理解を得られなかった部分である。現代的視点から見れば、そこには個物が発生する瞬間――零でなくなる瞬間――への意識がある。有限の存在である人間が、己の観念にどのように迫りうるのかという「認識」の問題がその背後にあることを、明らかにしようと試みた。

松本潤一郎氏は「真理と信仰――パウロ、ルソー、バディウ」において、近代と資本主義をほぼ同じ広がりを持つ概念として定義した上で、近代とルソーとの関係を考察する。つまり、近代あるいは資本主義生産様式を基盤とした新たな社会における新たな「社会契約」について語っている。ルソーの思考には、福音のキリスト教が影響を及ぼしている。ルソーとパウロをドゥルーズ的な意味において「反復」するものと捉え、さらにアラン・バディウのルソー論とパウロ論を通して、近代、そして現代における「契約」の意味を問い直している。

「理性的」「合理的」であることが頻繁に説かれた時代に、「詩的」であることは果たして可能だったのだろうか？　続く二本の論文は、この問題に迫る。シャルル・ヴァンサン氏の「十八世紀の修辞技法としての『擬人法』の誕生」は、「擬人法」という文彩《フィギュール》が、十八世紀にどのように誕生したのかを明らかにする。この語にあたる修辞形象は古代より、プロソポペイア（活喩法）や寓意を介して記述されてきた。擬人法を文彩として確立したのはフォンタニエであるとされるが、むしろそれ以前のクレヴィエや彼の影響を受けたボーゼの役割に目を向けている。そして、擬人化という形象が持つ詩性を分析し、「良識と理性」の名においてそれが退けられたことも指摘している。

吉田正明氏は十九世紀フランスの作家や詩人たちが、**voyant**という言葉をどのような意味で用いてきたのかを検証する。**voyant**は預言者、千里眼を持つものを指すこともあれば、宗教的イメージと結びつくこともある。しかし芸術家、小説家、そしてなによりも詩人と同一視されることがあった。詩人とはアナロジーを通して可視と不可視の世界を結びつけ、それを言葉に翻訳し、表現しうる存在である。とりわけ詩人ランボーがこの語に込めた独自の意味に迫っている。

クレール・フォヴェルグ氏は十八世紀の知の集大成ともいうべき『百科全書』を取り上げる。『百科全書』は単に学識の秩序化や体系化を目指したものではない。それはある「哲学的精神」に支えられて制作されたものであった。一方で、「哲学史」という新たな領域も『百科全書』においてかたちをとる。それは「哲学」を体系としてではなく、メタ的に捉える視点でもある。

最後に「本書に登場する辞典とその周辺」と題して、フランス＝ルネサンス期から十八世紀にかけて編纂された主な辞典について、簡単に解説をしている。

*

本論集では（そしてシンポジウムでも）、十八世紀を念頭に置きつつも、一方で「世紀」という厳密な時代区分から自由であろうともしたため、幅広い年代における様々な題材を扱うものとなった。だが、それらを通して、共通する問題が浮かび上がってきたのではないだろうか？　言葉や物を「体系」のうちにではなく、個々の誕生の瞬間や生成において捉えること、つまり「零」と「零に限りなく近いもの」を意識すること、あるいは言葉の詩性やメタ的な役割に注目すること……などである。ところで「論文」や「論考」には、一般的に明証性や可視性が求められる。しかし本書は、それらをおそらく欠くものについて注意深くあろうとする試みである。

［注］

（1）スティーブン・ピンカー『21世紀の啓蒙──理性、科学、ヒューマニズム、進歩（上）』、橘明美・坂田雪子訳、草思社、二〇一九年、三一頁。
（2）*Enlightenment Now: The Case for Reason, Science, Humanism, and Progress*, Viking; Illustrated edition, 2018.
（3）日本18世紀学会、啓蒙思想の百科事典編集委員会編『啓蒙思想の百科事典』、丸善出版、二〇二三年、二頁。
（4）同書、九六頁。
（5）*Dictionnaire européen des Lumières*, publié sous la direction de Michel Delon, Presses Universitaires de France, 1997, « RAISON », p. 1061.
（6）*Ibid.*
（7）カント『純粋理性批判』、篠田英雄訳、岩波書店、一九六一年、一七頁。
（8）カント「啓蒙とは何か」、『カント全集』第一四巻、福田喜一郎訳、岩波書店、二〇〇〇年、二五頁。
（9）ピンカー、前掲書、三三頁。
（10）カント「啓蒙とは何か」、前掲書、二七頁。
（11）Descartes, *Discours de la méthode*, texte établi par Victor Causin, Levrault, 1824, tome I, p. 122. デカルト『方法序説』、落合太郎訳、岩波書店、一九五三年、一二頁。
（12）Descartes, *Principia philosophiae*, 1644, [1.030]. デカルト『哲学原理』、桂寿一訳、岩波書店、一九六四年、六八頁。
（13）Descartes, *Règles pour la direction de l'esprit*, *Œuvres de Descartes*, texte établi par Victor Cousin Voir, Levrault, 1826, tome XI, p. 245. デカルト『精神指導の規則』、野田又夫訳、岩波書店、一九五〇年、五五頁。
（14）山田弘明「デカルトの合理主義について（二）」、『哲学研究＝The Journal of philosophical studies』四六（五）、京都哲学会編、四二二頁。
（15）フーコー『狂気の歴史〈新装版〉』、田村俶訳、新潮社、二〇二〇年、四二六頁。
（16）Sade, *Histoire de Juliette*, Gallimard, « Bib. de la Pléiade », p. 856.
（17）*Ibid.*, p. 663.
（18）フーコー、前掲書、四四六頁。
（19）Sade, *Justine ou les Infortunes de la vertu*, p. 119.

(20) *Ibid*., « Notes et variantes » des *Infortunes de la vertu*, p. 1177.

(21) *Ibid*.

(22) *L'Encyclopedie*, 1er version, tome 16, 1751, p. 253.

繊細さという概念

——紳士《オネットム》からロマン主義のヒロインへ

ミシェル・ドゥロン
（鈴木球子訳）

十八世紀は、対立する二つのものに頼って考察された。アンシャン・レジームと大革命、伝統と啓蒙思想、合理主義と感受性、貴族的価値観とブルジョア的価値観、さらには古典主義とロマン主義などである。四半世紀前にアルバン・ミシェル社のステファン・バルザックに誘われ、観点を少し変える目的でエッセーを出版したとき、本の仮のテーマとタイトルとしての枠組みは「リベルティナージュ（一）とメランコリー」、つまり自由の主張と不満足の検討であった。自由思想《リベルティナージュ》は百科全書派の思想の兆しとなったが、時にそれに逆らうものでもあった。メランコリーは進歩を望んだが、それを拒否することもしばしばであった。この二つの言葉は、明確な矛盾を生むことなく、互いに作用し合っていた。本が書き上がると、アルバン・ミシェル社の編集長、フランシス・エスメナールは、『繊細さの原則』にこだわり、『十八世紀のリベルティナージュとメランコリー』という副題をつけた。

時は二〇一一年。その二年前にガリマール社から出版されたダヴィド・フェンキノスの小説『繊細さ（二）（*La Délicatesse*）』は商業的成功を収め、マリオン・コティヤール主演で映画化された。それはある若い女性の恋愛物語であり、彼女は幸福に恵まれてのんきに暮らしているが、夫の不慮の事故死によって無残にも打ち砕かれ、その後、辛い喪の期間を経て、新しいパートナーとの愛情をゆっくりと再発見し、自分自身を再構築していく。タイトルの「繊細さ」は、登場人物の感受性と小説家の細やかな視点の両方を反映している。それは、日常生活の単調さに紛れ込んでいるように見えるが、豊かな感情表現を生み出し、作家の注目を引き付ける、ささやかな出来事を指している。フランシス・エスメナールは、編集者としての洞察力で、大々的な説明的論文やスローガン、型にはまった表現から離れ、時代の空気の中にある言葉をつかんだのだ。『繊細さの原則』とは、おそらく現代的なニーズのはるかな起源に関心を持ったのであり、実在に即した興味の考古学に取り組んだのである。このエッセーは、私たちが十八世紀から学べること、すなわち「人生に対してそれが投げかける繊細な眼差し(三)」で結ばれている。新たな表紙に合わせて、私は序文に、頭に浮かんだこの表現の使い方に言及する段落を加えた。

もし、この繊細さの務めを表明する者が、荒々しさと粗野の類語となった名を持つ者でもあるなら、そもそもそれは矛盾なのだろうか？　一七八三年の冬の間、サド侯爵はヴァンセンヌ城で待ちくたびれていた。彼は書簡に遊んでおり、彼の下着に侯爵夫人が払った気配りを、突如官能的な洗練であると解釈しようとする。「私の汚れた下着を、古い下着をお望みか？　あなたはこれが繊細さの極致であることをご存じだろうか？　どれほどわたしが事物の価値というものを感じるかお分かりだろうか。よく聞き分けてくれるように、わたしの天使よ。まったく何としてでもわたしはこのことであなたを満足させたい。ご存じのようにわたしは各人の好みというものを、奇抜な思いつきを尊重するのだからだ。どんなに風変りなものであっても、わたしはこうしたすべてを尊重に値するものだと思っており、こうしたすべてを抑制することはできないわけだし、またもっとも奇妙で奇怪なものでも、よく分析してみると、いつも繊細さという原則に遡るものだからだ(一)。

そして囚人はこう付け加える。「お望みとあらば、わたしはその証明を引き受ける」。妻への五十通の手紙の注釈者は、この分析を発展させたサドの二つの作品をまさに思い出す。[2] 閨房で哲学上の問題について省察するドルマンセ〔『閨房哲学』の登場人物〕は、性愛における真の残虐行為とは「諸器官が極端に敏感である結果」であり、「極めて繊細な存在にのみ認められる」ものだと説明する。「そして、その敏感さがもたらす行き過ぎこそが、繊細さが洗練されていることに他ならない」。感覚は器官を常に過敏にする。『ジュリエット物語』でノアルスイユは語彙の点ではさほど独創的ではないにせよ、似たような論を述べる。残酷なやり方とは、リベルタンにおいて「享楽の哲学で言うところの、その繊細さの履行」である。「繊細さの同様の諸々の原則」は、各人の身体的特徴に応じて対照的な行動を引き起こす。「私にはその棘しか見えないのだが、感情のバラの花しか知らない女性的な恋人と同様に、繊細さの諸々の原則に従って私は行動している。〔……〕この女性的な繊細さは彼に任せている[3]」とノアルスイユは説明する。ノアルスイユは、対称のものとして、男らしいとでも呼びたいような、邪悪で残酷なもうひとつの繊細さを名指ししているわけではないが、無情さに転化したこの繊細さは、ジュリエットという女性像に具現化される。以前は単数形で言及されていた原則（le principe）が複数形の「諸々の原則（les principes）」になったことはおそらく、同じ衝動の相反する形を区別するのに役立つかもしれないが、その共通の起源を曖昧にすることにもなる。繊細さという分野の出現をたどるためには、ある調査が是非とも必要である。繊細さとは、自然や幸福、作用と反作用やエネルギー、共感や好奇心のような、思想史における偉大な研究対象についての証拠や可視性をおそらく欠くものであるが、その歩みはこの時代を理解する上で示唆に富むと思われる。

一　礼節

一六七一年、『ガバリス伯爵』で知られ、シルフとシルフィードの流行を生み出したモンフォコン・ド・ヴィラール〔一六三五—一六七三頃、ヴィラールの修道院長、作家〕は、『繊細さについて』を出版した。同じ頃、パスカルの文通相手であったメレの騎士〔一六〇七—一六八四、本名はアントワーヌ・ゴンボー、フランスの作家〕は、「物事と表現における繊細さについて」というエッセーを書いた。彼はその草稿をしまっておいたのだが、一七〇〇年に『遺稿集』に収められた。パスカルが幾何学的精神と対比させた繊細の精神や、ブウール司祭〔一六二八—一七〇二、イエズス会の司祭、文法学者〕の『アリストとウジェーヌの対話』の一節が充てられた「何かわからぬもの」のような、より頻繁に認められた分野の流れを、繊細さは踏襲している。幾何学者がいくつかの抽象的な原則を定め、演繹によって推論するのに対して、繊細な（fin）精神は「とても精緻で非常に数多くの」原則を包含するので、「それらの支配から脱するのはほとんど不可能である」。

> （こうした繊細なものたち）はほとんど見えない。見えるというより感じられるものなのだ。それを自分で感じていない人々に感じさせるには非常に骨が折れる。あまりに繊細で多数であるので、それらを感じ取り、その感覚に従って正しく公平に判断するには、いたって繊細な曇りのない感覚が必要である。それらを始終幾何学のように順序立てて実証することはできない。というのも、人間はこれらの原則をそのような仕方では所有していないし、そのようなことを企てるのは、際限のないことだろうからだ(4)。

「繊細な（délicat）」という語は、観察の対象と観察者の性質の両方を特徴づける。より一般的で抽象的な分野は「繊細（finesse）」である。幾何学的精神（l'esprit géométrique）が一つずつ、秩序立てて前進するのに対し、繊細な精神（l'esprit de finesse）は、直観的に、一つの手法に単純化されることなく、多種多様な対象を扱う。それは無限を視野に入れている。

ブウール司祭は、フランス語の独創性、特定の諸々の感覚の特殊性あるいは社会的行動の理想を語るのに、同じような語彙に訴える。言葉は常に進化している。対話の相手の一人は、finesseという言葉が新しい意味を持つようになったと言う。「かつては、策略、巧妙、あらぬ警戒心を意味していたが、今日では、繊細さ（délicatesse）、完璧さを意味する。かくして、『精神の繊細（finesse）』『芸術的な精巧さ（finesse）』と言うのだ。この作品は芸術的な精巧さをすべて備えている[5]」。しかし、複数形では、この言葉は古い否定的な意味を残している[四]。言語は、いかなる厳格で決定的なコードにも還元されえない。「繊細な（délicat）」と「繊細さ（délicatesse）」についても「繊細（finesse）」と同様である。

délicat, délicatesse, délicatementは常に使用されてきたが、今日私たちが使うようにいつでも使われてきたわけではない。「繊細な精神（un ésprit délicat）」、「上品な揶揄（une raillerie délicate）」、「洗練された思考（une pensée délicate）」、「それは込み入った問題（une affaire délicate）だ」「他人に誠意ある行動（une conduite délicate）をとる」「彼は心に多分に思いやり（beaucoup de délicatesse）を抱いている」、「彼は言葉の細やかさ（délicatesses）を知り尽くしている」「やや慎重に（délicatessement）推論する[6]」。

これらの意味はすべて肯定的なものであり、複数形であっても、言葉の「細やかさ（délicatesses）」は、「とらえ難い点（finesses）」という否定的な意味を免れている。ブウールは、この用語に単一の定義を与えるのではなく、可能な意味と用法の範囲を広げるために、用例を増やそうとする。さらに、ある言語においてある語が存在しないということは、その語を同等の表現で置き換えることにつながる。このようにして、語彙の貧しさは、暗示的で詩的な豊かさに変わるのである。厳密に語彙の観点から言えば、正確な用語が欠落している場合、文学的発明は「同じことを表現するおびただしい数の言い回しと方法[7]」でそれを代用する。これらの数多くの言い回しと方法は、パスカルが示した「無限」と同じような傾向を持つ。

続いて書かれた対話のうちの一つは、才人の特性を示す繊細さ（délicatesse）とは何かを問うものである。答えは比較である。

彼はホメロスのアキレウスや、タッソ〔十六世紀のイタリア叙事詩人〕のルノーに似ている。彼らは白くきめ細やかな（délicate）肌の下に、非常に強靭な神経と筋肉を持っていた。彼の丈夫さと明敏さは、物事を緻密に考えることや、考えることすべてに繊細な（délicat）調子を加えることを妨げるものではない[8]。

幾何学の精神と繊細の精神というパスカルの理想的な融合はここに来て、力と形、内面の洞察力と外面的な美しさの出会いとなる。稀有な融合と神秘的な出会い。ブウールは、人間という存在のいくつかの顕現を取り囲む不確かな光に、「何かわからぬもの」という名前をつけた。それは例えば、海辺でおしゃべりする二人の散歩者、アリストとウジェーヌの友情だ。「私たちはお互いのために存在しているし、私たちの心の間には不思議な共感があるに違いないわ」とウジェーヌは言う。「大いなる共感」とアリストは輪をかけた言い方をする。「大いなる共感とこうしたひそかな傾向のうちのあるものによって、私たちは、ある人に対して、他に人にはまったく感じない、何かわからぬものを感じるのだ[9]」。「この楽しみ、この魅力、この雰囲気」とは何なのだろうか？　それはある「理解できない、説明不能な」何かわからぬものであり、「とても微細（délicat）で知覚できないので、この上なく洞察力があって鋭敏な知性からも逃れてしまう何か[10]」である。我々はこのとらえどころのない対象に、共有の用語の積み重ねや、諸々の否定的な形容詞を通して近づく。ウラジーミル・ジャンケレヴィッチ〔一九〇三―一九八五、フランスの哲学者〕が見事に説明したように、[11]知覚できないもの、ほとんど何もないものは、あらゆる明確な合理性から逃れているように見えるものを把握するのに役立つ。近年、文学史家たちは、この友情は、フロンドの乱以降強固なものとなった君主政を取り巻く、[12]貴族とブルジョワからなる新しい社会集団の「優雅な」理想を反映していると指摘している。「繊細さ（délicatesse）」という概念は、間違いなくこの社会学的決定論の先に通じるものである。

ブウールの『対話』における自由についての語り口と、ジャンセニスム論争のさなかにあって彼がイエズス会の会員であったことは、反発を掻き立てないわけにはいかなかった。バルビエ・ドクール〔一六四一―一六九四、フランスの風刺作家〕は、『アリストとウジェーヌの対話に関するクレアントの気持ち』の中の八通の手紙において、ブウールのスタイルと姿勢を攻撃する。感覚的なものと精神的なものが混在しているため、反復的で雑然としていて、涜神的であるとさえ感じたのである。彼は、神の恩寵が「よく感じられるが、表現することのできない『何かわからぬもの』[13]」になることを受け入れることができない。心に響く魅力的な対象における「何かわからぬもの」については、それを正確に言い表すことは難しくないだろう。イエズス会士というブウールの職業は、美少年の体という魅力的な対象に対する禁断の欲望を暗示するのに十分である。モンフォコン・ド・ヴィラールはブウールを擁護し、クレアントの弁護士の一人を含む数人での対話形式を再び用いて、『繊細さについて』という題名で回答した。説明できないことについて多くを語ることができるというのは、矛盾しているのだろうか？　文学は、婉曲な言い回しや比喩表現の中で、そして多くの事例を提示することで、抽象的な思考が概念化できないことを述べることができる。クレアントを不快にする表現は、先入観のない人にとっては、雄弁なものである。例えば「ある動きを解明する」というのは、「ごくささやかなものであるためほとんど認めることができない[14]」動きを示唆する、何ひとつ気に障るものではない話し方のことである。このほとんどないものを受け入れるということは、

「最も低いものから最も高いものへと、それらの間の繋がりをたどって、気づかないうちに上昇する」ように努めること、そして「あらゆるものの間に存在する調和と類似性を通して、ある小さな題材」を大きくすることである。こうすることで、「低俗、不毛で空虚なものになりそうだった対話が、高尚で、満ち足りた、溢れんばかりに豊かな会話に変わる」[15]のである。空虚さは過剰性に転じる。『アリストとウジェーヌ（の対話）』の作者が同じ一つのテーマについて夥しい数のことを語るのに対し、『クレアント（の気持ち）』の作者はすべてのテーマについて同じことを繰り返すことだろう。ヴィラールの（『繊細さについて』の）五番目の対話とは要するに、パスカルについての長い議論と、その賭け[五]への批判である。論争者は冒涜だという非難を逆手に取る。「あらゆる題材の中で最高のもの」と「あらゆる真理の原則」は、「納得させるものというよりは愉快にさせるものである、コインの表裏ゲームでは[16]」扱うことができない。数学的議論は娯楽の一営みに変えられる。最後の言葉を発する対話者は、「この世紀の繊細さ（délicatesse）」で締めくくり、近代性を受け入れる決心をする。

「私はこの本に書くことすべてを厳密に秩序立てて並べようとはしていない[17]」と認めた上で、メレの騎士は、あるエッセーで「物と表現における繊細さ」を扱う。音楽や幾何学が秩序と方法を必要とするのに対し、社会生活はむしろ本能と偶然のもとにあるはずだと彼は考えていた。雄弁家になるには、修辞学だけでは十分ではない。「すべての繊細なものは、審美眼と感覚に基づいている[18]」。騎士もまた繊細さの定義を示さず、自分の真意を分かってもらうために、否定表現の繰り返しの中で、「何が（彼の）気に入らなかったのか分からない[19]」と告げることを選ぶ。続いて、定型表現、口調、態度によって危機を和らげ、争いを未然に防ぐことのできた八つの事例が紹介される。明確に言うために騎士は、社会的関係において避けるべきことを列挙し、よいマナーの規範を概説する。笑いを誘うこと、比喩による婉曲表現、ありふれた表現、冗談、抽象的な表現、無愛想などである。肝心なのは、自然であること、文脈に合わせることである。会話は極めて社会的な活動であり、そこでは自分を際立たせることが重要である。ブウールは「この楽しみ、この魅力、この雰囲気」について語ったが、メレも似たような三項を用いる。「この空気、この言い回し、あるいはこの口調、なんとでも呼びたいように[20]」と彼は言い、それを「私には何か感知しがたい気高いものであり、繊細で義にかなった見解から生まれ、少数の者しかそこにたどり着けない高尚な知性[21]」と表現する。「気高さと高尚さ」は、社会的なものとして捉え易いヒエラルキーと関連しており、「少数の者」とはエリートを指している。

二　語彙記述の研究

こうして十七世紀の終わりは続く世紀に、柔軟でさりげないある分野を遺すのだが、辞典やエッセーにおいてその軌跡をたどることは可能であり、それは科学の発展と関連しているものと思われる。一六九四年の初版からすでに、アカデミー・フランセーズは délicat を、「粗野な（grossier）」、「たくましい（robuste）」、「美味しくない（désagréable au goût）」と対照的に、「精緻な（délié）」、「弱い（faible）」、「美味な（exquis）」と定義した。比喩的に、délicat は慎重に判断する人や、気難しい人に相当する。名詞の délicatesse は、「洗練（raffinement）」やあるいは「軟弱さ（mollesse）」として、同様の両義性に従っている。トレヴーの辞典は、これらの意味を発展させる。そこでは形容詞に六段落、名詞に十段落が充てられ、副詞の délicatement と動詞の se délicater がその間に挟まれている。「精緻な」あるいは「微細な」という意味での「繊細な（délicat）事物」の例としては、蜘蛛の巣[22]、目や脳などの人間の器官、「ほとんど分からないような材料を使った」手工芸品などが挙げられる。素材が華奢で、指から逃れるように思え、ほとんど無になってしまうようなものであるため、作業はより困難なものとなる。ディドロ自身も、『百科全書』に「Délica（形容詞）【文法】」という項目を作成した。己の習慣により、彼はトレヴーを根拠とし、そして自分の視点から情報を変えたのである[23]。繊細なものの例として、彼は「ドイツから来た細い鎖」と「ジョダン氏の指輪型の時計」を選ぶ。ディドロは先に「鎖」という項目を執筆しており、その中で読者に「ドイツでは、この上なく小さな昆虫を実際につなぐことができるほど繊細な細工の細い鎖が作られている。それは、ニュルンベルクやドイツの他の街から運んでこられる時計だ」と教えている。哲学者にとって、鎖は物語と議論のイメージとなる。[24] 二つ目の例は時計で、十八世紀には高級品として発展し、小型化が競われ、もはや神という時計職人の手になる世界の秩序のイメージではなく、職人の創意工夫と人間の手になる物理的文明の進歩の証明となった。『百科全書』の監修者はこの機会に、彼の協力者であり、彼と文通関係にあったマリー＝マドレーヌ〔一七四一―一七九〇、フランス人女優でフェミニスト〕の父である、ジュネーブからパリにやってきた時計職人ルイ・ジョダンに敬意を表した。繊細さ（délicatesse）は、もはや洗練された理想にのみ属するものではない。百科全書家も上流人同様に繊細さを参照するし、職人技も話術もそれに関連している。百科事典の項目にはまた、先験的にかけ離れた要素同士をつなぐ、ごく微小な関係の網という考え方もある。比喩的に言えば、繊細さ（délicatesse）は思考の諸対象、それらの繊細さを見抜く方法を知っている人の洞察力、そして話したり書いたりする者と、聞いたり読んだりする者の間の同一性の作用を同時に定義する。

比喩的に言えば、遠く隔たっていないにもかかわらず、共通するごく微小な関係を最初は見つけることのできない考え同士が結びつく時に、ある思想は繊細で（délicate）あると言われる。そうした関係はある心地よい驚きを引き起こすし、美徳や誠実さ、厚情、享楽、喜びといった付随的で内密な観念を巧みに呼びさまし、そして間接的に私たちが他者や自分自身について抱いている好意を仄めかす。ある表現を繊細で（délicate）あるというのは、それが明確に考えを表明しているのだが、それが隔たったものから隠喩によって借用されたものであり、わたしたちが喜びと驚きをもってその急な接近を目にする場合である。

この項目が掲載されている『百科全書』の第四巻の終わり辺りのページを読むと、Délicat（繊細な）からDélicieux（非常に快い）、Délié（精緻な）へと文章が連続しているように感じられる。アスタリスクのついた「文法」の見出しを掲げた三つの項目は、間違いなく同じ衝動によって作成されている。Délié の項目は、用語辞典としての要求と、言語の微細さと戯れるエクリチュールの創造性との間の、常に張り詰めた緊張の中で、言語の緻密な辞典を考案する。[25]

これらすべての区別がどのようなものであれ、言語を熟知し、とても鋭い頭脳を持つ者がこうしたすべての表現を定義し、それらを区別する感じ取れないほど微細なニュアンスを正確に記す仕事を引き受けることが望ましいだろう。

ディドロ自身、Délicieux という項目で、覚醒状態から眠りへの移行をある描写で示した際に、この行為を実践した。繊細な注意を払うことができる者にとっては、拮抗する二つの状態が重ね合わされている。言語学的な区別の観念は、あいまいな詩情へと変容する。文学は、明確な項目化から逃れようとする感覚を表現しようとする。それは、忙しい一日の終わりに眠りにつく人々に約束された、心地よい休息、「言葉にできない魅力」である。

分からないほどの変化を通して、彼は覚醒状態から眠りへと移っていった。しかし、この知覚できないほどの移行の直後に、すべての能力が衰えていく中で、彼はまだ十分に目覚めていた。**はっきりとした何かを考えることができない**としても、少なくとも自分の存在の甘美さを余すことなく感じることができるほどには。

（強調は論者による）

マルモンテル〔一七二三―一七九九、百科全書派〕は、『百科全書』補遺においてDélicatの項目を補足する必要性を感じた。Délicatesseの項目にずっと沿って、finesseとdélicatesseが比較される。finesseは精神の問題であり、délicatesseは魂の問題であるとされている。「この上なくささやかなニュアンスも、束の間のはかない特性も、知覚できない関係も、繊細な感覚から逃れるものはない。すべてがその対象なのだ[26]」。その対象に適い、慎み深さを尊重するためには、表現は「婉曲であるかあるいはやや難解」でなければならない。ブウールによってすでに推奨されているように、「薄い見せかけの覆い」は魂を安心させ、同時に裏切る。繊細さを我がものとしたディドロやマルモンテルとは対照的に、コンディヤックは『類義語辞典』の中で、délicatesseをfinesseと同一視し、また否定的な記号の証とみなした。それゆえdélicat（繊細な）はscabroux（厄介な）の同義語となり、délicatesse（繊細さ）はmignardise（微妙な優しさ）と同義になる。それは「わずかでもそれ以上あるいはそれ以下であったならば、損なわれかねないであろう」喜びである。「私たちはまた、こうしたちょっとした愛撫、ささやかなお世辞、弱い人を喜ばせようとする小さな気遣い、子供を甘やかそうとする気遣いを、『うわべだけの優しさ（mignardise）』と呼んでいる。『うわべだけの優しさで育てられる[27]』」。優雅な繊細さは偉大さの側にあったが、今は小心さの側にある。かつての社交性の最たるものは、カリカチュアと化す。J＝C・アブラモヴィシは、「中身のないことを話すためにせよ〔……〕、あるいはいわゆる学識を隠すためにせよ〔……〕、あるいは気取って他の人たちと同じように話さないようにするためにせよ〔……〕、結局は何の意味もないこうしたお世辞を述べ、他の人たちのように話すために[28]」、言葉の乱用に陥りかねない諸々のニュアンスに基づく作用を、コンディヤックが明晰さによって最終的にどのように退けたのかを示している。優雅さとしての繊細さを非難するのに、これ以上の方法はない。

三　多様性と無限

辞典から辞典へと、世紀のこうした横断から、ある新たな美学が引き出される。一七一九年以降、マリヴォーはそうした美学によって、言葉ではいい表せない名前のないままの心の動きを過小評価する明晰さという固定観念をはねつける。作家は「明晰な点」を見つけるであろうが、それは視線にとっての距離点のように、鮮明さと、人間のある種の現実を最もよく表現するぼやけた示唆との配合にある。粗雑な人間、あるいはマリヴォーの言葉を借りれば鈍い人間が「不明晰さ」と呼ぶものは、それ自体あるいは互いの関係における、こうした現実の「繊細さ（délicatesse）」なのである。

〔……〕最初ははっきりと目に入るが、共通点があまりに薄く、なじみがないために、見たとしても自分の目に収めておくことが難しい、諸々の思考がある。このような対象の消失を経験した人は、作者ではなく、自身を非難することしかできないのである。(29)

『哲学者の書斎』の第二葉は、「美」と「何かわからぬもの」の住処に割かれている。マリヴォーはそこでは繊細さ（délicatesse）には言及せず、モンフォコン・ド・ヴィラールの、ある同一の主題が「多数のもの」を触発しうるという考えを取り上げている。神話に登場するのは三人の美神だけだが、「何かわからぬもの」の住処には無数の美神がいて、次々と現れるようである。「彼女たちはいたるところにいて、いかなる側にもいない。一人ではなく、常に何人も見かけるのだった(30)」。この美神の多様性は、サドが拒絶した女々しい繊細さへの批判を予期しつつ、バルビエ・ドクールの同性愛嫌悪的な暗示に応えうる。「絶えずあなたの目の前を通り過ぎるこの非常な数の美神たちの中で〔……〕あるものはより男性的であり、あるものはより優しい」。「何かわからぬもの」は、優劣をつけずに二つの性に言及する。「私をある一つの形において探さないでください。私の姿は千差万別で、一つも定まったものはないのです[31]」。

モンテスキューは性向の多様性にも敏感で、法や習慣の相対性について長い間研究した。「性向に関する試論」の中で彼は、思いがけない驚くべき関係を築く付属的な思考に触れている。二つの章が「繊細さ」と「何かわからぬもの」に充てられている。繊細さは、観念と感情の永続的な豊かさ、全面的な関係における類縁の増殖として提示される。

繊細な（délicat）人とは、自身の各観念や性向に、多くの考えや多くの性向を付随させている人である。粗野な人は一種類の感覚しか持たない。彼らは構成することも分解することも知らないのだ。彼らは自然が与えてくれるものから別のものを足したり引いたりしない。一方、恋愛においては、繊細な人はその喜びの多くを己で作り上げる[32]。

固定化し硬直化した、常にそれ自身と同一である「美（beauté）」とは対照的に、「何かわからぬもの」は魅力、優美さとして感じられ、絶えず動き、妙味を帯びた様相を呈することができる。「一言でいえば、一人の女性は一つの方法でしか美しくあれないが、十万もの方法できれい（jolie）であるのだ[33]」。マリヴォーの千の美神から、私たちは無限への飛翔において十万へと進んだのである。

決して到達することのないこの限界に向かう運動としての「何かわからぬもの」についてのマリヴォーの文章において、ある表現が印象的である。「〔……〕しかし、何一つ完成していないこと、あるいは私たちがそこに置きたかったものすべてがそこにないことが必要であった。というのも、私たちはのべつそこに何かが新たに付け加えられるのを見たのである」。この表現は十八世紀の読者はともかく、今日の読者にとって、当時の数学者の心を占めていた方程式の変数——微積分学における恒久的な増減と定義される——を連想させる。微積分学とは、ニュートンとライプニッツが曲線の接線や円積問題を解析するためにともに説明したものであり、微積分学の新しい概念化[六]が行われる前の、十八世紀前半に普及していたものである。ロピタル侯爵の定義は次のようである。「変化量が連続的に変化する無限に小さい部分を差異＝微分（différence）[七]と呼ぶ」。「変化量が可変的で継続的に変化する無限に小さい部分は、その量の微分、あるいはその第二の微分と呼ばれる」[34]。ジャン＝ピエール・ドゥ・クルーザ〔一六六三―一七五〇、スイス人の哲学者、数学者〕は、『無限小解析注釈』の中で、「無限小、知覚できない量」、新たな美学の知覚できない動きと結び付けられうる「一位の無限小、つまり〔……〕まったく知覚できない減少[35]」というような言い回しを使用する。エノー議長〔一六八五―一七七〇、フランス人作家、歴史家〕に言わせれば、マリヴォーは際限なく心を分割できることを証明しうるようである。明晰さを支持する者たちは、マリヴォー流の気取った文体（マリヴォラージュ）や装飾過剰さ、回りくどい表現という言葉を口にするが、微積分学が幾何学的確信を乱すように、新たな文体は彼らを苛立たせる[36]。

ブウールやメレにとって、繊細さやほとんど気づかれないものへの配慮は、「礼節ある人《オネット》々」や「才人たち」の特性であったが、十八世紀にはそれらは学問分野や職業の多様性においてますます現れるようになった。それらは宮殿からサロンへ、アカデミーから工房へと移っていった。ディドロの署名であるアスタリスクのついた『百科全書』の「繊細さ（Délicat）」の項では、文字通りの意味、あるいは単純な意味は、宝飾品や時計類と関連しているようである。比喩的に言えば、「繊細な区別」や「微細な違い」は鋭い目を逃れ、「最高のもの」だけに適用される。エリート主義は個人の資質の問題である。その数年前、ディドロは『盲人書簡』の中で、私たちの感覚の限界は回り道や革新という行動を強いるものだと述べていた。盲人は聴覚的な注意を発達させる。

彼は驚くほど音についての記憶の働きをもっている。盲人が音声において観察するほどの多様性を、我々に顔に見出さない。音声は盲人にとっては無限に繊細なニュアンスを持つが、それは私たちにはとらえきれない。というのも、私たちは盲人と同様の関心を持ってそれを観察してはいないからだ[37]。

繊細さはもはや、生まれつきの特権や社会的な豊かさに基づくものではない。言葉の不足は、外国人に独創的な表現の仕方を考案させ、彼らが性質の「繊細なニュアンス[38]」を感じ取る手助けをする。あらゆる不足は挑戦となる。それは考案を強いる。目が見えないからこそ、盲人は並外れた聴覚、そして触覚を身につける。

この傑出せる盲人（数学者ソンダーソン〔一六八二―一七三九、イギリス人の数学者〕）の例は、訓練によって磨きをかければ、触覚は視覚以上に鋭敏になりうることを証明している。というのも、彼は一連の貨幣を両手でたどって、本物であるか偽物であるかを見分けたのである[39]。

これらの能力は社交性に役立つようにではなく、さまざまな活動のために使われる。自分の感覚的な障害に、サンダーソンは個人的な卓越性を加えた。同様に、偉大な音楽家は、新しいリソースの発見を可能にする技能を熟練のものとした。『おしゃべりな宝石』のある章では、リュリとラモー[八]、別名ウトゥミウトゥソルとウレミファソラシウトゥトゥの論争を、架空のオリエントに移し替えている。彼らの名前だけで、後者がまったく新しい音楽の可能域を切り開くことが示唆されている。「ウレミファソラシウトゥトゥより前には、恋愛と官能的なもの、官能的なものと情熱的なもの、情熱的なものと煽情的なものを分ける繊細なニュアンスを、誰も区別していなかった[40]」。しかし、性向の変化は美学的価値観の決定的な固定化を退ける。ラモーの優位性は相対的なものであり、イタリア人たちは間もなくパリで頭角を現すことになる。一七七二年二月、『文学書簡』誌は、ガリアーニ司祭の発言を伝える。フランス人たちは、織物、料理、香水などの「繊細で微細な変化の違い」を扱うことに関しては完璧だそうだが、音楽に関しては非常に不完全であり、イタリアから学ばなければならないだろう。繊細さは国民的な資質かもしれないが、それは文字通りの意味でも比喩的な意味でも、分野によって多様化する。実詞が使われる場合は明示的であり、あるいは微妙なニュアンスを探り当てて表現する場合は暗示的である。

偉大な俳優とは、「各原色が複数の色合いに分かれるのと同じように」声色を多様化させることができる人であり、「知覚できないほどの段階」を辿ることによって「行為の真実を構成するすべてのニュアンス」を観察し、「これらの繊細なニュアンス(41)」を見逃す人の目には同じように見える登場人物を区別するものを明らかにする人である。優れた司法官とは非常に鋭く、「繊細なニュアンスや、両者を区別するほとんど知覚できないほどの差異(42)」を見抜き、事件を分析する人のことである。偉大な医師は患者を観察し、「細かい違い《ニュアンス》があまりに微々たるもので繊細なため、大層炯眼な者の目から逃れる(43)」特定の気質を見抜くことができる。色調とはなによりもまず色の変化であるから、偉大な画家とはもちろん、一見似ている二つのものの間に「微妙な変化、繊細な差異(44)」を見出すことができる人である。引用を重ねる必要はない。世紀末における繊細さ（délicatesse）の観念の状況を素描すれば十分だろう。ポール・ロワイヤルをめぐる議論から観念学をめぐる議論に至るまで、辞典編纂の取り決めと文学的エクリチュールの自由への希求との間で論議が繰り返されていることが確認できる。パリの聾唖院の院長であり、学士院に選出される前は師範学校の教師であったシカール司祭は、我々の言語が矛盾に満ちており、規則が例外だらけであることを嘆く。彼は、「哲学はしばしば、熟練した見解と繊細な識別によって言語を豊かにしてきた(45)」と述べて自らを慰める。彼の視点がなにより教育学的であることは事実だ。識別することで、言語の優柔不断さをなくし、「何かわからぬもの」を回避することができるだろう。同じ年、シャルル・プーガン〔一七五五―一八三三、フランスの作家、翻訳家、多くのアカデミーの会員に選出された〕が自分の辞典計画を構想したとき、彼はもっと巧妙なように見える。彼は

「言葉のさまざまな受容、これらの繊細ではかないニュアンス」を調査するつもりであった。「天才や趣味のよい人にとってそれらは、割り振られるというよりは示されるものであり、書くことは描くことであり、感覚や細かい点でもってのみ悟性や理性、心に届くものであると、彼らは本能や自身の才によって知ったのだ」。彼はいくつもの文学的な例を提示しようとする。「〔……〕これらの透明な石が、それが置かれた背景の色を帯びるのと同じように、それぞれの言語表現は、それを使用することも配置することもできる作家の技法によって、絶えず変化する」。辞典編纂者は用語一覧表に大きな余白を残し、儚さと無限を示唆する。彼は、同義語を単なる等価語と考えることなく、同義語の目録を作成したいと考え、辞典からあふれんばかりの分析のインフレを避けるために、同義語を区別する「それぞれのニュアンス」を示すにとどめる。[46] 最後に、彼は思慮深い新語法を受け入れる。彼の企画においては、繊細さは可能性の場への入口であり続ける。

四　スタール夫人とサド

二人の作家が、大革命後の再建中のフランスにおいて、それに特別な位置を与えた。ジェルメーヌ・ド・スタールは、繊細さを研ぎ澄まされた道徳観と表現し、小説というジャンルに「繊細さのあらゆるニュアンスに入り込み、情熱のあらゆる可能性を詳述する」ことを課した。道徳の書物が扱うものは、一般的なものと共通の規範に限られている。「模範を示すことはできるが、しかし義務にすることは理性的に不可能であるだろう、繊細さのこうしたヒロイズム」[47] を目指すことができるのは、フィクションのみなのだ。このようなヒロイズムは逃走線のようなものであり、より高次の要求を常に足しうる、境界への移行なのである。数年後、この国が恐怖政治から執政政府に移行したとき、『文学論』は、騎士道精神と名誉の原則が前提とした「一種の繊細さ」によって達成されたこの「ヒロイズムの度合い」の例を挙げている。この名誉にかかわる点は「甚だ感じやすかったので、これ以上ないほどに高揚したプライドを傷つけかねない表現を、それがどれほどささやかなものであっても、日常の諸々の関係において許さなかった[48]」。最上級の表現は、より鋭い感受性を常に目指す動きを物語っている。ジェルメーヌ・ド・スタールは、共和制にふさわしいであろう繊細さを表現することを己に使命として課した。彼女は、繊細さを旧社会だけのものだとは考えなかった。「貴族社会はとりわけ、繊細さや文体の精緻さを好むものです[49]」。繊細さはかつて社交上のものであり、形式的であったが、今や道徳的なものとならねばならない。大革命は間違いなく、習俗に低俗さを、文学に粗雑さを持ち込んだ。悪趣味が支配する。しかし、礼儀正しさと都会風の優雅さは、新しい文学、つまり行動を起こすことに熱心で、全体の利益を目指す文学にとって必要である。女性たちは、この再編成において果たすべき役割を担っていた。彼女たちは世論に影響力を及ぼすのだが、それはかつてのサロンの意見であり、以後は世評となる。彼女たちは「人間性、高潔さ、繊細さを大切にするあらゆる人[50]」を支持するようになる。道徳とは「人間に対する繊細さと献身の諸関係[51]」の探求として定義されるべきであり、創造の原動力となるものであった。アンシャン・レジームの文学は、討論の巧みさ、文体の優雅さと正確さに照準を定めており、一般的な生活の主要な問題からは切り離されていた[52]。自由と啓蒙に奉仕するエネルギーを必要とする共和制のフランスにとって、そのような資質では十分ではない。

十八世紀末の演劇舞台が、偽りの繊細さや過剰な繊細さで人々を苦笑させたり笑わせたりした一方で[53]、ジェルメーヌ・ド・スタールは小説『デルフィーヌ』の中で、彼女が繊細さのヒロイズムと名付けたものを提示した。その中で彼女は例として、「繊細さと誇りの最良の教え」を挙げている。デルフィーヌとレオンスは、より上位に己を高める価値観の名のもとに行動するが、その価値観は彼らが実際に愛に生きることの妨げとなっている。デルフィーヌは財産、愛する男、自由を犠牲にする覚悟がある。アルベルティーヌ・ネッケル・ド・ソシュールが作品集の巻頭に従姉の肖像画を描いたとき、彼女はこの処女作のヒロインの特徴を示そうとしていた。

デルフィーヌは何も予見せず、あらゆることに苦しむ。感情や思考のわずかな機微を素早くつかむが、虚栄心や利益については何も理解していない。しかし、彼女の性格は、まさにこの無知によって純粋さを帯びている。〔……〕彼女の中には、触発されたある善良さ、本能的な献身、生まれつきの繊細さと寛大さがある。そしてそれは、彼女の感情の激しさの中にある子供じみて野性的ななんらかのものと一緒になっていて、与えられた身分には全く似つかわしくなく、人々が持っている性質にはほとんど似ていないので、彼女は現実に存在する、こうした唯一の人物であるように思える。(54)

古典主義の繊細さは、衝突したり衝撃を与えたりする可能性のあるものすべてを消し去っていた。デルフィーヌの誇張された繊細さには、「子供じみて、野性的ななんらかのもの」、慣習や慣例をひっくり返すことしかできない過剰なほどの、ある「何かわからぬもの」がある。紳士《オネットム》は適応、順応し、社交的で文学的な形式に逃避していた。繊細さのヒロインは何一つあきらめず、夢を断念し、現実主義によっておとなしくなった人々の間にあっても「野性的」であり続ける。アルベルティーヌ・ネッケル・ド・ソシュールのこの寸言は、ディドロが『絵画論』の中で、「礼儀正しさ、上流社会においては非常に好ましく、とても快く、とても高く評価されるその性質」と、彼が芸術的創造に必要だと感じた「どこか野性的で原始的で、際立っていて、巨大な何か(55)」とを対比させていることを考えれば、なおさら重要である。小説家自身は表現のある繊細さに同調するようだが、哲学的、政治的な野心を捨てることはない。鋭敏さやほとんど知覚できないこと、精緻なことは、将来の楽園への誓約という口実にならないのであれば、批判にさらされたことだろう。

彼女の洞察の明晰さは、その極端な鋭さを忘れさせるほどである。彼女には実質を伴わない鋭敏さはなく、知覚できないものを見分けるよう読者に強いることもない。〔……〕彼女は極細の糸を、重要と思われるもっと強い他の糸に、入念に繋ぎなおす。彼女は我々を細部から全体へとかくも易々と導くので、我々は目の前の支流を追っていただけだと思っていたのに、突然思考の根源にいる。[56]

シャラントンの囚人は『デルフィーヌ』を注意深く読み、手帳にいくつかの節を書き写した。[57] サドは、ネッケルの娘が求めた道徳の回復の対蹠地点にいるが、彼の著書には野性的なところもあり、共同体の構築より個人を高揚させることを目指す繊細さという感覚もあった。『閨房哲学』はある若い娘のエリート教育と、「フランス人よ、共和主義者たらんとすればあと一息だ」の中で陳述された政治の変革プロジェクトとを結びつける。政治的プロジェクトは国家に対し、死を宣告する権利を認めないが、その一方で個人的な教育は、各人が他人の身体、さらには例外的あるいは空想的に、他人の生命に対する権利さえを擁護する。個人はこのように、国家が使うことのできない権利、とりわけ情熱の爆発の中で殺害する権利を享受するのだろうか。「法律が同じ特権を獲得しうることはあり得ない。法律はそれ自体冷徹なものであって、殺人という残酷な行為を人間の中で正当化しうる情熱には近づくことができないからである」。[58] 人間はそれぞれ異なっており、彼らの大半が「人間性、友愛、善行」に対しては敏感でいられるが、盲人に対しては同じものの見方を求めることはできない。ディドロはこの盲目を例に、障害を克服する人間の創意工夫を賞賛したが、一方サドの作品においては、盲目とは宿命論を確立し、各人をそれぞれの体質と気質に押し込めるものとなる。繊細さとは並外れた感受性を明示するが、それは社会的対話のために使われることもあれば、自己中心的な独白のためにとっておかれることもある。サドは特権と普通法を混同しないよう、判断の緻密さ（délicatesse）を求める。

以上が多くの人が見過ごしている難解で緻密な区別である。というのも、ほとんどの人間が思考などしていないからだ。しかしながら、学識の深い人間には歓迎されるだろうし、私は彼らに訴えかける。またこの区別が、私たちのために準備されつつある新しい法典に影響を与えるであろうことを、私は願っている。

すべての市民の平等を確立した革命のさなか、「フランス人よ、もう一息だ」の作者は、無思慮な大衆と、この本を買いそうな教養あるエリートとの間のヒエラルキーを復活させる。このヒエラルキーは、博愛を好む多数派と悪事を悦ぶ少数派とに重ね合わされる。さらに進んで、性的快楽を利己主義と結びつけるのは、凶悪な指導者ドルマンセである。「勃起しているときに専制君主になりたくない男は、一人としていないのさ[59]」。公の場における理論的な平等は、私生活や空想の領域における根本的不平等と対をなす。快楽は「専制主義によって感じられる、言うに言われぬ魅力」と結びついているとされる。この強調部分は質問に値する。革命暦三年のフランスにおいて、この想像上の専制主義をどのように擁護するというのだろうか？　この頁に付された脚注では、政治的な是認と放蕩の是認の区別が必要であることを、盾に取る。

> フランス語が貧困であるがゆえに、われわれの良き政府が今日様々な理由から拒絶しているいくつかの単語を、われわれは使わざるをえない。教養ある読者諸氏がわれわれの言わんとすることを理解し、愚かしい政治的専制主義と、放蕩への情念の極めて好色な専制主義とを混同しないことを望む。

その区別は、コンディヤックが言うように、繊細であり、きわどいものである。サドの作品において、それは冒頭で言及した「繊細さの原則」を指している。性的魅力のある人物の衣服に触れたり、その人の身体の痕跡や匂いを求めたりといった、まったく悪意のない癖を正当化するものであると同時に、暴力を振るったり、強姦したり、暴行を加えたり、苦痛を与えたり、殺したりといった、この上なく残虐なものをも正当化するものでもある。ドルマンセは、およそ実害のない空想と、想像的なものにとどまるべき空想とを同列に扱っている。

ジェルメーヌ・ド・スタールは繊細さのヒロイズムを主張するが、それは理性的に不可能である。ドナシアン・ド・サドは繊細さの性愛化を主張するが、それは良識的に実行不可能である。デルフィーヌとジュリエットは、どれほど異なっていたとしても、どちらも過激な表現方法をとり、神経過敏で、極端なものを好む[60]。彼女たちは、否定的と肯定的という繊細さの二つの価値観を、肉体的な弱さと精神的な強さとして演じている。その反骨精神と精神的自立によって、彼女たちは女性特有の不利を克服したフランスのロマン主義の最初のヒロインとなる。スタールとサドの対立あるいは相補性は、与えられた瞬間に注意を払う微分学と、ライプニッツが「∫（積分記号）を示すことを提案した総和に注目する積分学との親近性に匹敵するのだろうか？　繊細さのある原則、細部と齟齬の技法、最小のものと差異の探求は、長い十八世紀という時間をかけて、理性主義に同化されない社交性から、慣習法からの自立を夢見る自由思想《リベルティナージュ》、そして欲望と現実の齟齬を指摘するメランコリーへと進んでいく。その道筋は、思想史においてしばしば見られる価値観の逆転を示している。社会性の理想と連動したカテゴリーは、個人主義の要求へと変貌するのだ。この個人主義は、ジェルメーヌ・ド・スタールの自由主義《リベラリスム》とサドの個人自由主義《リベルタニスム》を交わらせる。適合は反転して不適応となる。社交界の集団における調和の追求は、諸々の共同体を貫くある一つの力を意識することに代わり、出生の特権は、よきにつけ悪しきにつけ、感応性のエリート主義へと変化した。十八世紀は、こうした逆転の激動の時代であった。

［原注］

（1） M. Delon, *Le Principe de délicatesse. Libertinage et mélancolie au XVIIIe siècle*, Paris, Albin Michel, 2011, p. 15. 筆者はこの二〇一一年のテクストの細部を修正している。

（2） C. Guilbert et P. Leroy, *50 lettres du marquis de Sade à sa femme*, établies et annotées par J.-Ch. Abramovici et P. Graille, Paris, Flammarion, p. 188.

（3） Sade, *Œuvres*, Paris, Gallimard, 1990-1998, Bibl. de la Pléiade, t. III, p. 70 et 415-416.

（4） Pascal, « Différence entre l'esprit de géométrie et l'esprit de finesse », *Pensées*, dans *Moralistes du XVIIe siècle*, sous la direction de Jean Lafond, Paris, Robert Laffont, 1992, p. 510.〔参照、パスカル『パンセ』、由木康訳、白水社、一九九〇年、一四―一五頁。〕強調は論者による。

（5） *Les Entretiens d'Ariste et d'Eugène*, Amsterdam, Chez Jacques Le Jeune, 1671, p. 91-92.

（6） *Ibid.*, p. 94.

（7） *Ibid.*, p. 88.

（8） *Ibid.*, p. 214. 私はこれらの力強く繊細な英雄たちの比較を試みた。「ヘラクレスの身体の上にアドニスの顔がある」。Tangence, No. 89 (*L'Invention de la normalité au siècle des Lumières*), 2009.

（9） *Ibid.*, p. 258. リシャール・スコラーの暗示に富んだ試論（*Le Je ne sais quoi*, Paris, PUF, 2010）を参照のこと。

（10） Les Entretiens *d'Ariste et d'Eugène*, p. 262.

（11） Vladimir Jankélévitch, *Le Je ne sais quoi et le Presque rien*, Paris, PUF, 1957, rééd. complétée, Paris, Seuil, 1980.

（12） Voir Alain Viala, *La France galante*, Paris, PUF, 2008 et Richard Scholar déjà cité.

（13） *Sentiments de Cléante sur les Entretiens d'Ariste et d'Eugène*, Cologne, Pierre du Bois, 1671, p. 128.

（14） *De la délicatesse*, Paris, Claude Barbin, 1671, p. 85.

（15） *Ibid.*, p. 133-134.

（16） *Ibid.*, p. 216.

（17） *Œuvres posthumes de M. le chevalier de Méré*, Paris, Jean et Michel Guignard, 1700, p. 96.

（18） *Ibid.*, p. 147.

（19） *Ibid.*, p. 148.

（20） *Ibid*., p. 188.

（21） *Ibid*., p. 190-191.

（22） 蜘蛛の巣で何もないものを秤にかけるような近代人の糾弾を思い浮かべる人もいるだろう。シルヴィ・バレストゥラ＝プエシュ「現代のマリヴォーの蜘蛛の巣の平衡状態――批判のステレオタイプから探求的な隠喩へ」（Sylvie Ballestra-Puech, *Loxias*, 63, 2018）を参照。蜘蛛は哲学的省察にも浸透している。イザベル・モロー「網の中の蜘蛛――『百科全書』におけるフランソワ・ベルニエとピエール・ベールの、世界の中枢の虚構化」（Isabelle Moreau, *Les Lumières en mouvement. La Circulation des idées au XVIIIe siècle*, Lyon, ENS Éditions, 2017）を参照。

（23） Voir Marie Leca-Tsiomis, *Écrire l'Encyclopédie. Diderot, de l'usage des dictionnaires à la grammaire philosophique*, Studies on Voltaire, 375, 1999.

（24） ジョルジュ・メイの論文「『運命論者ジャック』における主人と鎖と犬」（Georges May, « Le maître, la chaîne et le chien dans Jacques le fataliste », *Cahiers de l'Association internationale des études françaises*, 1961, No. 13）を参照。

（25） ジャン＝クリストフ・アブラモヴィシの明快な研究を参照のこと。Délié の項目が結論で引用されている。Jean-Christohe Abramovici, « Malaise dans le dictionnaire. La question des synonymes de Girard et Condillac », *Dix-huitième siècle*, 38, 2006.

（26） Marmontel, *Éléments de littérature*, éd. Sophie Le Ménahèze, Paris, Desjonquères, 2005, p. 374.

（27） Condillac, *Dictionnaire des synonymes*, éd. J.-C. Abramovici, Partis, Vrin, 2012, p. 235-236. ワテレットとレヴェックは「力と大いさ」で感知できない繊細さを表す。彼らは「繊細な／念入りに」、「繊細な／卑小な」という類義語について論議する（*Dictionnaire des arts de peinture, sculpture et gravure*, Paris, Prault, 1792, t. I, p. 598）。

（28） Condillac, article « Langue », cité par J.-C. Abramovici, p. 17.

（29） Marivaux, « Sur la clarté du discours », *Mercure*, 1719, dans *Journaux*, Paris, GF, 2010. t. II, p. 55.

（30） *Ibid*., p. 171-172.

（31） *Ibid*., p. 173.

（32） Montesquieu, *Essai sur le goût, Bibliothèque et éditions*, site ENS Lyon.

（33） *Ibid*. ジラール神父は一七一八年の『フランス語の正確さあるいは類語として通る語の差異』の中で指摘していた。「美は壮大で整っていて、愛着を持って見られ、愛され、感嘆される。きれいなものは繊細で可愛らしく、喜びをもって眺められ、味わい、賞賛される」。ディドロは『百科全書』で再び取り上げる。「美しいもの（Beau）、きれいなもの（Joli）【文法】、きれいなものと対照的な美しいものは、壮大で高貴で整っており、感嘆される。きれいなものは細かく繊細で、喜ばせる」（Voir M. Delon, « Une catégorie esthétique en question au XVIIIe siècle, le joli », *République des lettres, république des arts. Mélanges en l'honneur de Marc Fumaroli*, Genève, Droz, 2008）。

（34）　Marquis de L'Hôpital, *Analyse des infiniment petits, seconde édition*, Paris, Montalant, 1715, p. 2 et 42.

（35）　Jean-Pierre de Couzas, *Commentaire sur l'analyse des infiniment petits*, Paris, Montalant, 1721, p. 44 et 171. シャルル・ヴァンサンの研究の「無限の幾何学」についての注釈によれば、ディドロは「無限の増加」について自問している（*Diderot en quête d'éthique (1773-1784)*, Paris, Classiques Garnier, 2014, p. 226-227）。

（36）　例えばランゲは「フォントネルのような気取った繊細さもマリヴォーのような回りくどい表現も有していなかった」として、ヴォワズノンを賞賛する（*Annales politiques, civiles et littéraires du dix-huitième siècle*, 1782, t. III, p. 214）。ある批評家は、マルモンテルの『道徳的小話』の、奇妙な言葉や冷やかし、けばけばしい文体を非難した（*Journal de politique et de littérature*, Bruxelles, 1776, p. 384）。

（37）　*Lettre sur les aveugles*, dans Diderot, *Œuvres philosophiques*, « Bibliothèque de la Pléiade », Gallimard, 2010, p. 136.〔参照、ヂィドロ『盲人書簡』、吉村道夫・加藤美雄訳、岩波文庫、一九四九年、一七頁。〕

（38）　*Ibid*., p. 154.〔参照、同書、四八頁。〕

（39）　*Ibid*., p. 157.

（40）　*Les Bijoux indiscrets*, chap. XIII, dans *Diderot, Contes et Romans*, Bibl. de la Pléiade, Gallimard, 2004, p. 35. ビビエーナ（Jean Galli de Bibiena）の作品（『人形』）に登場するある恋人は少しずつ、愛情のほとばしりとその甘い表現とを混同していく。「私は、よくできた段階《グラデーション》的な、この上なく繊細な差異を観察していた」（*La Poupée*, 1747, Paris, Desjonquères, 1987, p. 133）。

（41）　*Le Comédien*, par Remond de Sainte-Albine, Paris, Desaint & Saillant, Vincent, 1747, p. 162, 143 et 292.

（42）　« Discours sur les suites funestes de l'ignorance dans l'état de magistrature », Choix littéraire, Genève-Copenhague, Philibert frères, 1756, t. VII, p. 84.

（43）　« Lettre de M. Picqué, docteur en médecine, sur les tempéraments en général, et sur quelques idiosyncrasies particulières », *Journal de médecine, chirurgie, pharmacie, etc*. par M. A. Roux, Paris, Didot, janvier 1776, t. XLV, p. 135.

（44）　Watelet et Lévesque, *Dictionnaire des arts de peinture, sculpture et gravure*, t. II, p. 192. La couleur participe du sens concret et du sens figuré : voir Anne Varichon, Nuanciers. Éloge du subtil, Partis, Seuil, 2023.

（45） Sicard, *Éléments de grammaire générale*, Paris, an VII, t. I, p. 65.

（46） Charles Pougens, *Essai sur les antiquités du nord, et les anciennes langues septentrionales*, seconde édition, Paris, Pougens, an VII-1799 vieux style, p. xiij-xiv. この試論は序文で示されているよりも野心的な企画の一部として著されている。

（47） Mme de Staël, *Essai sur les fictions* (1795), dans *Œuvres complètes*, I, ii, Paris, Honoré Champion, 2013, p. 61.

（48） *De la littérature*, *Ibid.*, p. 273.

（49） *Ibid.*, p. 272. 会話は古代フランスにおいて、社会的に見て強い力を持つものであった。「極めて重大な問題も言葉の微妙な（délicates）ニュアンスによってかわし、ぶつかり合ったり譲り合ったりすることは稀であった。それほどまでに互いに用心して避けあっていたのだ！」（De l'Allemagne, *Œuvres complètes*, I, iii, Paris, Honoré Champion, 2017, p. 154.［『スタール夫人、ドイツ論1――ドイツ概観』第十一章「会話の精神」、梶谷温子・中村加津・大竹仁子訳、鳥影社・ロゴス企画部、二〇〇二年、一一二頁］）。しかし、「文学において、ドイツ人は諸感覚を、その限界に至るまで、言葉を拒む繊細な機微に至るまで分析」し、まるで「言葉で表現できないものを理解させよう」としているかのようである（*Ibid.*, p. 523.［『スタール夫人、ドイツ論2――文学と芸術』第三十章「ヘルダー」、中村加津・大竹仁子訳、鳥影社・ロゴス企画部、二〇〇二年、三四二頁］）。言外の含みについてのこれら二つの記録は正反対である。ジェルメーヌ・ド・スタールは、父親が大革命の前日のサロンにおける仄めかしの法を描いた草稿を編纂した。そこで女性たちは「繊細に」「機微の変化」を駆使することができたのだった（Manuscrits de M. Necker, Genève, Paschoud, an XIII, p. 117, « des nuances infinies », p. 122）。

（50） *De la littérature*, p. 313.

（51） *Ibid.*, p. 344.

（52） *Ibid.*, p. 345. 続くページ（p. 346）でも次のように取り上げられている。「繊細な発想、鋭く敏感な思考」。ここではマリヴォーは否定的な例となる。

（53） Hugh Kelly, *La Fausse Délicatesse*, traduit par Pluchon-Destouches, 1768, par Marsollier des Vivetières, 1776 ; *Mélite et Lindor, ou la Délicatesse par amour*, 1785, *Gernance, ou l'Excès de délicatesse*, 1786 ; Joseph Pain, *Saint-Far, ou la Délicatesse de l'amour*, 1792.

（54） Mme Necker de Saussure, *Notice sur le caractère et les écrits de Mme de Staël*, Paris, Treuttel et Wurtz, 1820, p. CIII-CIV.

（55） Diderot, *Essais sur la peinture*, Paris, Hermann, 1984, p. 56.

（56） *Ibid.*, p. CCII.

（57） Sade, « 43 pensées littéralement extraites du roman de *Delphine* », *La Marquise de Gange et autres romans historiques*, Paris, Bouquins,

2023.

（58）　*Œuvres*, t. III, p. 125.

（59）　*Ibid.*, p. 158.

（60）　Voir Stéphanie Genand, “*Delphine* ou les malheurs de la vertu : une lecture paradoxale de Germaine de Staël”, *L'Atelier des idées. Pour Michel Delon*, sous la direction de J. Berchtold et de P. Frantz, Paris, SUP, 2017 ; M. Delon « Sade, Staël et le dépassement de soi », *Cahiers staëliens*, 67, 2017.

［訳注］

（一）　Libertinage には「自由思想」「放蕩」など複数の訳語が充てられるため、初出では「リベルティナージュ」と書くに留めた。

（二）　邦訳『ナタリー』、中島さおり訳、早川書房、二〇一二年。

（三）　Michel Delon, *Le Principe de délicatesse, Libertinage et mélancolie au XVIIIe siècle*, Albain Michel, 2011, p. 313.

（四）　finesse は複数形で、「奸計、術策、ずる賢さ、理解の難しい点、とらえ難さ」などを表す。

（五）　「パスカルの賭け」を指す。理性によって神の実在を決定できないとしても、神が実在することに賭けても失うものは何もないとする考え。参照、パスカル『パンセ』、一〇〇―一〇五頁。

（六）　参照、『数学史事典』、日本数学史学会編、丸善出版、二〇二〇年、二六四頁。「『オイラーの三部作』（『無限解析入門』『微分計算教程』『積分計算教程』）は、十八世紀後半のあらゆる数学者たちに大きな影響力を与え続けた」。

（七）　différence は「差異」の意味であるが、西村重人の論文「ロピタルの無限小解析――接線の問題を中心に」（『数理解析研究所講究録』第一七八七巻、二〇一二年、二三三―二四二頁）に「後に出版されたヴァリニョンの『無限小解析の解明』には、「ここに定義された différence はすなわち différentielle である」と書かれている」（同書、二三五頁）とあることを踏まえ、このように訳した。参照、『数学史事典』、五〇八頁。

（八）　ルイ十四世の宮廷楽長であったジャン＝バティスト・リュリ（一六三二―一六八七）と作曲家ジャン＝フィリップ・ラモー（一六八三―一七六四）を指す。

スピノザ哲学から十八世紀の唯物論へ

鈴木球子

十七世紀後半から十八世紀にかけてのフランスにおいて、バルーフ・ド・スピノザ（一六三二―一六七七）は、激しい反響を――はっきりと言えば批判を――引き起こした。ジャンセニズムの中心的人物であったアントワーヌ・アルノー（一六一二―一六九四）は、彼を「今世紀でもっとも不敬虔でもっとも危険な人物[1]」と呼んだ。

ポール・ヴェルニエールは『スピノザと大革命前のフランスの思想』（一九五四年）において、スピノザ哲学とのかかわりを通して、革命前のフランスの思潮を明らかにしようと試みた。彼によれば、「スピノザの作品は西洋の思想家たちの目には怪物のように映った[2]」のであった。スピノザが説く「神」については後述することになるが、それは『聖書』に描かれている、人に似姿を与えた神とは著しく異なっている。また「彼〔＝スピノザ〕のやや堅苦しい思想、その数学的メカニズムにあって、亀裂がないように見えるあまりに正直な弁証法は、いかなる妥協的解釈も許さなかった[3]」。こうして際立った異質さを示しながらも、それでもスピノザの著書は当時の著名な思想家たちの興味を惹きつけた。マシュー・スチュアートは『宮廷人と異端者』において、ライプニッツ（一六四六―一七一六）がスピノザを批判しつつも、著書を綿密に読解し、いかにその哲学と格闘したかということを明らかにした[4]。また、コンディヤック（一七一五―一七八〇）は『体系論』の中で、『エチカ』の第一部の諸定義を細かく検討している。その他にもモンテスキュー、ベール、ヴォルテール、ディドロ、ルソー、そしてドルバックなど、スピノザを読んだ（であろう）人物の名を挙げようとすればきりがない。

スピノザの名前は当時の文学作品や哲学的文書の中に、しばしば奇妙な形で登場する。一八〇〇年に刊行されたサドの『悪徳の栄え』の中にさえ、彼の名前は出てくるのだ。女主人公のジュリエットを悪徳と堕落の道に誘い込もうとする修道院長は、「スピノザ、ヴァニーニ、『自然の体系』の著者の偉大な原理を絶えず自分の糧としなさい[5]」と勧める。私生活において大層真面目であったこの哲学者の名前はかくして、無神論者として火刑を言い渡されたイタリアの自由思想家（libertin）や機械論的唯物論を説いたドルバックと並べられ、悪徳の哲学の根拠にされてしまう。古典主義時代から近代へと向かおうとするこの時代に、スピノザの哲学はいったいどのように読まれていたのだろうか？

スピノザ哲学とのかかわりを通して、フランス革命後の思潮を考察した論文集『スピノザと十九世紀フランス』の序文では、十八世紀のフランスについて、「スピノザはほとんどまともに読まれていなかったという俗説は間違っている。スピノザ像は色褪せずにずっと機能していた――もちろんさまざまなデフォルメを伴って[6]」と述べられている。この「デフォルメ」という言葉が表している通り、スピノザをめぐる当時の論議は、必ずしも彼の哲学の本質に沿ったところで展開されてはいなかった。それどころか、様々な誤謬や歪曲を彼への言及の中に見出すことができる。本稿ではスピノザ哲学に対する様々な反応の中でも、とりわけ十八世紀の唯物論へと繋がっていく流れに注目をする。具体的に言えば、ベール、トーランド、そしてドルバックらの思考にスピノザのテキストがもたらした影響と、彼らのスピノザに対する批判とを分析し、その上でこの異質な哲学者の思考のうち、いったい何が理解されない原因だったのかを考える。

歴史学者のジョナサン・イスラエルがこの同じ流れに注目をし、スピノザ哲学を啓蒙の起源とみなしたことはよく知られている。イスラエルによれば、十七世紀後半のオランダに、スピノザを中心とした政治・宗教的に急進的な考えを持つ集団がいたという。彼はこの「急進的啓蒙」はベールや地下文書、ディドロやドルバックらの哲学者《フィロゾフ》たちに引き継がれ、フランス革命を引き起こした主要な原動力となったと述べている。「ディドロとドルバックは、過去の急進派の文献を収集・編纂するうえで中心的役割を担っていたし、また、革命前の当世風の哲学における主要な理論家という立場にもあった。〔……〕二人はブーランヴィリエ、ブランジェ、フレレ、メリエ、ミラボ、デュ・マルセ、それにエルヴェシウス、ベール、ホッブズ、スピノザといった先人たちから影響を受けたことを認めている」(7)。だが、ディドロやドルバックは『神学・政治論』や『エチカ』を、その本来の意味において読んだのでもなければ、今日私たちが受け止めているように受容したのでもなかった。スピノザとその解釈者たちとの齟齬は、実は看過できない重大なものだったのではないだろうか？　スピノザを同時代の理性論に還元されえないものとさせる要素をその齟齬に見出し、さらに近代を通じて彼が傍流と見なされてきた理由を考察することが、本稿の目的である。

一　スピノザの受容

スピノザの哲学が十七世紀後半にフランスに導入されたのは、自由思想家《リベルタン》たちを介してであった。ここで少し脇道へ逸れて、「リベルタン」という語について簡単に説明をしておこう。それは時代によって少しずつ意味が変わるが、基本的には既存の権威や教義、通念や規範から解放され、自由になろうとするものたちを指す。ルネ・パンタールは『十七世紀後半の博学な自由思想』において、「リベルタンとは、道徳的、宗教的な領域において、教義、伝統、慣習、政治権力が定義するもの、あるいは主張するものに対して、過剰な自由を標示するものである」[8]と定義した。彼はとりわけ十七世紀の自由思想《リベルティナージュ》を、道徳的な放縦を表す「習俗のリベルティナージュ（libertinage de mœurs）」と区別して、「博学なリベルティナージュ（libertinage érudit）」と呼んだ。それは、膨大なギリシャ・ラテン文化によって育まれており、文献的な博識さに立脚した宗教的・哲学的な批判的態度のことを指す。当時、「自由思想家《リベルタン》」と呼ばれ、あるいは「強い精神《エスプリ・フォール》」と自称していた人々が共有した思想とは、デモクリトスやエピクロス、ルクレティウスらの古代の原子論や、セクストス・エンペイリコスの懐疑論、パドヴァ学派[9]の汎神論的言説など、実に多様であった。彼らは様々な立場を有する者であり、その発言は時と場合に応じて異なる主張を支持していることもあった。ミシェル・ドゥロンの言葉を借りるならば、彼らは「反抗者[10]」であって、単一の教義やイデオロギーを支持する集団やある階級に代表させるような定義の仕方は困難である。

ここで注意しておく必要があるのは、十七世紀の「リベルタン」や「リベルティナージュ」という語に道徳的な不品行、さらに言えば十八世紀にそれらが専ら示すようになる性的な奔放さを表す意味[11]がまったく含まれていなかったわけではないということである。古い辞典を参照してみよう。一六九〇年の『リシュレ辞典[12]』の「リベルタン（libertin）」やその女性形である「リベルティーヌ（libertine）」の項目には、リベルティナージュ（libertinage）つまり放蕩（débauche）にふける不信心者を指すと記されている。[13]

スピノザがフランスで知られるようになったのは、十七世紀の半ばに自由思想が初期の指導者たちを失った後であった[14]。近代図書学の祖ともいえるガブリエル・ノーデは一六五三年に、エピクロスの原子論を再考したピエール・ガッサンディは一六五五年に、そしてフランソワ・ラ・モット・ル・ヴァイエは一六七二年に亡くなっている。ヴェルニエールはオランダのスピノザと自由思想との出会いについて「フランスの自由思想は、自分たちに欠けている人物と教義をフランス国外に求めたくなったに違いない[15]」と述べる。彼は自由思想の後継者としてジャン・ドゥエノーとサン＝テヴルモン[16]の二人の名を挙げているのだが、彼らはいずれもスピノザに会いにオランダを訪れている。

フランスにこうして紹介されたスピノザについて、いくつかの翻訳や論評がその流布に貢献した。ガブリエル・ド・サン＝グランは『聖域の鍵』あるいは『公衆および個人の救済におけるこの上なく重要な諸題目に関する、ある無償の精神についての興味深い考察』という表題で、一六七八年にスピノザの『神学・政治論』の翻訳を刊行した。アンリ・ド・ブーランヴィリエは『神学・政治論概要』（一七六七年）や『バルーフ・ド・スピノザの誤謬への反駁』（一七三一年）、『B・ド・スピノザの原理における形而上学についての試論』（一七一二年）等々を著した。ブーランヴィリエはまた『エチカ』の翻訳も手掛けたが、これは一九〇七年まで公に知られることはなかったため、『エチカ』の仏語訳として最初に知られたのは、王政復古期に教会と激しい論争を引き起こしたクーザン派のエミール・セセによるものとなった。

スピノザの名を広めたもうひとつの要因として、『三詐欺師論』と呼ばれる作者不詳の哲学的地下文書の存在をあげることができる。十七世紀から十八世紀にかけて、国家の思想統制を潜り抜けて、多くの文書が写本やフランス国外での刊行という形で流布されたことが、ロバート・ダーントンを始めとする多くの研究者たちの手によって近年明らかになりつつある。それらの文書の内容は哲学的なものから、政治的攻撃文、ポルノグラフィまで様々であった。『啓蒙の地下文書I』に収められた三井吉俊の丁寧な解題によれば、『三詐欺師論』には多数の写本が存在し、また表題も様々であり、『スピノザの生涯』や『スピノザの精神』と題されているテキストも存在した。一七六八年の刊行本以後、作品の結構は安定したという(17)。『三詐欺師論』は、モーセ、キリスト、マホメットの三人の預言者を詐欺師とみなす反宗教的テーゼを説明しようと試みているのだが、そこで展開される理論は様々な哲学書から借りてきた寄せ集めである。例えば、第二章「一般に神と名付けられる目に見えない存在を、人々が思い描くに至った様々な理由」では、『エチカ』の第一章「神について」の一部がほぼ原文通りに抜き書きされている。一方で第三章には、ホッブズの『リヴァイアサン』の第一部「人間について」の第十二章「宗教について」を出典とする文章が含まれている。この他にも、自由思想家のヴァニーニやラ・モット・ル・ヴァイエ等も典拠とされている。つまり、スピノザの著書はその一部を抽出され、勝手に他の文書と継ぎ合わされた形で、地下文書としてもっとも出回ったものの一つに取り込まれたのだ。こうしたつぎはぎの論理は、スピノザ哲学の解釈にゆがみが生じており、彼の名前と言説が奇妙な形で伝播したことを示している。

十七世紀から十八世紀にかけて、スピノザが物議を醸す存在であったことを示す証拠は多くの研究者によって示されてきた。しかし一方で、彼の思考を咀嚼しようという試みは少なくともなされたのだった。オリヴィエ・ブロシュは「啓蒙の唯物論における自由思想の遺産」と題した論文で、啓蒙の唯物論のもっとも重要なルーツの一つとして、自由思想の伝統をあげている。彼はスピノザやホッブズ、ガッサンディを「何らかの形で自由思想と親和性のある人々」と呼び、「十八世紀に彼らの作品がもはや、あるいはほとんど読まれなくなったのは、それは前世紀の終わり、あるいは二つの世紀の分岐点で、他の人々に引き継がれたからである[18]」としている。そして、スピノザを引き継いだ人物として、ベールとトーランドの名前を挙げている。ここで興味深いのが「読まれなくなった」、「引き継がれた」という二つの食い違う点に言及していることだ。いったいスピノザ哲学のどの要素が拒絶を引き起こし、彼を「読まれない」ものとさせたのか、他方でベールやトーランドを経て何が「引き継がれて」いったのかを細かく見ていこう。

二　スピノザI――実体、属性、様態

スピノザ哲学の主な理論的テーゼは次のようである。「実体」とは唯一のものであり、「それ自身のうちに在り

かつそれ自身によって考えられるもの、言いかえればその概念を形成するのに他のものの概念を必要としないもの（第一部定義一）」であって、これはすなわち永遠で無限の「神」を指すものである。神とはまた自然そのものである（「神すなわち自然（Deus sive Natura）」）。

神は無限の知性によって把握されうるすべての物の起成原因である。（『エチカ』第一部定理一六系一）

神はあらゆるものの内在的原因であって超越的原因ではない。（第一部定理一八）

ここで表されているのは、人と似た姿を持ち、すべてを「創造」したキリスト教的な神ではない。神とはあらゆるものを起成させる内的な原因であって、世界の外にいる超越的な存在ではないのである。ところでこの「あらゆるもの」や「すべての物」とは一体何を指すのだろうか？　例えばそれには、人間のような有限の存在も含まれるのだろうか？

神は無限に多くの「属性」から成っているのだが、この諸属性はそれぞれが永遠かつ無限の実体である神の本質を表現している（第一部定義六）。スピノザは第五部で「永遠性は時間によって規定されえず、時間とは何の関係も有しえない[19]」と述べている。つまり、「永遠」と「持続」とは別個のものであり、前者は時間によって規定しえない、いわば無時間的なものを指している。

「様態」とは実体の変状（affectio）と解される。そして「個物」とは神の属性のまさに変状（affectio）であり、つまり神の属性を一定の仕方で表現する様態（modus）にほかならない。ところが、次の定理が読者を混乱の渦に誘い込む。

あらゆる個物、すなわち有限で定まった存在を有するおのおのの物は、同様に有限で定まった存在を有する他の原因から存在または作用に決定されるのでなくては存在することも作用に決定されることもできない。

（第一部定理二八）

有限の個物はつまり、同じく有限の他の原因から産出される。人を生むのは人である。しかし、神のある無限の属性がある有限な様態（あるいは様態的変状）に変状したとみられる限りにおいて、有限の個物は神の属性から生起するのである。

ここで説かれているのは、自然において無限から有限への「変状（affectio）」があるということだ。ドゥルーズは『エチカ』の中で使用されている「表現」という概念に注目して、「唯一の実体」「諸属性」「諸様態」を説明しなおす。それによれば、実体は自らを表現し、表現されるのはその本質であって、属性とはその表現自体を指す。そして、諸属性が実体を形相的に区別するものであるのに対し、諸様態は属性の強度的・外延的な区別であると述べられる。[20] かくして、「神はあらゆるものの内在的原因である」という文の意味が明らかになる。神あるいは自然は有限の個物を直接的には産出しないが、「遠隔的原因」（「遠隔」という語を、結果とは無関係のものと解するのではない限りにおいて）であるということができるのだ。

スピノザはこうした一連の説明を「能産的自然（Naturam naturantem）」「所産的自然（Naturam naturatam）」という二つの語であっさりとまとめている。

すなわち我々は能産的自然を、それ自身のうちに在りかつそれ自身によって考えられるもの、あるいは永遠・無限の本質を表現する実体の属性、言いかえれば自由なる原因として見られる限りの神、と解さなければならぬ。

（第一部定理二九備考）

これにたいして所産的自然を私は、神の本性あるいは神の各属性の必然性から生起する一切のもの、言いかえれば神のうちに在りかつ神なしには在ることも考えることもできない物と見られる限りにおいての神の属性のすべての様態、と解する。（同右）

唯一で無限の実体である神と、神を起成原因とする諸物とは、こうして区別される。

三　スピノザⅡ――精神と身体

『エチカ』の第二部は、「人間」および「人間精神」の考察に割かれている。ここで我々はデカルト以来の「精神」と「身体」の問題と向き合うことになる。デカルトは「我思う、故に我あり（Cogito, ergo sum）」と唱えて、人間の本質は意識の主体、つまり精神にあるとした。一方、人間の身体は機械的なものであるとみなされた。彼の体系では「精神」と「身体」は独立した二つの実体であるとされ、「思惟」と「延長」とがそれぞれの属性、つまり根本的な性質であると考えられていた。そして、「私をして私であらしめるところの精神は身体と全く別個のものであり〔……〕、またたとえ身体がまるで無いとしても、このものはそれが本来有るところのものであることをやめないであろう[21]」として、精神と身体を切り離した上で、デカルトは前者の優位を説いた。

スピノザにおいても、「考える我」は消去されはしない。だが「思惟」と「延長」は別々の実体ではなくなり、唯一の実体である神の無限な属性のうちの二つとなる。「延長」の様態としての「身体」と、「思惟」の様態としての「精神」は、神（すなわち自然）が異なる二つの仕方で表現されたものに他ならない。神は思惟するものであり、「人間精神」は「神の無限な知性の一部」であるとされる（第二部定理一一系）。

人間は、神の中に在りかつ神なしには在ることも考えられることもできないあるものである。言いかえれば神の本性をある一定の仕方で表現する変状（affectio）あるいは様態（modus）である。（定理一〇系）

思惟は神の属性である。あるいは神は思惟するものである。（第二部定理一）

個々の思想、すなわちこのあるいはかの思想は、神の本性をある一定の仕方で表現する様態（modus）である。（同右）

これらの記述において、先ほどの「能産的自然」と「所産的自然」とについて言及した時と同じ観点にスピノザは立っている。有限の存在である人間は、神の表現である変状、あるいは様態である。そして、「このあるいはかの」という表現によって具体性を付された「個々の思想」もまた、無限の属性の一つである「思惟」の変状である。属性から様態への「変状」、とりわけ無限から有限への「変状」が、スピノザの思考の根底にある。「人間精神」と「人間身体」の関係を理解する上で、重要なのが「観念（idea）」である。それは思惟属性のもとで表現される概念とでもいえるもので、延長属性のもとにある「対象」と対になる。神のうちには、あらゆるものの観念が存している。

人間精神を構成する観念の対象は身体である、あるいは現実に存在するある延長の様態である。（第二部定理一三）

人間精神は自己の身体の変状（刺激状態 affectio）の観念によってのみ、外部の物体を現実に存在するものとして知覚する。（第二部定理二六）

これらの表記は、「人間精神」を構成している観念が、対象としての「人間身体」と合一していることを示している。さらにいえば、「人間精神」は現実的存在としての「人間身体」、言いかえれば刺激され、変容しつづけている身体を通じてのみ、自身や他の物体を知覚するのである。

こうしてスピノザの体系がおぼろげに見えてくる。文脈によって「変状」あるいは「刺激状態」と訳される affectio という語は、すべてがメタモルフォーゼの可能性にさらされていることを示している。能産的自然から所産的自然へ、あるいは属性から様態へという変状が語られ、さらに、有限の様態である個物においても、その現実的有の中で刺激を受けて、強度的な変容を被るのである。

四　ベール

スピノザのこうした考え方は、当時のヨーロッパにおいて受け入れがたいものであった。哲学者たちや神学者たちなど様々な方面から、彼の体系に対して批判の声があがった。彼らの多くはスピノザ哲学を無神論的であるとみなしていた。

十八世紀フランスにおけるスピノザ解釈を、ある一定の方向に推し進めたのは、ベール（一六四七―一七〇六）であった。彼はカルヴァン派の家庭に生まれた。一六六九年にカトリックに改宗したのだが、翌年再びカルヴァン派に復帰する。彼はルイ十四世治政下のプロテスタントへの迫害が強まっていく時代状況において[22]、積極的に哲学・宗教的論争に参加した。一六八〇年に彗星が現れ、ヨーロッパで論争が巻き起こった時に、彼も発言している。『彗星雑考』を匿名で刊行し、彗星を大災厄の前兆ないし原因と見なす説を迷信として批判した。彼は論を広げて道徳と宗教にも言及し、それらを別々の問題として考察しようとし、「有徳な無神論者」としてスピノザやヴァニーニの名を挙げている。

スピノザというのは前代未聞の大無神論者で、或る種の哲学的原理にすっかり熱を上げ、それをゆっくり思索するためいわば隠遁生活をして、この世の快楽とか虚栄とか言われるものを全部振り捨て、そういう難解な思索だけにもっぱら没頭した人です[23]。

ベールを始めとする多くの人たちがスピノザを無神論者と見なした原因の一つは、『エチカ』とならんで主著をなす『神学・政治論』(一六七〇年)にあった。聖書に対する神学者たちの解釈を迷信であるとし、預言、預言者、神の法、奇跡などについて、「聖書そのものから極めて明瞭に知り得ること以外のいかなることをも聖書について主張せず[24]」、新たな解釈を試みたこの書物は、激しい非難を引き起こした。

ベールが一六九七年にオランダで刊行した『歴史批評辞典』は、十八世紀の思想に大きな影響を与えたことで知られている。その「スピノザ」の項目の大部分は、後のディドロとダランベール編纂の『百科全書』にそのまま踏襲されている。この辞典でもベールはスピノザについて「ユダヤ教からの脱走者」「最後は無神論者となった[25]」と述べており、さらに「宗教心がなく、そのことをあまり隠さない人は、誰でも大ざっぱにスピノザ主義者と呼ばれるのである[26]」と付け加えている。この記述はスピノザに対する当時の漠然とした(そして芳しくない)イメージをよく表している。この哲学者とその著書への言及は『彗星雑考』と比較すると、著しく攻撃的になっている。例えば、『神学・政治論』は「有害な唾棄すべき本で、『遺作集』であらわになる無神論の種子が全部隠されていた」[27]と強い言葉で非難されている。

『歴史批評辞典』の「スピノザ」の項目の註解の一つは、『エチカ』の第一部「神について」を要約している。

自然の内にはひとつの実体しかなく、その単一の実体は延長と思惟を含む無限に多くの属性をそなえている、とこの人〔＝スピノザ〕は想定している。ついで、宇宙にあるすべての物体は延長としてのこの実体の変様であり、たとえば人間の魂は思惟としてのこの実体の変様である、と請け負う。だから、必然的で無限に完全な存在である神は、たしかに、存在するすべてのものの原因ではあるが、それらと異なるものではない。[28]（補足と強調は論者による）

ベールは「唯一の実体」「無限に多くの属性」「変様」を通り一遍に説明してはいる。だがこの要約が不十分であることは、今日の私たちには容易く分かる。神と存在するすべてのもの（toutes les choses qui existent）とを「異なるものではない」とする大雑把な解説には、スピノザ哲学の重要な要素の一つである「実体の変状」に対する理解はまったく含まれていない。

ベールは神の物質性を徹底的に否定する。スピノザは物質的な「部分（partie）」にすぎないものを、「変様（modification）」という表現に置き換えることによって、神を延長のあるものに貶めたのだという彼の批判はよく知られている。[29]神の不変性は延長の本性とは相いれないとして、「物質が無から生み出されたことも、万物の創造者である無限でこの上なく自由な精神には世界のような作品を生み出せたことも理解できなかった」[30]ことが、スピノザの過ちの原因であるとベールは主張する。ここで興味深いのは、物質つまり有限のものの発現に少なくとも目を向けてはいるということである。だが、神をあくまでこの世の創造者と見なすベールには、無限の属性から有限の様態への「変状（affectio）」（ドゥルーズの言葉を借りれば「表現」）という発想は、決して持ちえないものであった。

『歴史批評辞典』の糾弾の根底にあるのは、不変的で絶対的な善である創造者としての神と、被造物の物質的な世界との間に、明確な線引きをすることである。神をあらゆるものの起成原因とみなすことは、当然のことながら、神を「悪」の起成原因ともみなすことである。実際は、絶対的な道徳規準としての「善／悪」という概念自体が、スピノザにおいては念入りに退けられている。「エチカ（倫理）」とは「モラル（道徳）」を問うことではない。神が人々をある特定の目的に従って導いており、その意志に従うことを「善」とし、その導線から外れる行動を「悪」と見なす目的論的な思考を、スピノザはきっぱりと否定しているのだが[31]、ベールがそのことに言及することはない。また、延長を神の属性と考えることは、彼にとっては神を物質的で分割可能な複合物へと貶めることであった。『エチカ』に立ち返ってみれば、スピノザは実体を分割不能なものと説いており[32]、そこからは実体の属性である延長もその限りにおいて分割不能であるという結論が必然的に導き出されるはずである。しかしベールは「スピノザ派は、それ〔＝物質〕はいかなる分割も受けないと主張している[33]」と述べる。すなわち、主語を「スピノザ」ではなく複数形の「スピノザ派（les Spinozistes）」にし、「実体」を「物質」に置き換えた上で、その論を批判したのである。こうした一連の言葉の置き換えやいい落とし、意味の取り違えがどこまで意図的なものなのかは定かではないが、少なくとも、スピノザが神の非物質性を説いていたことや、能産的自然と所産的自然の区別等々についての理解は、そこにはない。

五　トーランド

トーランド（一六七〇―一七二二）は十七世紀後半から十八世紀初めにイングランドで活躍したアイルランド生まれの哲学者である。彼は同時代のベールやライプニッツとの論争を通じて、自然哲学を構築したことで知られている。彼はベールとは異なり、スピノザをまったくの無神論者とは見なしていない。「汎神論（pantheistam）」という語をスピノザに対して最初に使用したのは彼であり、その定義は『ユダヤ教の起源』（一七〇九年）の中で示されている。

物質およびこの世界の全体から分離されるようないかなる神性もなく、自然それ自体もしくは諸物の総体が一にして至高の神であり、その部分が個々の被造物と言われ、その全体が――そう言いたければ――創造者と言われる。(34)

彼はこの見解をエジプト人やギリシャ人、ローマ人、東洋人たちの宗教にもみられるものとし、さらに古代ギリシャの哲学者ストラボンを隠れ蓑にしつつ、モーセの宗教について次のように述べる。「モーセは汎神論者であり、そして現代の表現で言えば、スピノザ主義者です(35)」。預言者とスピノザを対比させるこの発言は、ユトレヒトの牧師ジャック・ド・ラ・ファイエの反発を招いた。ラ・ファイエは『ジョン・トーランドの二つの論に対する宗教的弁明』（一七〇九年）の中で、「汎神論の原理によれば、あらゆる被造物は神の部分である。というのも、世界のあらゆる部分は神の本質を分有しているからである」と汎神論を解説した上で、「無神論の特殊な形」と呼んで批判した[36]。

トーランドの「汎神論」あるいは「スピノザ主義」の解説には、曖昧さが付きまとう。神とは「諸物の総体」でありつつ単一性を有するものであり、他方で神と諸々の被造物との関係は全体と部分の複合的な関係に匹敵することになる。これはベールも直面した問題であり、「神から単一性（simplicité）を奪い去り、無数の部分（parties）の複合物にしてしまう[37]」ことを彼は不合理であるとしていた。『ユダヤ教の起源』から遡ること五年、『セリーナへの手紙』（一七〇四年）の第四章で、トーランドはこの問題をスピノザ自身の責に帰す。つまり、スピノザが「延長」と「思惟」という二つの属性のみを取り上げ、「運動」というもう一つの属性についての説明を怠っているが故だとしている。

トーランドの唱える「運動」には二種類ある。一つ目は「場所運動（local Motion）」であり、簡単に言えば位置の移動を指している。もう一つの「動く力（moving Force）」あるいは「活動力（Action）」と呼ばれているものは、物質に本質的なものであり、場所運動の原因ともなり得る。次の引用文で語られている「運動」は、この二つ目を指している。

スピノザは『エチカ』で諸事物をそれらの第一原因から演繹すること〔……〕を自負していますが、そのスピノザが物質はどのようにして動かされるようになったのか、あるいは運動がどのようにして持続しているのかを何も説明せず（それとは反対のことを行い）、神を第一動者と認めることもせず、運動を属性であると証明したり仮定したりすることもせず、それどころか運動が何であるかを説明してもいないのですから、彼は個々の物体の多様性（Diversity of particular Bodies）が、実体の単一性（Unity of Substance）とどのように調和しうるか〔……〕どうしても示せなかったのです[38]。

ドゥルーズの言葉を借りれば「スピノザにおいても、表現の関係は本質的に一と多に関わる」[39]こと、言いかえれば諸属性の多が唯一の実体の本質であることと、属性を包含する諸様態が唯一の実体の変状であることが、ベールにとってもトーランドにとっても頭を悩ませる問題となっている。トーランドはまた、ドイツの数学者チルンハウスがスピノザに宛てた書簡の中で、延長の不可分性・不変化性と諸物の多様性との関係について質問していることと、スピノザが返答を避けたことを引き合いに出す[40]。そして、「活動力」が延長において変化を生み出すのだとして、スピノザが「変状」と表現したものを、自分なりに説明しようとする[41]。トーランドはここで「物体（身体 Bodies）」についてしか言及しておらず、その姿勢は唯物論へと傾きつつある。

　トーランドが提示する体系においては、真の意味での物質の「静止状態」は存在しない。『エチカ』の「すべての物質は運動しているか、それとも静止しているかのどちらかである（第二部定理一三公理一）」は否定され、運動と静止の相対性が繰り返し強調される。絶対的に停止しているものなどなく、静止しているものはあくまで他と比較して静止しているように感知されるだけなのである。「場所運動と静止は相対的な用語、移ろいやすい様態にすぎず、けっして実在的あるいは現実的な存在ではありません」[42]。では、私たちにとって個物の静止と思われる「死」はいったいどうなのだろうか？　この疑問に対して、トーランドは個体の衰退にかかわらず種は繁殖によって存続することと、肉体の死は物質が何らかの新しい形態をとることにすぎないことを述べて、死もまた絶対的な静止ではないと説く。

> この地球に居住した連綿と続く無数の世代は死ぬと同一の総量全体（common mass of the same）の中へ戻り、四散して、その中のその他のあらゆる部分と混ざり合うことを考えれば、またこれに加えて、人間の肉体は生きている間は食物、空気、その他の物質を日々体内に摂取すると同時に、その体から絶え間なく川のように一瞬ごとに物質が流出し発散していることを考えれば、実際これらのことをよく考えてみれば、全地

球上には人間の一部でなかった物質の粒子は存在していないであろうと思われます。[43]

「同一の総量全体」のうちでの物質の循環という発想は、その後の唯物論へ受け継がれていく。トーランドの視点は極めて唯物論に近いのだが、しかし、後述するドルバックのような機械論的唯物論者ほど、徹底した論を展開したわけではない。無限から有限への移行は、彼においては引き続き解決すべき問題である。「物質が実際に無限でないというなら、その有限性は物質の延長性とは何か別の原因から生じるに違いないのです[44]」という疑問に対して、彼は「抽出（abstract）」という言葉を使って返答する。つまり私たちが有限の様々な物体を念頭に置くとき、それはその基体からさまざまな変様を、あるいは全体から諸部分を抽出しているのである。あるいはその逆も然りで、私たちは有限の諸変様から無限の基体を、あるいは諸部分から全体を抽出することもあるのだ。スピノザ哲学と唯物論の間にあって、トーランドは「物体（Body）」に思考範囲を限定しつつ、物質の総体の話と無限／有限の問題とを、やや強引とも思える手法で両立させてしまうのだ。

六　ドルバック

ドルバック（一七二三―一七八九）は、トーランドの『セリーナの手紙』を『哲学書簡』の表題で一七六八年にフランス語に翻訳した人物である。啓蒙の世紀を代表する唯物論者[45]の一人であるとも言えるこの男爵は、自ら開催したサロンを通じて、当時の多くの知識人たちとの面識を得ていた。一七五一年のディドロとダランベールの『百科全書』の企画にも参加し、地質や鉱物に関係する多数の項目を執筆した。

一七六〇年頃からドルバックは、自身の哲学著作をあらわすようになる。彼の執筆活動には、知人であるディドロやネジョンらが協力している。とりわけディドロは、一七七〇年に刊行された彼の主著『自然の体系』の成立にも大きく関わった人物である。『自然の体系』は徹底して無神論的・唯物論的視点から執筆されていることで知られている。人間の理性と真理にのみ信がおかれ、神の存在や魂の不死性、来世の教義などは、人間の無知や恐怖が生み出した迷信であるとして退けられている。『自然の体系』は、その急進的な内容から、刊行後すぐに焚書に指定された。また、立て続けに反駁書が刊行されるなど、大きな反響を呼び起こした。『自然の体系』の運動についての論は、トーランドを参照している。次の引用には注が付されており、『セリーナへの手紙』がこの真理を証明すると記されている(46)。

宇宙の中ではすべて運動している。自然の本質は動くことである。自然の諸々の部分を注意深くながめるならば、絶対に休止している部分は一つもないことが分かるだろう。運動していないように見える部分があっても、実際は相対的な休止あるいは見かけの休止をしているだけである(47)〔……〕。

ドルバックもまた、二種の運動があると説く。一方は物体をある場所から別の場所へと移す運動であり、つまりトーランドの「場所運動」に相当する。他方は物体の内部の感知できない運動で、分子の配合、作用、反作用のことであり、具体的には分子が結合して物体を形成したり、植物や動物が育成したり、人間の内部運動として知能や意志が育ったりすることを指す。この二つ目の運動の記述は、トーランドの「活動力」とは異なっている。トーランドが不可分な延長という属性から多様な物体（Bodies）が生まれることを、「活動力」という言葉で語ったのに対し、ドルバックは各存在を構成する要素を配合させたり、変質させたりする一連の原因と結果のことを語っている。この違いは、ドルバックが物質的な世界のみを認めており、非物質的なものや無限から有限への移行をまったく念頭に置いていないことと関連している。

『自然の体系』二部の第五章は「デカルト、ブーランヴィリエ、ニュートンらによる神の存在証明の検討」と題され、三人による「神の存在証明」を論破しようという試みがなされる。オベール・ド・ヴェルスの『不敬の徒の罪を証明す、あるいはスピノザ反駁』（一六八五年）からの引用に基づいてデカルトはスピノザ主義的だと批判され、またブーランヴィリエも同じ論理で退けられる。「自然のほかに神はないという、それこそまぎれもないスピノザ主義をデカルトが明白に告げているといって、人はデカルトを批判する権利がある」[48]。続く第六章は汎神論の検討に割かれているが、そこで彼は物質的世界である「自然（la Nature）」の外にもう一つの未知な原因を求めるのは無駄であると述べている。

それゆえ、私たちが自然の外部に神を求めるべきでないことは万事が証明している。神の観念を持ちたいのなら、自然が神だ（La Nature est Dieu.）と言おう。自然は私たちの知りうるすべてを含んでいると言おう[49]。

この「自然が神だ」がスピノザの「神即自然（le Deus sive natura.）」と同義ではないことは、第五章のスピノザ主義への批判から明らかである。「もし神の名をもって自然という語に置き換え[50]ようとしても、神という語は自然の実在についての説明にはならないとするドルバックは、スピノザの「実体」の概念を本来の意味で決して受け入れてはいない。彼にとっての神とは、やはり超越的な創造者を意味するものであり、「自然が神だ」と述べたとしても、それは神という語そのものを追放するためなのだ。ベールによって「無神論者」と呼ばれたスピノザは、唯物論者のドルバックにとっては中途半端に「神」を信奉する者となってしまうのである。「自然」を定義するために、ドルバックは「集合体（assemblage）」あるいは「大いなる全体（le grand tout）」という語を繰り返し使う。つまり、自然とはこの世に存在するすべてのものを包含し、一連の原因と結果たる運動によって、変化し続けているのである。こうして、それまでスピノザ哲学に挑むものたちの多くを悩ませてきた、有限の個物の発現、あるいは能産的自然から所産的自然への移行、属性から様態への「変状」という問題は、ドルバックにおいて消滅する。

自然や世界を諸物や諸運動の集合体とみなす考えは、ドルバックに特有なものではなく、当時の地下文書の中にも見出せるものである。例えばニコラ・フレレ（一六八八―一七四九）は『トラシュブロスからレウキッポスへの手紙』の中で、ギリシャの政治家トラシュブロスに「世界とは互いに次々と作用し反作用する様々な存在の集合体[51]（assemblage）」と語らせている。また、スピノザ哲学を強引に唯物論に結び付けた『三詐欺師論』は、「神とは自然でしかないから、あるいはこう言ったほうがよければ、あらゆる存在、あらゆる特性、あらゆる力の集合体（assemblage）でしかないから、必然的に結果と区別されない内在的な原因である[52]」と述べている。この記述の後半部分は『エチカ』の第一部「神について」の定理十八「神はあらゆるものの内在的原因であって超越的な原因ではない[53]」を踏襲している。だが、前半部分の「自然」をあらゆるものの「集合体」と見なす記述は『エチカ』には存在せず、むしろドルバックとの類似性を感じさせるものである。

ドルバックに話を戻し、彼が「自然」と「人間」に与えた定義を比較してみよう。

> もっとも広い意味における自然は、宇宙の中に見られる、異なる物質、それらの異なる配合、異なる運動、の集合から生まれる大いなる全体（le grand tout）である[54]。

一方、自然はより狭い意味において、つまり各存在においても考察される。

> したがって人間は特殊な性質を与えられた物質の配合に由来する一つの全体（un tout）であり、それらの物質の配列が組織（*organisation*）と呼ばれるのである[55]。

どちらの定義も同じ法則に従って行われている。著者自身によってイタリック体で強調された語は、彼が描き出す「体系（système）」が有機的（organique）であることを示している。「大いなる全体」と「一つの全体」は、それらを構成する諸要素が入れ替わり、新たな配合で組み合わせられることによって、更新され続ける。彼の体系において、宇宙または自然の構成要素として認められるのは、物質と運動のみである。人間の魂についてすらドルバックは、死に際して「魂は肉体とともに滅びる」[56]として、これで魂の物質性を証明しえたとする。諸存在は死後解体され、新たな存在として異なる形態のもとに再び生み出されるのである。だが、どこまで解体されても、物質的な最小単位は自然のうちに存在し続ける。ドルバックは「分子」「要素」「部分」「成分」などという言葉を使って、それを説明しようとする。

動物や植物や鉱物は、或る時間を経ると、かつて自然から借りた諸々の要素や成分を、自然に、すなわち事物の集塊全体、普遍的な保管所に返却する。[57]

ドルバックにとって、自然を構成するものの総和は常に一定である。この考え方は、トーランドの「総体」を想起させるものである。諸物はその短い生存のなかで、この総体の中にたまたまある形態を取るだけなのである。死は個々の人間存在としての終焉でしかなく、すべては絶えず動いている自然の不変の秩序から生み出される必然的結果でしかないのである。

七　理性と直観知

十七世紀から十八世紀にかけて、具体的に言えばベールから啓蒙の唯物論まで、スピノザ哲学が与えた影響について考察をしてきた。スピノザと彼以外の思想家たちとの間には、いくつかの共通点が存在する。例えば、スピノザとドルバックはともに目的論を退けており、超越的な創造者である神の意図に従うことを生の目的とはしていない。そして、どちらの論においても、人は被造物の支配者としての地位を得ていない。また彼らはいずれも、「あの世」の存在を認めていない。スピノザは「神即自然」を唯一の実体であるとし、ドルバックは物質的な世界のみを考察の対象とすることで、それを否定したのである。

こうした共通点がある一方で、私たちはすでにスピノザと他の者たちとの間に、様々な相違点があることにも気づいている。その核となるのが「変状（affectio）」という概念であった。スピノザは無限の実体からあらゆる個物、つまり有限で定まった存在を有するおのおのの物が直接的に産出されるとは思っていない。それは神のある属性が定まった存在を有する有限の様態に「変状」する限りにおいて、神から生起するのだ。ベールやトーランドは、単一性を持つ創造者あるいは自然と、部分が集まって複合的に構成される物質世界との関係をめぐって模索した。そして、ドルバックにとっては「変状」や、「無限から有限への移行」という発想そのものが存在せず、彼は自然をすべての「集合物」と捉えた。そこには、個物が解体され、新たな形態のもとに再結合することを繰り返す、常に同一量を保つ物質の永遠の循環があるのみである。

こうした違いは、これらの哲学者たちにおける個物の認識の違い、あるいはスピノザの言葉を借りれば「このまたはかの」存在の認識の違いと呼応している。ドルバックは人間の肉体が滅びた後もその魂は滅びないとする考えを、死への恐怖によって生み出された幻影であるとして徹底的に否定する。繰り返していうことになるが、彼の唯物論の体系において、死後の世界や不死の魂の存在は決して認められない。永遠に循環する自然の中で、あらゆる存在は機械の部品のような役割を果たしている。「このまたはかの」ものの死後、それそのものとして残るものはない。一方で『エチカ』においては、次の表記が目を引く。「人間精神は身体とともに完全には破壊されえずに、その中の永遠なるあるものが残存する」（第五部定理二三）。この一文は果たしてなんらかの魂の不死性のようなものを表しているのだろうか？　私たちはスピノザにおいて、神秘主義への回帰を読み取るべきなのだろうか？　いや、そうではない。というのも、スピノザは誤解を避けるために、「我々は人間精神に対して（第二部定理八の系により）身体の持続する間しか持続を賦与しない」（第五部定理二三証明）と確認しているからだ。

ここで『エチカ』の第二部で述べられた「人間精神」と「人間身体」の関係をもう一度振り返ってみたい。人間は精神と身体から成っており、人間精神を構成する観念は、その対象としての人間身体と対になるものであった。人間精神は神の「思惟」という属性の様態であり、その限りにおいて神の知性の一部である。また、神は思惟するものであるが故にすべてのものの観念を有するので、このまたはかの人間身体の観念も必然的に有するが、その観念は人間精神の本質に属するものをもつ。こうして、人間精神は人間身体の持続する間しか続かないものの、観念として永遠なるあるものを残すのである。

個々の人間において「永遠なるあるもの」を見出すこととは、スピノザが「第三種の認識」あるいは「直観知」とで呼ぶもの、つまり個々の存在を「永遠の相のもとに」捉えること、と同義である。彼はそれを精神の最高の徳であると語る。人間精神による「知覚」には三つの方法があるとして、スピノザは次の三種類の認識を『エチカ』の第二部で挙げている。

・第一種の認識――意見（opinio）あるいは表象（imaginatio）と呼ばれるもので、知性による裏付けのない経験による認識
・第二種の認識――理性（ratio）と呼ばれるもので、事物の特質について共通概念あるいは妥当な観念を有することによる認識
・第三種の認識――直観知（scientia intuitiva）と呼ばれるもので、このものあるいはかのものを永遠の相のもとに捉える認識

スピノザは第一種の認識を、虚偽の唯一の原因として退ける。それに対して、第二種および第三種の認識は必然的に真であるとされる。第一種と第二・三種の認識の間には隔たりがある。では、第二種の理性と第三種の直観知との違いは何だろうか？　前者は個物と無限の実体の関係を、一般性をもって、あるいはスピノザの用語をそのまま使えば「共通概念」として理解しようとすることを指している。「共通概念」とは、あるものが他のものとの間に有する、何らかの共通かつそれに特有である性質のことである。私たちは理性を通じて、一つ一つの存在を「このまたはかの」ものとしてではなく、自然の中の一般法則の一例として捉えるのである。「共通概念」という言葉を、ドゥルーズは次のように説明する。

共通概念とは、構成関係の合一・形成であり、合一をみる構成関係のもとに個々の存在する様態間の出会いを秩序立てようとする〈理性〉の努力である。〔……〕共通概念は、抽象的な観念でこそないが、まだ一般的な観念で、どこまでも存在する様態にしか適用されず、まさにその意味ではこれは個別・特異的な本質そのものを私たちに認識させるものではない。(58)

これに対して、第三種の認識とは、己が唯一の実体の中に観念（idea）を持つことの直観的知覚であり、己を有限の存在としてだけではなく、その持続時間を越えて永遠かつ必然的に己そのものであることとして認識すること、を指している。

我々の精神はそれ自らおよび身体を永遠の相のものに認識する限り、必然的に神の認識を有し、また自らが神の中にあり神によって考えられることを知る。（第五部定理三〇）

スピノザは『エチカ』において、終始一貫した視点から論を述べている。第一部で「すべて在るものは神のうちに在る」（第一部定理一五）といったが、それを個別の存在の問題として、もっと言えば己自身の問題として「知る」ことこそが、第三種の認識なのである。ここで印象的なのが、事象の一般原理は合理的に解き明かされるのだが、己自身についてはは理性による解明を越えた「直観（intuitio）」で知るものとされていることだ。『エチカ』は、副題の「幾何学的秩序によって論証された」という形容が示す通り、ユークリッド幾何学に見られるように、定義・公理・定理・証明を通して徹底した演繹を試みるものであった。しかし、「知る」ということは究極的にスピノザにおいて、演繹によって示されるものとは別のところにある。

ここで、ドルバックにおける認識の問題を考え、スピノザと比較してみよう。『自然の体系』の序文では、その執筆目的が次のように示されている。

本書の目的は、人間を自然に引きもどし、理性に親しませ、美徳を熱愛させ、彼が望む幸福に確実に彼を導くのにふさわしい唯一の道を隠蔽する幻影を消し去ることである。(59)

この引用文には、十七世紀後半から十八世紀にかけて頻繁に論議された概念のうちの三つ、「理性（raison）」「(美) 徳（vertu）」「幸福（bonheur）」が含まれている。これらの語の詳細な定義は論じ手によってややぶれがあるが、理性によって迷信や幻想を打ち払うこと、社会や祖国のために有徳であること、個人あるいは人類の幸福を追求することは、啓蒙時代に広く説かれた重要なテーマであった。トマス・ペインの有名な書物の名をとって、この時代は今日でも「理性の時代」と呼ばれている。さらにこれらの概念は、フランス革命後の政治や宗教をめぐる言説にも大きな影響を及ぼした。ジャコバン派独裁の中、エベールを中心とするグループが推し進めた「理性の祭典」[60]や「徳なき恐怖は有害であり、恐怖なき徳は無力である」と演説したロベスピエールの恐怖政治を思い出してみよう。そうした意味で、ドルバックはまさに啓蒙の時代から近代へと向かう思潮の真っただ中にいたわけである。彼は感覚を誤謬の原因として否定し、あらゆる探求は物理学と経験によってなされるべきだと主張する。[61]そして経験を重ね、結果を予知する能力を作り上げる必要性を説き、それを「理性」と呼ぶ。[62]経験と理性の重要性は、『自然の体系』の各章で繰り返し説かれ、彼の描き出す有機的体系の原理を認識するのも、宗教という幻想から抜け出すのも、すべてそれらによるものとされる。

ここまでくると、十七世紀後半から十八世紀にかけてのフランスにおいて、スピノザ哲学と、その系譜を汲む汎神論者や唯物論者たちとの分岐点が見えてくるだろう。前者は、様々な個物の背後に（あるいは、深層にというべきだろうか）、それらを起成させる基たる非有機的な無限の実体を想定する。物質的な世界においては、人間精神は身体が持続する間しか、己を意識することはない。だが、己を永遠の相のもとに考えること、言い換えれば永遠かつ無限である神の知性となんらかの繋がりを持っていることを「知る」ことは可能であり、またそのことによって神を認識するのである。そして、人間が能産的自然から派生した所産的自然の一部になる――有限のものとして起成する――瞬間が、いうなれば「表現」としての「零」が、強く意識されているのだ。

啓蒙時代のスピノザ解釈はしかし、スピノザが論じたようにはその哲学を受容しなかった。『百科全書』の

「スピノザ」の項目は、スピノザ理論のもっとも功績をあげた反駁者としてベールの名を挙げ、『歴史批評辞典』の項目を書き写している。[63] 自然＝宇宙はスピノザが述べるような必然性にもとづく唯一の実体ではなく、諸部分（諸実体）が複合してできた物質であるということや、延長をもたない神と物質的な世界とは異なるものであるという内容がそのまま書かれている。また、個々の人間は神の様態ではなく、別々の諸主体であると捉えられている。[64] あるいは、百科全書派でもあったドルバックは、神の存在そのものを否定し、物質的な自然、つまり「有」の世界のみを考察の対象とした。別の言い方をすれば、ある個物がいなくなっても、別の個物として再結合されることで、差し引き総量の変わらない世界を想定した。創造者の有無を巡って考え方の違いはあるが――ドルバックがもっとも早い時期に無神論を説いた人物だということを忘れてはいけない――、これらの思考に共通しているのは、人間やその他の存在を、複合的で有機的な物質世界に組み込まれるものとしてとらえているということである。そして、この世界の法則を知るために、「理性」の重要性が強調されるのである。そこには、合理的解明を越えた知への意識はない。

まとめ

「零」と「有」という言葉を、先の論述で使った。この場合の「零」とは、ロラン・バルトの『エクリチュールの零度』の「言語の痕跡をもった秩序への一切の隷従から解放された白いエクリチュール」[65] になぞらえていうならば、「有機的な世界の秩序への一切の隷従から解放された状態」とでもいえるだろうか。「零」とは不在であり、この世の存在である私たちには「有」の世界しか見えない。よって「零」とは、ドゥルーズの言葉を借りれば、「表現」なのである。「零」を意識することとは、各存在の生成の瞬間、つまり零に限りなく近いが零ではなくなった瞬間に目を向けることである。

スピノザの哲学は十七世紀後半以降のヨーロッパにおいて、異質な存在であり続けた。その理由は、ひとつには聖書との折り合いの悪さにあった。「創世記」において神は人をその似姿に創造したとされるが、スピノザは神＝自然を唯一の実体であると定義し、人のかたちをした神を消失させる。これは観方を反転させれば、人間に神に似姿を持たせるのをやめ、人間を価値の尺度とすることを退けることでもあった。こうした考えは、キリスト教の基盤を持つ者たちにとっては、異端か無神論であるようにしか思えなかった。

スピノザの哲学は誤解や歪曲を通してではあったが、常に存在していた。それは自由思想家たちを介してフランスに持ち込まれ、様々な哲学者たちの論議の対象となり、批判され、地下文書に部分的に取り込まれ、本来の意味とは異なるところで汎神論や唯物論に影響を与えたりした。スピノザ哲学が理解を得られなかった理由のもうひとつは、無限の実体の「変状」という考え方にある。無限から有限への移行、一から多が派生すること等は、しばしば「理性」によって説明することができない矛盾であると思われた。実体と様態を、神と被造物、全体と部分あるいは集合体とその構成要素などの関係に置き換えて解釈された結果、それは大いなる誤謬のうちに置かれることになったのだ。

スピノザの体系の特徴は、能産的自然を想定することにより、所産的自然を開かれたものとしたところにある。人間精神は神の知性の一部であり、つまり個人はその知性において、無限の神に一脈通じているのだ。そのことは、「理性」によっても説明されうるが、「直観知」、あるいは現代的な言い方をすれば「インスピレーション」によって知られるものとなる。これはある意味、人間の知性への期待とも捉えることができる。一方唯物論者たちは、物質的な世界の存在しか認めなかったために、人間をはじめとするあらゆる存在を、常に同量の総和を保つ有機的な連なり、あるいは円環の内に閉じ込めてしまったのだ。

スピノザはながらく合理論の系譜に位置する汎神論者として位置づけられてきた。彼の哲学の見直しは二十世紀後半になって始まる。本稿でも幾度か参照してきたドゥルーズが、この哲学者の影響を受けたことは、よく知られている。彼はアントナン・アルトーの詩をもとにして、「唯一の実体」という発想にさらに分裂症的視点を重ね合わせ、ガタリとの共同作業により「器官なき身体（corps sans organes）」という言葉を生み出した。人間の身体は様々な器官が欲望に応じて結合したり、切断されたりすることで形成される有機体であると捉えられやすい。これは人間の外の世界についても適用できることで、人間は有機的な社会体を構成する部分として組み込まれていく。「器官なき身体」とは、こうした有機的な構造体の根底に存する、非有機的なある流体を指している。言いかえれば「器官なき身体」というモデルは、有機体的世界を開かれたものにする。『千のプラトー』の第六部はスピノザの重要性を説き、そして「器官なき身体」について、次のように述べている。

われわれはしだいに、CsO（器官なき身体 corps sans organes）は少しも器官の反対物ではないことに気がついている。その敵は器官（les organes）ではない。有機体（l'organisme）こそがその敵なのだ。(66)

私たちはこれまで、有機的な唯物論とスピノザがどのように袂を分かったのか、その分岐点を探ってきた。トーランドの汎神論からドルバックの唯物論へという流れは一見、スピノザ哲学を引き継いだ上で、少しずつ変化させていったもののように見える。しかし彼らとスピノザとの齟齬は、決して小さなものではなかった。二十世紀になって近代の再考が始まった時に、それは見過ごすことのできない対立として立ち現れてくるのである。

[注]

（1） Antoine Arnauld, Cité par Leibniz. *G. W. Leibniz, Sämtliche Schriften und Briefe*, ser. 2, vol. 1 (Darmstadt: Otto Reichl Verlag, 1926), p. 553.

（2） Paul Vernière, *Spinoza et la pensée française avant la Révolution*, Presses Universitaires de France, 1954, 1982, p. 33.

（3） *Ibid*.

（4） マシュー・スチュワート『宮廷人と異端人――そして近代における神』、桜井直文・朝倉友海訳、書肆心水、二〇一一年。

（5） Sade, *Histoire de Juliette, Œuvres*, Tome III, Gallimard, « Bibliothèque de la Pléiade », 1998, p. 195.

（6） 上野修・杉山直樹・村松正隆編『スピノザと十九世紀フランス』、岩波書店、二〇二一年、vi頁。

（7） ジョナサン・イスラエル『精神の革命――急進的啓蒙と近代民主主義の知的起源』、森村敏己訳、みすず書房、二〇一七年、一九六頁。

（8） René Pintard, *Le libertinage érudit dans la première moitié du XVIIe siècle*, Réimpression de l'édition de Paris,1943, Editions Slatkine, 2000, p. XIV.

（9） 十二世紀のコルドバで活躍したイスラムの哲学者イブン・ルシュドのアリストテレス解釈（ラテン・アヴェロエス主義）は、十三世紀に教会権力に断罪されたが、パリとイタリアのパドヴァに残り、イタリア・ルネサンスに引き継がれた。

（10） Michel Delon, *La savoir-vivre libertin*, Hachette Littérature, 2000, p. 24.

（11） 十八世紀になると「リベルタン」や「リベルティナージュ」においては、日常生活の乱れや性生活の放埓ぶりを表す意味が際立ってくる。例えば、当時「リベルタン」と呼ばれた人物の中に、華やかな女性関係で知られていたリシュリュー元帥がいる。フランス革命勃発後は、旧体制の糾弾は、「リベルタン」という言葉を用いて、王族や貴族の乱れた私生活の物語の流通を通じて行われるようになっていく。例えば、『マリー・アントワネットの放埓（libertine）でスキャンダラスな私生活』という告発本が一七九三年に刊行された。

（12） 『リシュレ辞典』については、「本書に登場する辞典とその周辺」の『フランス語辞典』の項を参照、二〇六頁。

（13） *Dictionnaire français* par P. Richelet, Chez Jean Jaques Dentand, 1690, p. 464.

（14） Paul Vernière, *Spinoza et la pensée française avant la Révolution*, *op. cit*., p. 13.

（15） *Ibid*.

（16） ポール・アザールは『ヨーロッパ精神の危機』の中で、サン＝テヴルモンを「自由思想家の典型」と呼んでいる。Paul

Hazard, *La crise de la conscience européenne, 1680-1715*, Boivin et Cie Éditeur, 1935, p. 125. ポール・アザール『ヨーロッパ精神の危機』、野沢協訳、法政大学出版局、一九七三年、一五四頁。

（17）　『啓蒙の地下文書I』、三井吉俊「解題／三詐欺師論」、法政大学出版局、二〇〇八年、九七九―九九三頁。

（18）　Olivier Bloch, « L'héritage libertin dans le matérialisme des Lumières », in *Dix-hutième Siècle*, No. 24, 1992, Le matérialisme des Lumières, p. 74.

（19）　スピノザ『エチカ（下）』、畠中尚志訳、岩波書店、一九五一年、一二一頁。

（20）　ジル・ドゥルーズ『スピノザと表現の問題』、工藤喜作・小柴康子・小谷晴勇訳、法政大学出版局、一九九一年、一九五頁。

（21）　デカルト『方法序説』、落合太郎訳、岩波書店、一九五三年、四六頁。

（22）　ベールは一六七五年にスダンの新教アカデミーの教授となったが、ルイ十四世は一六八一年にアカデミーを閉鎖させた。また、プロテスタントの信仰の自由と政治上の平等を認めたナントの王令を、ルイ十四世は一六八五年に廃止させた。

（23）　Pierre Bayle, *Pensées diverses, écrites à un docteur de Sorbonne, à l'occation de la comète qui parut au mois de décembre 1680*, in *Œuvres diverses de M. Pierre Bayle*, 1737, p. 117. ベール『彗星雑考』ピエール・ベール著作集第一巻、野沢協訳、法政大学出版局、一九八七年、二九三頁。

（24）　スピノザ『神学・政治論――聖書の批判と言論の自由（上巻）』、畠中尚志訳、岩波書店、一九四四年、五〇頁。

（25）　Pierre Bayle, *Dictionnaire historique et critique*, Tome 2, Reinier Leers, 1697, p. 1083. ベール『歴史批評辞典』ピエール・ベール著作集第五巻、野沢協訳、法政大学出版局、一九八七年、六三八頁。

（26）　*Ibid.*, p. 1100. 同書、六四〇頁。

（27）　*Ibid.*, p. 1085. 同書、六三九頁。

（28）　*Ibid.*, p. 1090. 同書、六六三頁。

（29）　*Ibid.*, p. 1091. 同書、六六五頁。Cf. Pierre Vernière, *Spinoza et la pensée française avant la Révolution, op. cit.*, p. 301.

（30）　*Ibid.*, p. 1095. 同書、六七三頁。

（31）　参照、スピノザ『エチカ（上）』、八九頁。

（32）　同書、五二頁、「絶対に無限な実体は分割されない」、『エチカ』第一部定理一三。

（33）　Pierre Bayle, *Dictionnaire historique et critique, op. cit.*, p. 1091. ベール『歴史批評辞典』、六六五頁。

（34）　John Toland, *Origines judaïcae, sive Strabonis de Moyse et religione judaïcae historia*, La Haye, Johnson, p. 117. Cf. Paul Vernière,

Spinoza et la pensée française avant la Révolution, op. cit., p. 355.

（35）　*Ibid.*

（36）　*Defensio religionis contra duas Dissertations Joh. Tolandi*, Utrecht Brœdelet, 1709, p. 194-195.

（37）　Pierre Bayle, *Dictionnaire historique et critique, op. cit.*, p. 1091. ベール『歴史批評辞典』、六六五頁。

（38）　John Toland, *Letters to Serena*, Printed for Bernard Lintot at the Middle Temple Gate in Flectstrect, 1704, p. 146. ジョン・トーランド『セリーナへの手紙――スピノザ反駁』、三井礼子訳、法政大学出版局、二〇一六年、一一五頁。

（39）　ジル・ドゥルーズ『スピノザと表現の問題』、三五三頁。

（40）　John Toland, *Letters to Serena, op. cit.*, p. 151. ジョン・トーランド『セリーナへの手紙――スピノザ反駁』、一一九頁、参照、『スピノザ往復書簡集』、畠中尚志訳、岩波書店、一九五八年、二七三、二七七頁。

（41）　*Ibid.*, p. 141. 同書、一一〇頁。

（42）　*Ibid.*, p. 142. 同書、同頁。

（43）　*Ibid.*, p. 191. 同書、一四七頁。

（44）　*Ibid.*, p. 213-214. 同書、一六一頁。

（45）　髙橋安光は『自然の体系Ⅰ』（髙橋安光・鶴野陵訳、法政大学出版局、一九九九年）の解説で、ドルバックが『良識』の中で「唯物主義」という言葉を使用していることを指摘している。参照、『自然の体系』、「解説」、三〇七頁。Cf. D'Holbach, *Le Bons Sens*, Londres, 1772, p. 108.

（46）　D'Holbach, *Système de la Nature*, Londres, 1770, p. 38. 同書、三七頁。

（47）　*Ibid.*, p. 26. 同書、三六頁。

（48）　*Ibid.*, p. 544. ドルバック『自然の体系Ⅱ』、髙橋安光・鶴野陵訳、法政大学出版局、二〇〇一年、九五頁。

（49）　*Ibid.*, p. 594. 同書、一二九頁。

（50）　*Ibid.*, p. 582. 同書、一二二頁。

（51）　Nicolas Fréret, *Lettre de Trasybule à Leucippe, in Philosophie sans Dieu, Textes athées clandestins du XVIIIe siècle*, Honoré champion, 2005, 2010, p. 179.

（52）　*Traité de trois imposteurs*, Sans nom d'éditeur, 1777, p. 79. https://archive.org/details/traitdestroisim00lucagoog/page/n7/mode/2up（二〇二三年九月四日閲覧）

(53) スピノザ『エチカ（上）』、六四頁。

(54) D'Holbach, *Système de la Nature, op. cit.*, p. 19. ドルバック『自然の体系Ⅰ』、三一頁。

(55) *Ibid.*

(56) *Ibid.*, p. 279. 同書、一九五頁。

(57) *Ibid.*, p. 47. 同書、五〇頁。

(58) ジル・ドゥルーズ『スピノザ——実践の哲学』、鈴木雅大訳、平凡社、二〇〇二年、一六九頁。

(59) ドルバック『自然の体系Ⅰ』、九頁。

(60) フランス革命の後に、パリのノートルダム大聖堂を中心にフランス全土で開催された祭典。ヴォルテールやルソー、モンテスキューといった思想家たちの胸像を設置し、自由と理性の女神をたたえるというような内容であった。

(61) D'Holbach, *Système de la Nature, op. cit.*, p. 13. ドルバック『自然の体系Ⅰ』、二七頁。

(62) *Ibid.*, p. 145. 同書、一一三頁。

(63) *Encyclopédie, ou Dictionnaire raisonné des sciences, des arts et des métiers*, « Spinoza », Tome 15, 1751, p. 464-474.

(64) 「同一主体（sujet）について、同じ面から同時に、二つの反対名辞を偽りなしに肯定することはできない。例えば嘘をつくことなしに、『ピエールは元気だ、ピエールはひどく病気だ』ということはできない」(*Ibid.*, p. 465-466)。

(65) ロラン・バルト『零度のエクリチュール』、渡辺淳・沢村昂一訳、みすず書房、一九七一年、七二頁。

(66) Gilles Deleuze, Félix Guattari, *Mille Plateau, Capitalisme et Schizophrénie 2*, Les Éditions de Minuit, 1980, p. 196. ジル・ドゥルーズ、フェリックス・ガタリ『千のプラトー——資本主義と分裂症（上）』、宇野邦一・小沢秋広・田中敏彦・豊崎光一・宮林寛・守中高明訳、河出文庫、二〇一〇年、三二五頁。

真理と信仰
――パウロ、ルソー、バディウ

松本潤一郎

一　近代と資本主義

ジャン゠ジャック・ルソーは、近代の端緒に位置する偉大な思想家の一人である。彼の思考は今日においてもなお、そのアクチュアリティを失っていない。ここで私は、ルソーの思考が現代の思想にまで轟かせ、今なお轟かせている衝撃の一部について、バディウのルソー論とパウロ論を瞥見するというかたちで――ドゥルーズが顔を覗かせることもあるだろう――、間接的かつ限定的にではあるが考えていく。

考察に入る前に、長くなるが、本稿における「近代」概念の使用について述べておきたい。言うまでもなく、「近代」はきわめて大きく複雑な概念であり、少なくとも私には未だ謎めいた部分もあって、詳細に規定することは難しい。そのため本稿では、「近代」の或る一面にのみ注目し、それもかなり抽象的なものとして取りだしたうえで、用いることにする。

近代には様々な側面があるが、その一つとして、言わば自己言及的な構造が考えられるだろう。ここでの「自己言及的」とは、自らの状態を吟味し、適宜その内容を変えていくという意味で、用いられている。つまり、しばしば指摘されることだが、時代を諸「様式（流行 mode）」で区分するという考え方を延長するなら、「近代（modernity）」はそれらの様式それ自体を次々と取り替え、あるいは創出する運動として捉えられるだろう。言いかえると、近代という時代を、特定の様式ではなく、様式の変遷そのものと考えることができる。

この構造に、例えば後戻りせず一方向へ進む時間というイメージが付加されると、マルクス主義を含めた〈科学（技術）に希望を見いだす進歩主義〉といったナラティヴが、「近代」概念に内属するものとして捉えられることになる。こうしたナラティヴ（「大きな物語」）は終焉を迎えたとして、リオタールが一九七〇年代末に「ポスト・モダン」概念を提唱したことは知られている。リオタールは「ポスト・モダン」について、ヴィトゲンシュタインの「言語ゲーム」概念に想を得て、無数の小さな物語が並立するというイメージを提示した。とはいえ、先述したように、もし「近代」の中に、一方向へ進む不可逆の直線としての時間という観念が内属しておらず、それが外から付加されたことによって大きな物語が現れたのだとすれば、近代とポスト・モダンとの間に断絶を見いだすことは難しくなるだろう。というのも、自己言及的構造としての諸様式の変遷において、もし他の諸様式が排除されるのではなく（排除されると考えられがちだが）、実はただその場に潜在しているだけだとすれば、この状態は、無数の小さな物語の並立に似通ってくるように思われるからである。しかしながら、他の諸様式あるいは複数の小さな物語の排除という操作が、「近代」概念に予め内属しているかどうかは、決して自明ではない。そして、もしそうだとすれば、近代とは時間や時代を示すものというよりはむしろ、今度は諸様式が収容される空間、あるいはアーカイヴのような拡がりを持つものということになるだろう。

このように「近代」概念には、大きい物語も小さい物語も、あるいは単数であっても複数であっても、さらには一方向的でも多方向的でも、様々な様式を内包する性質が備わっているように思われる。つまり「ポスト・モダン」は近代に含まれており、その意味で、私たちは未だ「近代」にいると言えるのではないだろうか。

そしてルソーは、この意味における近代の端緒にいると、私には思われる。言いかえれば、己を省察して様々な様式を様々に変遷していく自己、あるいはその前段階として、自己とは何かと自らに問う思考を私たちへ突きつけた者として、ルソーを捉えることができるだろう。勿論このように述べることは、ルソーに「近代」概念を主題として正面から取り組んだ仕事があるといったことではない。（たとえ実際にそうであったとしても、そのこと自体について指摘したいわけではない。）また、「私」や「内面」をめぐるルソーのよく知られた一連の鋭い考察のみを、ここで参照されるべきテキストとして取り上げたいということでもない。そうではなくて、そうした個々人の近代的意識にルソーが注視し、あるいはそうした意識そのものを切り拓いたかもしれないということ自体が、人間におけるいわゆる精神的生活、あるいは内省といった行為に限定されない、自己言及的な構造を備えた「近代」なるものを射抜いているという意味で、ルソーを、近代の端緒に位置する思想家と見做しうるのではないかということである。これはまた、ルソー個人が単独で近代を全面的に切り開いたということではなく、彼の生きた時代状況において、近代の布置が準備されつつあったか、あるいはすでに機能し始めていたということでもある。

ルソーの仕事を特徴づける概念として、「自己」という言葉を私は使った。そこでこの言葉に関連して、近年主流化した「近代批判」言説の傾向について、少し書き記しておきたい。近代を他の時代とは区別された（先述した諸様式の変遷という意味での）特別な時代と捉える見解に対して、植民地支配を始めとした西欧の諸々の所業の一環として批判する議論がある。西欧あるいは近代に、そうした咎が存在することは確かである。そして、この咎を指摘し、批判する視座そのものを提起したのもまた近代であると言いうる側面がある、と私は考える。唐突に統計論的な議論を導入することになるが、貧富の差と血統による特権を超えた、近代における多数の人びとに対する教育機会の増大がなければ、こうした視座が出てくる可能性は低いのではないだろうか。その意味で、近代を相対化する視点それ自体が近代から生じるという逆説的事態が、そこに――少なくとも部分的には――成り立っているのではないだろうか。近代を批判するという場合、批判者は〈なぜ自分は近代を批判するのか〉、〈近代を批判する条件は何か〉ということを、自己に対して問いかける必要があるだろう。さもなければ、その批判は実効性を失う。自己への問いという行為を欠く限り、その批判は大概、当の西欧あるいは近代が行使してきた権力（資本主義と言ってもよい）と同じふるまいになる。自己を含まない「正論」は他者への危険になりうる。そして、このように自己を問うことにより、逆に自己を危険に曝す行為を、ルソーは実践し、また思考し続けてもいたはずである。ルソーを近代の端緒と形容する所以である。あるいは、ルソーとは近代が発する危機の症候に付けられた名前の一つかもしれない。

症候と呼ぶほどのことかどうかわからないのだが、少しそれに関する事柄に話題を移すと、近代に限らず、どの時代も自らの様式を意識していたのだ、などと考えること自体が近代の思考の特徴であるのかもしれない――すこしフィリップ・K・ディックのSFに出てくる人物たちのような言い方をすれば、私たちは「近代」に、そのように考えさせられているのかもしれないのだ。ここで「近代」というシニフィアンを――前段落ですでに仄めかしたことだが――「資本主義」というシニフィアンと連結して、二つのシニフィアンの狭間で私の無意識における私の願望を充足させるシニフィエ（意味）を明滅させたいという欲望に、私は囚われている。というのも、一八五七年から五八年にかけて書かれた『資本論』草稿（『経済学批判要綱』）に、マルクスは「人間の解剖は猿の解剖のための鍵である」と書きつけているからである。ここでの問題は、目的論的転倒である。猿を解剖して人間への進化の前段階と見做すことは、あたかも猿を含めた諸々の生物が、人間へ進化するという目的のために存在してきたかのごとき想念を抱いていることを示す。猿を解剖して人間への進化の鍵を見つけようとする姿勢、言いかえると、地球生命誌をいくつかの段階に分け、その最先端に人間を位置づけるという、人間中心主義の生命史思想に窺われる目的論的転倒を、ここでマルクスは指摘している。逆に、人間を解剖して猿との差異を明かすことが、転倒からの脱却につながる。この再転倒において、「人間」は自己を脱中心化する作業を始めているだろう。

ダーウィンの進化論を意識しつつ、非目的論的な歴史記述をマルクスが目指したのはなぜだろうか。それは、資本主義が私たちに、歴史を目的論的遠近法において考えさせるからである。ここでの目的論とは、資本主義社会を世界史の最先端－最後の時代と見做すという意味でのそれである。〈世界史＝普遍的な歴史（*Histoire universelle*）〉という考え方を可能にしたのは、資本主義である。言いかえれば、現在から過去を遡及的に回顧する視点から、歴史を組み立て、物語るという枠組を私たちの思考に課したのは、資本主義である。

マルクスにすでにあったこの視点を明示して資本主義を論じた有名な研究として、ドゥルーズとガタリ『アンチ・オイディプス――資本主義と分裂症』（一九七二年）が挙げられる。とはいえ、彼らが先行研究をふまえて議論を展開していることは言うまでもない。とりわけ移行論争で知られるドッブとスウィージーの議論に、彼らは示唆を受けている。この視点は、歴史のあらゆる地点（時点）に資本主義胚胎の諸要素を見いだして回るものだが、但しドゥルーズとガタリにおいてそれらはむしろ、資本主義形成の歴史的偶然性を強調するために見いだされる。資本主義の出現可能性は、歴史上の様々な地点（時点）に見いだされるにもかかわらず、労働の要素と資本の要素が（無）意識的且つ恒常的に連結されるようになったときまで、それが実現されることはなかった。（ここで「（無）意識的」という微妙な表記を行なったのは、この連結が、ヘーゲルの所謂〈理性の狡知〉によるものであるようにも読めるからである。ヘーゲルにとって歴史における人間の行為は、世界史の理念である〈自由〉を実現すべく――まさしく目的論的に――理性に教導されており、そのことを知る由もない人間は、自らの意志で行為していると思い込んでいる。よく知られたマルクスの〈為すところを知らざればなり〉（『資本論』Ｉ）や〈人間は自分の思うようにではなく歴史を作る〉（「ナポレオン・ボナパルトのブリュメール十八日」）にも、こうしたヘーゲルの思考の影響が垣間見えており、これと似たような意味において、ドゥルーズとガタリが強調する〈偶然〉も、目的論的視座において浮上してくるものであるという点で、偶然を装った必然である可能性を疑う余地がある。）いずれにせよドゥルーズとガタリは、ブローデルを参照しながらこうした議論を提示しており、この論点は『千のプラトー――資本主義と分裂症　第二巻』（一九八〇年）では国家論に連接されつつ、「資本主義公理系」という概念へ継承されていくのだが、この概念については、稿をあらためて考えてみたい。

私がこの論点に言及したのは、先述した近代の思考の特徴――どの時代も近代と同様に自らの様式を意識していたと考えること――が、この目的論的思考のヴァリアントであると思われるからである。この意味で私は、資本主義の出現と近代の開始を、ほぼ等号で結んでいる。時代なりシステムなりが自己を省みるという行為が成り立つとして、その自己省察が、〈自己〉なるものを歴史と空間の到るところに発見していき、つまるところ自己を拡張させていく。どの時代も自己を省みており、どの時期・地域にも資本主義の要素は見いだされるというかたちで。この拡張を止めなければ、近代批判にせよ、資本主義批判にせよ、それらは批判ではなくなるだろう。先ず求められる作業は、資本主義によって私たちの思考が規定されているということの解明である。その際、ドゥルーズとガタリのように、目的論という遡及的視座を戦略的に採用したうえで、当の目的論の成立基盤に偶然性を見いだすという企図に倣う必要は必ずしもないと思われるが、とはいえ、彼らのこうした戦略に示唆を与えたマルクス自身の議論――具体的には『経済学批判要綱』「序説」における「経済学の方法」と題された節――を、あらためて検討してみることは有益かもしれない。そこにおいてマルクスは、経済学が扱う概念の内実を歴史によって言わば満たすという、ヘーゲルの上向‐下向論を批判的に刷新させた方法を用いているのだが、この方法には、先述した「公理系」という考え方に重なる部分が、もしかすると潜んでいるかもしれない。

ここまで私は「近代」を、「資本主義」とほぼ同じ拡がりを持つ概念として用いることを提案し、またその提案への弁明を展開してきたわけだが、しかしながら「資本主義」の定義を単純に提起することもまた、「近代」概念と同等程度に困難である。したがって、ここでは資本主義の展開について、特定の地域、時代の具体的状況に限定せず、抽象化、あるいはむしろ物語化して提示することになる。そのため、読者にはいかにも茫漠とした印象を与えるだろう。だが、こうした抽象的な記述をしか提示できないにもかかわらず、「近代」そして「資本主義」の両概念は、いずれも私の思考を規定してもいれば、また触発しもする概念であり続けており、そのアクチュアリティに本稿は支えられている。そういうわけで、いささか長くなったが、概ねここに述べたような仕方で、私の中で二つのシニフィアン――「近代」と「資本主義」――は、連結していることになる。以上をふまえ、あらためて本稿のタイトルに掲げたルソーへ戻りたい。資本主義とルソーの仕事を、どのような観点から結びつけるか。また、この結合からどのような問題が見えてくるのか？

資本主義の展開過程において共同体の伝統、昔ながらの製法と労働形態、生活様式、地域の旧い仕来たりと掟は、多少とも解体されていき、あるいは直接的に解体されない場合であっても、相当の変質を被った。多くの農民が故郷を出て都市へ向かい、そこで労働するようになった。（また農村そのものにおける働き方も、資本主義によって変形を被った。）都市では、各地域の互いに異なる個別特殊な諸々の慣習がぶつかることになるだろう。言いかえれば、人びとの間で、共に生きるための新たな掟の創出が求められた。――と、このように、かなり寓話的な形式で問題の導入部を物語ってきたわけだが、新たな掟の創出というこの点において、ようやく、再びルソーが参照されることになる。新たな掟を守ること、言いかえれば、新たな契約を結ぶこと、これが近代あるいは資本主義的生産様式を基盤とした社会において、重要な課題として、浮上してくる。この課題は、未だ過ぎ去っていない。それ自体が社会の創設でもある、社会における新たな契約という問題は、冷戦が終わり、資本主義がグローバル化してかなりの時を経た――この間の地球環境の荒廃は甚大である――現在においても、言いかえれば、「ポスト・モダン」という言葉が現れてからすでにかなりの時間が経った今でもなお、重要な課題として、残り続けている。誤解のないよう述べておくと、ここで言われていることは、農村から都市へ出てきた人たちが、農村の古い掟を捨てて、新たに都市の既存の掟に従うということではない。問題は、それぞれの慣習の中で生きてきた人びとが出会い、出会ったその場で新たな掟を創出するということである。現実の場面ではそのように見えることが多いかもしれないが、原理的には、都市に予め掟が備わっているわけではない。地理的な（あるいは地政学的な？）事情という制約を現実には受けることがありうるにせよ、社会契約の問題は、それ自体としては、都市においてのみ出現するわけでは、決してない。契約はむしろ、既成のあらゆる慣習が成り立たない場所、喩えて言うなら砂漠のような場所において結ばれる。このように述べるとき私は、『旧約聖書』における新たな神と契約を結んだ人びととともにネゲブ砂漠を彷徨うモーセについての叙述を念頭に置いている。ニーチェの「砂漠が広がっている」（『ツァラトゥストラ』、一八八三―一八八五年）には、この文言へのハイデガーによる解釈に示される不気味さが付きまとっており（『思惟とは何の謂いか』、一九五二年）、また砂漠に生きる民も存在するのだから、これはあまり適切な比喩ではないかもしれないが、ここでは既存の掟を超えた新たな法が創設される場所を指し示す比喩形象として、砂漠が引き合いに出されていると理解していただきたい。つまり、新たな法を創設するためには、人びとが身に着けてきたあらゆる法が無効となる、法の言わば零地点（無法地帯？）へ一旦出なければならないということであり、新たな法の創出とは、砂漠に棲み着くという意味ではない。（ドゥルーズとガタリなら、遊牧民を論じるところだろう。）

先ほど私は、ルソーは近代の端緒に位置づけられると述べ、近代の危機の症候に付いた名前の一つであるとも述べた。近代はその始発から、〈社会契約〉という問題を抱えており、それは間欠的に回帰し反復される問題である。人びとの間における契約の絶えざる結びなおしの過程として、近代を捉えることもできるかもしれない。ルソーが取り組んだ社会的な契約は、脆く、ほどけやすいものだからである。人びとが古い法に縛られた己をふりほどき、新たな法と契約を結ぶにはどうすればよいのか？　ルソーは、こうした近代の原理的問題に取りくんだ。この問題は、危機が起きるたびに繰り返し回帰して、この問題を原理的に思考するよう私たちを促す。ここで私は近代を、様式（mode）を変える様式と解したうえで議論を進めているが、《mode》の語源であるラテン語の《modus》には「尺度」「物差し」「方法」の意味があるから、《mode》には「法」のニュアンスも含まれるだろう。ルソーを近代の端緒に位置づける所以である。

しかしながら、社会の解約―解体という危機を反復する近代の端緒に位置づけられるルソー自身が、「ブリュメール十八日」におけるマルクスの口吻に倣えば――「笑劇」であるかどうかは別として――、或る人物との間に反復の関係を結んでいると考えることができる。先ほど私は旧約聖書を引き合いに出したが、ここで召喚されるのは、神と人間の新たな約束を提起したパウロである。新約と旧約の間に、『差異と反復』（一九六八年）でドゥルーズが展開した意味における〈反復〉の関係があるとすれば――これについてはすぐ後で立ち返る――、パウロとモーセの間にもまた〈反復〉の関係が見いだされるかもしれないが、それはともかくとして、ルソーの契約の思想は、パウロの福音の思想との間に、反復という関係を持つ。パウロもまた、時代、地域、規模、諸条件はかなり異なるにせよ、旧い契約から新たな契約への移行を考え、そして実践した人物だからである。実際、イエスの復活という福音を掲げて伝道の旅を続け、キリスト教の組織化、制度化に貢献したパウロの思想に、ルソーが接していたことは確かである。ルソーが生きた時代、一定の人たちにとって聖書は日常生活の一部であり、日課のように熱心に読む者も多かった。ルソーもそうした者の一人であったことは、本稿で取り上げる『社会契約論』（一七六二年）を始めとして、彼の書いたテキストを読めばわかる。だが、近代のみならずそれ以外のどの時代も自らの様式を意識していたと考えること自体が、近代が私たちの思考に仕掛けた罠であるという、先に述べた視点からすれば、西暦紀元初期前後を生きた人物にルソーの先駆を見てとることは、まさしく転倒してはいないだろうか？

この尤もな疑問には、反復という論点から応えることができる。どの時代も自らを意識しており、その意味でどの時代も「近代」であり、それゆえに全ての歴史は「近代」の繰り返し――正確には、それぞれが区分され、仕切りによって隔てられた各時代として単位化された諸時代の総和――であるという近代批判の言説による主張と、近代――その正確な歴史的日付を確定することができるかどうかは措いて――以前の人物なり思想なりと、近代以降のそれとの間に反復の関係が成り立つということとは、似て非なる事柄だからである。『差異と反復』でドゥルーズが規定した「反復」概念は、オリジナル（反復される起源）をコピーが反復するという事態を意味しない。反復の関係に置かれた諸項の間には、先後関係も序列関係もない。それらは、近代批判の言説が各々仕切りに区切られ閉じられていると考える諸時代を横断して、いずれか一方が他方のオリジナルであるともコピーであるとも決定不可能なまま、共鳴する。このとき、例えば共鳴し合う二つの項の間の距離を、縮めたり延長したりすることはできない。あるいはそのような操作をした場合、二項間の共鳴は変質する。また、一方の項から見た他方の項との関係と、他方の項から見た一方の項との関係の間では、同じ一つの反復であっても、やはりその質は異なる。（おそらくマルクス――そしてヘーゲル――がカエサルとナポレオン、あるいはナポレオンとナポレオン・ボナパルトの間に見た反復――最初は悲劇として、二度目は笑劇として――もまた、外見に反して、オリジナルとコピーの関係にはない反復であり、むしろ共鳴関係としての反復であるだろう。）この意味で、二項間の距離を取り消すことはできない。先ほど私は、近代を過去から未来への一方向へ延びる直線的時間と捉えたうえでこれを進歩主義と見做して批判する立場に触れたが、今しがた述べた意味では、二項間の間に結ばれる反復の関係は、直線であるかどうかは別として、確かに不可逆的である。但し反復においては、過去から現在への方向の不可逆性と、現在から過去への方向の不可逆性とが重合されている。以上から理解されるように、ここで論じられている反復は、どの時代も「近代」の繰り返しであるといった主張とは異なる。またルソーと同様にドゥルーズもまた、ここまで論じてきた意味での「近代」の哲学者である。（そしてバディウもまた、この意味での「近代」の哲学者である。）

以上をふまえてルソーへ戻るなら、パウロとルソーの間に結ばれる反復の関係は、前者が後者の先駆であるという関係にはないということがわかる。ここで私は、史実としてパウロがルソーより前に存在し、ルソーがパウロのテキストを読んだことを否定しているのではない。そのような否定はむしろ、各時代を近代と同一視する立場から出てくる主張である。（より正確には、この立場の延長線上に現れる、現在の存在しか認めないというタイプのポスト・モダニズムの主張である。）そうではなく、パウロとルソーの互いが互いの反復であるという事態が成り立つ空間、あるいは場所が、いわゆる歴史的事実とは異なる様態において、しかし確かに存在するということである。両者がそれぞれに属した時代ないし状況は確かに異なるものであり、それぞれの個別特殊的な慣習なり仕来たりなりの中に存在したことは、史実として間違いない。そしてそうであるがゆえに、両者が反復という共鳴関係を結んだというそのこと自体が、まさしく両者の思考の脱個別特殊性を示しているのである。しかも、このとき両者が属する個別特殊性は、いささかも否定されておらず、そのまま保持されている。ルソーにおいて近代が自己への配慮として現れるとき、そこからルソーは、どの時代も近代と同じでありその繰り返しである、といった帰結を導き出すことは決してないだろう。彼の思考はむしろ、上述した意味における〈反復〉を通して、ポスト・モダニズムを——そしてポスト・ポスト・モダニズムをも——含む近代を、批判するものである。この点を以下で私たちは、アラン・バディウのルソー論とパウロ論に即して、簡潔に見ていく。

アラン・バディウは『聖パウロ——普遍主義の基礎』（一九九七年）において、資本主義が諸々の個別特殊な差異を商品化する今こそ、普遍主義者としてのパウロを復活させるべきであると主張する。『存在と出来事』（一九八八年）に収められた彼のルソー論を参照すると、パウロからルソーへいたる契約思想の系譜が見えてくる。ここで私は、バディウの議論を手がかりに、ルソーとパウロの現代性を示してみたい。

古い約束から新たな約束へ。あるいは旧体制から近代へ。そして諸々の個別特殊意志、あるいは諸々の差異が多様性（diversité）や共生といった言葉で形容されるようになり、またこれに対応するかのごとくに「分断」という言葉がメディアを飛び交うようにもなった現在、あらためて、新たな〈契約〉を考えるべきである。

二　バディウのルソー論

バディウはルソー社会契約論の核心を〈政治の存在（*l'être de la politique*）〉に見る。[1]政治が存在することは稀有である。政治は脆く、その存在はつねに脅かされている。政治という概念から国家や選挙、議会制度といったものを連想するなら、政治が希薄な存在であるという主張は理解しにくいだろう。バディウは政治と国家を区別する。「国家（*l'État*）」は一つの「状態（*état*）」であり、これは状況による一種の自らの折り返し、自己把握である。状況を諸々の要素（元）、さらにはそれらの要素の複数の集合から成る一つの多（集合）と数えると、そこには様々な部分集合が含まれる。「状態」とは諸部分集合を「一」と数える操作である（EE, 109-119）。言いかえると、状況を「一」と数えた操作の、状況の中における反復である。その意味で「状態」は、「状況」が自らを折り返して自己を把握する操作である。状況（集合）の諸元（私たち）は「学生」「労働者」「知識人」「主婦」「病者」「子ども」「失業者」などと各部分集合へ分類され、然々の状態として国家へ登録され、戸籍、国籍、選挙権などを与えられて納税者となり、医療サービス、各種保険などを受けられる。言いかえると、〈国家＝状態〉とは諸々の元を管理し、現状を維持し続ける装置である。「状態」から見れば、登録された元だけが「存在」する。

政治の存在が稀有であったことを想起しよう。バディウにとって、状態の中に政治は存在しない。状態とは、むしろ政治を消去する機能であるとさえ言えるかもしれない。政治とは、状態にとっては存在しないものを存在させる行為、言いかえると現状に揺さぶりをかけて、現在の布置を変更する行為だからである。政治の存在は国家を震撼させる。（その意味では、政治を消去しようとする国家の身ぶりもまた、一般的な意味における「政治」ではあるだろう。）なお、周知のように、マルクスが構想したプロレタリアートによる革命は、存在しないものの存在による政治の一例である。資本主義的生産様式を支えていながらその存在を認められていなかった労働者の存在を公的に明示して新たな社会をつくろうとしたその試みは、今なお考察に値する重要な参照例であり続けている。

『存在と出来事』に収められたルソー論で、バディウはこう述べている。「政治は稀有なものである。というのも政治を制定するものへの忠実さは移ろいやすく、また『政治体の生誕以来ずっと、社会契約を絶えず蝕む避け難い内在的な悪』があるからだ」(EE, 379)。バディウが引いているのは『社会契約論』三篇十章「政府の悪弊とその堕落傾向について」の一節である。バディウは、政治を含めて新たな存在を告げるものを「出来事(l'événement)」と呼ぶ。出来事そのものは存在と根底から対立するものであり、決して存在の秩序へ還元されない。なお、出来事を起点として新たな存在の真理を打ち立てる過程が真理に忠実な「主体」または「主体化」と呼ばれる。引用でも述べられているように、この忠実さは脆く、社会契約はつねに蝕まれる危険がある。ルソーの言う「避け難い内在的な悪」は、バディウにおける「状態」としての国家を指すのかもしれない。「社会契約」はバディウ哲学における出来事の名に相応しい。「ルソーが政治の近代的概念を永久に確立するとして、それは彼が最も根源的なやり方で、政治は一つの出来事に淵源する手続きであり、存在において保持される構造ではないと主張するからだ。人間は政治的動物ではない。政治の偶然は自然を超えた一つの出来事だからである」(EE, 380)。政治は稀有である。言いかえれば偶然である。政治は存在の秩序を揺さぶる出来事だからである。ルソーにおいて自然と社会は根底的に断絶しており、例えば戦争状態としての自然からの帰結として、戦争状態を収めるために社会契約が必然的に結ばれたわけではない。政治は自然の人間による集団的な創造であって、生命に必要な手当のようなものではない（EE, 380)。

社会契約――それにより諸々の特殊意志は一般意志へ従属する――は出来事である。そこには出来事固有の捻じれがある。「契約以前には諸々の特殊意志しかない。契約以後、政治の純粋な参照項は一般意志である。ところが特殊意志の一般意志への従属を分節化するのは契約自体なのだ。或る捻じれた構造がある。一旦構成されるや、一般意志はこの構成においてその存在が前提された当のものである。／政治体が一つの超数〔員数外〕的な多、契約という出来事の超‐一であることを考慮する点からのみ、このねじれは解明されうる。契約はまさしく創設的出来事としての契約という多への政治体の自己所属以外の何ものでもない」(EE, 380-381)。利害を異にする特殊意志としての私たちが集まって、各々の特殊利害より、全員に共通の利害を最優先しようと決める。特殊意志は一般意志に従う、という契約である。だとすれば、そもそもこの契約を結ぼうと意志した時点で、つまり契約を結ぶ前から、すでに契約は結ばれている。これが一般意志の「捻じれ」である。何かを皆でやろうと私が決意するとき、すでに私は私を一人と数えることはできないのかもしれない。私に内在するこの過剰（私たち？）を、社会契約は掻き立てる。契約は、あるいは一般意志という政治体は、「一」と数えられない。いま結ばれた契約以前に、すでに契約は結ばれているからだ。契約は二度結ばれる。あるいは引き裂かれなければ結ばれない。それは「一」と数えられず、したがって「状態」においては存在しない、まさしく出来事であるだろう。

契約のこうした自己における過剰は、一般意志を担う個々の特殊意志に、引き裂かれたまま、「状態」としての社会の中で、契約に忠実であり続けることを求める。それだけが「政治の存在」を保つ方法である。政治の存在が稀有である理由が理解されるだろう。一般意志を他の特殊意志たちと共に保ち続ける個々の特殊意志は、契約という出来事を真理たらしめる主体として、「状態」の中には存在しない政治を「状態」の中で守り続ける。その意味で主体もまた、特殊意志と一般意志に二分されている。「意志が契約という出来事に引き裂かれている」と主張することで、ルソーはこの点を正確に定式化している。市民（le *citoyen*）は一般意志という主権への各自における参与を指し、臣下（le *sujet*）は国家の法への服属を指す。政治の持続はその尺度として、この〈二〉への固執を持つ。内化された集合的操作子が諸々の特殊意志を引き裂く〔二分する〕とき、政治がある。もちろん

〈二〉は政治の現実的身体である人民という超‐一の本質である。一般意志への服属は、それに基づいて市民の自由が実現される様態である」[2]（EE, 381）。政治は特殊意志と一般意志のうち後者を選ぶことではない。政治は〈二〉を保持することだから、逆に両者に引き裂かれ続けることそれ自体である。政治はこの分裂に忠実であり続けることだから、この様態を保つのは容易ではない。個々の特殊意志は市民と臣下に引き裂かれており、一般意志を保とうとするとき、分裂は深刻化する。この分裂については後で再度触れる。

一般意志において、個々の特殊意志を識別することはできない。その担い手が誰であるかに、一般意志は左右されないからである。誰でも一般意志を担うことができ、誰が担っても同じであるという意味で、諸々の特殊意志は平等である。逆に言うと、一般意志が成り立たないところには平等もない。（この点は重要であるが、ここでは考察しない。）バディウにおいて平等は、識別不可能性と結びついている。特殊意志が識別されるとき、一般意志（平等）は消える。「一般意志の規範は平等であるとルソーは鋭く気づいていた。この点は根本的である。一般意志は人民の自らへの共帰属関係である。したがって一般意志は人民全体から人民全体へのみ効果を持つ。その出現形式――諸々の法がそれである――は、「ある視点の下にある対象全体の、他の視点の下にある対象全体への関係〔……〕であって、全体は全く分割されていない」。その対象が特殊である決定は全て政令であって法ではない。法は一般意志の操作ではない。一般意志は一人の個体も一つの特殊な行為も考慮しない。したがって、一般意志は識別不可能なものに結びついている。一般意志がそれに基づいて言表されるところのものは、知の言表によって切り離されない。政令は知に基づく。しかし法はそうではない。法は真理にのみ係わる」（EE, 382）。ここでバディウは『社会契約論』二篇六章「法について」の一節を引いている[3]。法が真理にのみ係わり、知に基づかないというのは、バディウにおいて知が「状態」の側に位置づけられるからである。知は既存の諸項を記載した百科全書に喩えられており、逆に真理はこの知に穿たれる孔である。国家と政治が区別されたように、知と真理も区別される。それでは、真理と切り離せない法とは何だろうか？　この点についても後で触れたい。

三　ルソーとパウロ

政治は特殊意志が自らと一般意志の間で引き裂かれることである。言いかえれば、個々の特殊意志は臣下と市民に分裂している。『社会契約論』四篇八章「市民宗教について」でルソーはこの分裂を宗教、特にキリスト教と国家の間に見る。同章でルソーは主権の歴史を一瞥し、神による人間の統治（いわゆる神政政治）から人間による人間の統治への変遷を略述する。この過程で、イエスの出現により、宗教と国家の緊密な繋がりが切断される。キリスト教徒は霊的には彼岸の王国を祖国とするため、自らが物理‐身体的に（あるいは世俗的に）所属する国家との間に緊張関係が生じるからである。したがって霊と肉の分離は宗教と政治の分離、ひいては私と公の分離へ反映する。逆説的ながら、キリスト教におけるこの分離に想を得て、ルソーは分裂した市民と臣下を綜合しようとする。両者を綜合するのが「市民宗教」の概念である。一般意志の担い手として、市民は自らの「純粋に市民的な一つの信仰告白（une profession de foi purement civile）」を公的に、つまり全市民に対して宣言する。これは「宗教の教義としてではなく、社交性の感情として」、主権者（一般意志）がその項目を簡潔に定めた教義の信仰告白であり、「これなくしては善き市民（citoyen）でも忠実な臣下（sujet fidèle）でもありえない」[4]（CS, 218）。主権者が「社交性の感情」を信じるよう市民に強制することはできないが、これを信じない者を国家から追放することはできる。信じない者は不信心であるから追放されるのではない。非社交的な人間（法と正義を誠実に愛せず、必要とあれば己の義務に自らの命を捧げられない者）であるがゆえに追放される。またこの教理を公的に宣言し、したがって受け容れたにもかかわらず信じない者がいるとすれば、それは一般意志が定めた法の前で嘘をつくという最大の罪を犯しているため、死刑に処すべきであるとさえルソーは言う。

逆に言うと、市民的信仰告白によって、個々の特殊意志は引き裂かれることなく市民であり且つ臣下であることができる。特殊意志は自らの信仰を主権に脅かされない限りで（主権の権限は現世の彼岸には及ばないため）市民であり、自らの社交性を告白する限りで（自らも一般意志に参加しているため）主権の臣下である。この告白は臣下＝市民の社交性を示す真理である。自らの信念を言表として闡明すること、それも特定の人に向けてではなく、公的に、あるいは誰にでも宣言することができるのは、その言明が真理だからである。この表明により、私的なものと公的なもの、市民と臣下、宗教と政治といった諸々の対が、区分を保ちつつ重なり合う。このようにして市民宗教における信仰告白は社会契約を更新＝反復する。[5] またこのように言表行為と真理を結びつける点に、ルソーの独創がある。[6]

市民宗教のアイディアをルソーはキリスト教から得ているが、ただしそれは「今日のキリスト教」ではなく、「福音のキリスト教」であると彼は述べている（CS, 214）。福音とは〈善き知らせ〉であり、端的にイエスの復活を告げるものである。そして〈主は復活した〉を、キリスト教における信仰の基礎として定着させた中心的人物がパウロである。この福音（出来事）を拠り所として、パウロは旧来の掟や慣習を含む広義の法――直接的にはユダヤ教徒が守っていた律法――を廃し、民族、性、文化、仕来たりなどの差異を横断する新たな法（真理）としての〈復活した主〉の下に全ての人が結集するよう呼びかけ、各地を旅し、布教活動を精力的に行なった。ヘブライの旧き約束から福音に拠る新たな約束へ――パウロを〈契約〉思想の系譜、それもかなり初期の時点に位置づけることも、決して無理ではない。

四　バディウのパウロ論

『聖パウロ——普遍主義の基礎』においてバディウは、パウロを〈主の復活〉という出来事への忠実さにより、それを「真理」（この場合はキリスト教という信仰の根拠）として存在させた主体と捉える[7]。バディウが重視するのは、パウロにおける〈主の復活〉の公然たる言明である。〈主の復活〉は一つのフィクションではあるが、パウロにとっては、ラカン派精神分析が用いる意味で〈リアルなもの〉だった。具体的にどのような契機であったのかはわからないが、その出来事がリアルであったからこそ彼はユダヤ教から回心し、キリスト教の普及と基礎づくりに生涯を投じたのだった。今日、世界中に拡がるカトリック組織の端緒に、パウロの挺身があったと言っても過言ではないだろう。出来事を真理として現実に根づかせるには、その出来事への忠実さを、だれ憚ることなく、公然と宣言する必要がある。宣言した者だけが主体となる。「真の主体化は『復活』という出来事のその名の下での公的宣言を物質的証拠に持つ。自らを公然と宣言することが信仰の本質である。真理は戦闘的であり、さもなければ存在しない。パウロは「申命記」を引いて、『言葉はあなたの近くにある、あなたの口(stōma)のうちに、そしてあなたの心(kardia)のうちにある』〔「ローマの信徒への手紙」一〇・八〕ことを私たちに想起させる。なるほど、内面における確信、心の確信が求められてはいる。だが信仰の公然たる告白だけが、主体を救済の展望に据え付ける。救うのは心ではない。口である」(SP, 107)。信仰は内に秘めるものではない。他者へ聴かせ（あるいは読ませ）、働きかけるものである。信者の間で信仰を確かめ合い、補強する場合もあるだろう。新たな入信者を獲得する場合もあるだろう。いずれにせよ、それは口にされなければならない。

だとすれば、パウロにおける信仰の公的宣言は、ルソーにおける市民宗教の重要な意義に対応していると思われる。（というより、むしろルソーの方が、パウロから契約論の神髄を継承しているのかもしれないが。この点については本稿冒頭で論じたので、ここでは繰り返さない。）このように『存在と出来事』におけるルソー論の問題意識は、バディウにおいてはパウロ論へと受け継がれているのではないか。この視点から、バディウのパウロ論を瞥見してみたい。

市民が主体と臣下に引き裂かれていたように、真理を構成する主体も二つに割れている。パウロの場合、それは生（復活）と死、あるいは霊と肉に分かれる。ルソーの市民宗教論は、彼岸の王国を故郷に持つ霊と地上の国家に帰属する身体との分離に想を得ていたが、この分割の起源にパウロがいるのだ。バディウも注意を喚起するように、霊／肉の対立は魂／身体という区分（プラトニズムに由来すると思しい）とは異なる（SP, 67-68）。それは二つの思考それぞれに与えられた名前であり、霊と肉が実体として完全に切り離されるわけではない。どちらの思考をする存在においても、いわゆる精神と身体は結合している。肉の思考の特徴は、従来の仕来たりや慣習、共同体の掟に従って生きることであり、簡単に言えば律法を順守する生き方を指す。法に従う存在の欲望は自動化している。そのため法の人間においては行為（身体）と思考が切り離されている。思考は法の順守の下で際限のない思案に陥り、無力化する。法的主体の精神は欲望から切り離されており、欲望そのものも非意志化されているからである（SP, 101）。おそらくルソーの言う「特殊意志」にも、こうした順法的な生がある程度、含まれているのではないだろうか。肉の思考は、各地域の伝統やコミュニティの慣習から脱け出さずに生きることや、あるいは個別的な自らの利害関心にのみ中心を置いた生き方を指すからである。

法による欲望の自動化と思考の無力化から脱出し、霊の思考への転回を可能にするのは、〈主の復活〉という出来事である。それは諸々のコミュニティ、諸々の法から成る存在の秩序、バディウの言う「状況の状態」の中には全く存在の余地を持たない偶然であり、過剰である。この偶然から出発して新たな契約を結び、新たな法に基づいて既成の秩序を造りかえるのが霊の思考の主体である。霊の思考を担う者は、特殊意志が自らと一般意志との間で引き裂かれるのと同じように、特定のコミュニティなり慣習なりに従って生きてきたこれまでの自らと現在の自らとの間で、引き裂かれる。そしてその引き裂かれの中で、真理を根づかせようと試みるのである。

バディウはパウロが布教活動を行なっていた当時の主な言説を分類し、ギリシアの言説とユダヤの言説との緊張関係において、パウロの言説（使徒または復活を公的に宣言する言説）は展開されたと論じる。ギリシアの言説は賢者または哲学の言説であり、自然（ピュシス）の安定した秩序（ロゴス、あるいはコスモス）全体と存在を調和させようとする。ユダヤの言説は預言者または例外の言説であり、預言の記号（シーニュ）、奇跡、民の選びが連接して、自然の彼方の聖なる超越を指す。両者は全体とその例外というかたちで相互に補完し合う関係にある。全体と例外は決して折り合えないがゆえに互いを支え合っており、各々が人間をギリシア人とユダヤ人の二つに分け、例外の記号によってか全体的秩序においてかのいずれかに沿って、どちらか一方の民のみが救済される構造になっている。いずれも他方を前提とするため、どちらの言説も普遍的であるとは言えない。両者が同じ形象の二面であるのに対し（SP, 51）、〈主の復活〉という出来事は、全体的でも例外的でもなく、「内在的例外」（SP, 136）である。使徒の言説は二つの言説の狭間に現れる。それは二つの言説のいずれでもなく、言わば両者が接する境界線そのものである。その意味では、使徒の言説は二つの言説なくして成り立たない。そして使徒の言説は、自らに相対する第四の言説として、神秘の言説を持つ。これは信仰を公然と宣言する使徒の戦闘的な言説とは逆に、奇跡のような言い表し難い神秘を通して〈主の復活〉を正当化しようとする言説、「非言説の言説」（SP, 63）である。この言説は最終的には沈黙へ向かうという意味で、宛先のない蒙昧な言説である。他方、ルソーにおいて市民宗教が社会契約を公言して一般意志を現実に保つ効果を発揮するのと同様に、宣言される信仰は宛先を持ち、絶えず他者へ働きかけ、人びとを〈主が復活した世界〉の定着（実現）に努めさせる。いずれにせよ、これら三つの言説との緊張関係の中で、使徒の言説は成り立つ。

パウロは普遍主義の基礎を抽象的、理論的に固めたというより、現実に生きる人びとの中に入ってゆき、そこにおいて普遍主義を実現しようとした。〈復活した主〉の前では、ユダヤ人であれギリシア人であれ、奴隷であれ自由人であれ、男であれ女であれ、平等である（「ガラテヤの信徒への手紙」三・二八）。一般意志に含まれる平等を、バディウはパウロの普遍主義に見ている。平等と差異は対立しない。あるいは対立させてはならない。対立させることは普遍主義を現実から遊離させ、抽象的に捉えることであり、より酷い場合、現実における諸々の差異を消去することである。そうではなく、差異を前提として作られた仕来たり、差異を管理するために定められた法がもたらす諸々の序列、不平等を見つけだし、それらによって苦しみを被っているどの人とも共に闘い、それらを解体する努力に、普遍主義の基礎がある。パウロに見られるその方法を、バディウは「二次的対称化」(SP, 127) と呼ぶ。各共同体固有の特殊な仕来たりを強引に廃止するのではなく（これは普遍主義ではなく帝国主義である）、複数の布地に糸を通してそれらを繋ぐ針のように、それらの差異の中へ新たな法（普遍主義）を通過させるのである。例えばパターナリスティックな因習の中で生きる女性信者に関して、「妻は夫から切り離されてはならない」と一旦この仕来たりに従いつつ、返す刀で「夫は妻を去らせてはならない」（「コリントの信徒への手紙Ｉ」七・一〇、一一）と述べて仕来たりを自らに向けさせ（対称化）、相殺する (SP, 128)。因習は因習であるがままに抑圧からの解放を指し示す。解放の闘争を現実的に推し進める準備が整うのだ。普遍性は諸々の差異（différence, 特殊性）を消去するのではなく、それらの差異を在るがままで〈関心を惹かない-無差別な (indifférent)〉ものにする (SP, 129)。普遍主義は世界の中に内在しつつ例外に留まる。

　パウロは既存の法全般からの脱出を模索し続けたが、それは決して差異の破壊ではなかった。〈復活した主〉における新たな法は「主を愛すること」と「汝の隣人を自分を愛するように愛すること」の二つに凝縮される。既存のいかなる慣習の中にあっても、この二つを実践することはできる。（尤も、それゆえに「キリスト教の精神は圧制にとって好都合である」ともルソーは指摘する (CS, 216)。彼岸の王国を祖国とするため、キリスト教徒はこの世で己が所属する国家に無関心-無差別だからである。）二つの法はどんな特殊意志にも参加できる一般意志を表現する。法とは言っても、この法は欲望の自動化を促すものではない。それはむしろ、そこで述べられているように「愛」であり、そして「愛は律法を全うする」(「ローマの信徒への手紙」一三・一〇)。「全うする」の原語《pleroma》(ギリシア語)は「満たす」「完成させる」を意味する。今日、私たちは自分が所属する国家が定める諸々の法に従って生きている。法の順守のみによって、自分の生活が満ち足りていると感じる人はどれほどいるだろうか。どれほど不備を補ってもなお、法は愛を捉えきれず、満たされない。むしろ愛の方が法を満たす。出来事が存在の秩序に対して過剰であるがゆえに存在の秩序の中では偶然としてのみ現れるように、愛は法に対して過剰なのだ。(ルソーなら「一般意志は特殊意志の総和ではない」と言うだろう。)言いかえれば、法は普遍性を自らへ回収しきることができない。法は時代や地域、状況に応じて変化しうるからである。

五　砂漠

ここまで近代と資本主義をほぼ等置するという仮説を背景として、簡単にバディウのルソー論とパウロ論を見てきた。旧い約束から新たな約束へ、あるいは旧い体制から近代へ。そして諸々の特殊意志、あるいは諸々の差異が「多様性」や「共生」といった語彙で形容されるようになった今日、「分断」という言葉がメディアで流通してもいる現在、あらためて〈新たな契約〉を考えるべきである。パウロにおいて律法は普遍性の容器ではない。ルソーにおいて特殊意志の総和は一般意志ではない。それでは今日の政治において、法は普遍主義を担うことができるだろうか。むしろ宗教的なものに、今日の危機を乗り越える手がかりが見いだされるのだろうか。たとえ仮初めのものであろうと、〈政教分離〉が成立して以降の時代における、政治に対して宗教が与える衝撃を、考えざるを得ないことは確かだろう。二〇二二年七月八日に日本で起きた出来事がそのことを私たちに、あらためて強く想起させたのだから。それは政治そのものを揺さぶる衝撃だった。政治と宗教の分離が自明なものでは全くないことが明るみに出た。『社会契約論』におけるルソーによる市民宗教の考察は、この衝撃を思考する手がかりの一つになるだろう。

ところでバディウにとって哲学の思考形式は、本稿一節で述べた意味において、「自己言及」的であると言うことができる。言いかえれば、バディウにはルソーの後継という側面がある。最後に、この点について簡単に論じておきたい。哲学は既存の法が廃棄され、新たな契約が結ばれる砂漠の思考でもある。というのもバディウにとって、ハイデガー以降の哲学における重要なカテゴリーとしての存在論は、哲学ではなく数学の領域であり、そして〈存在論は数学である〉と告げる当の哲学は「メタ存在論」であるとされるからである。これはどういうことだろうか？

哲学の古典的な概念である「真理」を保持している点で、バディウの哲学は古典的である。バディウは真理を政治、科学、芸術、愛という四つのタイプに分類する。哲学に固有の真理はない。哲学は四タイプの真理の創出過程を確認して、〈真理がある〉と告げる言説である。四つの真理が成り立たなければ哲学も成立しない。その意味で政治、科学、芸術、愛は哲学の条件である。哲学は自らに固有の真理を探究するのではなく、四つのタイプの真理の創出を辿ってそれらに共通する要素を取りだし、その存在を告げる。共通する要素とは思考である。哲学に固有の対象は、思考するということそれ自体である。ここでバディウがパルメニデスの〈存在と思考は同じものである〉というテーゼに従っているのは確実である。存在と思考が同じものであり、思考と等しいものとしての存在を取り扱うから、哲学はメタ存在論と呼ばれる。「メタ」と形容されるのは、存在が何をどのように思考しているのかを解明するには存在の外へ、あるいは思考の外へ出る必要があるからである。バディウにとって数学は、おそらく思考が最も凝集された形式で現れる領域であり、それゆえに存在論と等置されるのだろう。メタ存在論は論理式を用いて展開され、一見したところ数学の言説に酷似する。しかしメタ存在論は数学的認識や知見を得ようとしているのではない。メタ存在論は存在論としての数学において、どのように思考が為されているのかを検証するだけである。メタ存在論としての哲学は、ここでは数学という知を模倣（ミメーシス）しているのであり、ミメーシスの目的は、〈思考（あるいは真理）がある〉と告げることにある。哲学は数学（科学）の他にも芸術、政治、愛という異なるタイプの思考の存在を告げるために、これらの領域における知やスタイルを模倣したり借用したりする。こうした意味で、哲学はメタ存在論と規定される。それは、この世界における思考と存在を検証すべく、世界の言わばその場における〈外〉へ出ることである。

数学において、思考の過程それ自体を検証する試みが、十九世紀末から主に二十世紀前半にかけて、ヒルベルトが呼びかけた「形式化」のプロジェクトとして現れたことは知られている。そこには、数学における証明の過程をつぶさに検証することによって論証に厳密さを確保し、ひいては数学の基礎を固めるという目的があった。この研究は数学そのものを対象とするため「メタ数学」とも呼ばれた。

この試みの中で上げられた成果として最もよく知られているのはゲーデルのそれだが、ここで注目したいのは、ゲーデルが編み出した証明過程の検証法である。彼は証明過程を人間ではなく計算機械が辿れるように、証明過程に現れる数や式を、人間にとっては意味のない数や記号へ変換した。論証過程の厳密さを確保するために、証明過程から、言わば意味を排したのである。計算機は、人間には無意味な数や記号、文字の列を辿って論証過程を正確に追うことができる。人間ではなく機械に検証を委ね、証明を意味の外へ出すという着想に、ゲーデルの独創がある。

私が数学における「形式化」のプロジェクトに触れたのは、バディウは「メタ存在論」というアイディアを、少なくともその手がかりを、数学史におけるこの動向から得たのではないかと推測するからである。彼にとって哲学は、経験の意味を解釈する作業ではない。逆に経験が成り立つ地平の外へ、先述した「世界」の外へと、この世界に内在しながら出ることが、哲学の本懐である。彼の言う「真理」は、存在の意味を与えるものではない。逆に意味の地平から抜け出すものである。というのは、真理は既存の状況には存在しない出来事を起点として構成されるからであり、既存の状況に留まる者にとって、出来事は端的に無意味だからである。それはゲーデルのように論証過程の客観性を確保するという目的に沿った企図ではないが、しかし、例えば〈なぜ人間は意味を求めるのか〉、〈人が何かに意味を見いだす条件は何か〉といった問題を考えるうえで――バディウ自身はこうした問題には取り組んでいないが――、示唆に富んではいるだろう。メタ存在論は、マルクス風に言えば「人間の解剖」を可能にする手術台であり、アルチュセール風に言えば「理論的反人間主義」の立場だろう（バディウはその研究キャリアの始めに、アルチュセールの近傍にいた）。それゆえにメタ存在論は、フーコーが『言葉と物』（一九六六年）で批判的に分析した「人間諸科学」とは反対の意味で――むしろフーコーが同書末尾で述べた「人間」が波打ち際の砂のように消えていく方へ向けて――、「人間」を対象とする学である。メタ存在論において、真理は既存の状況を更新するものであり、既存の状況に留まる者にとっては意味を持たない。それは従来の慣習とは別の仕方で思考することを私たちへ促すという点で、ルソーが提起した新たな契約の問題系を継承するものである。

ルソーとは近代における危機の徴候に与えられた名前の一つであり、危機に曝された自己へ向き合うよう、今なお私たちを促す。他方、数学の基礎を堅固たらしめるべく進められた「形式化」の計画もまた、数学そのものに向き合い、従来自明と思われていた事柄の数々を検証していった。それは、日々当然のように行なっていた己の身ぶり、ふるまいを一つ一つ分解し、検討する作業に少し似ている。あたかも「自分」というものが意識された瞬間に、自分が消失してしまったかのようである。突如として無人の砂漠へ裸のままで放りだされたような、あるいはむしろ、自分を構成していた諸要素が、砂のように崩れ落ち、風に吹き飛ばされていくような感覚が、ルソーのテキストを読むと立ち上がってくる。こうした自己検証を起点とする点において、ルソーの思考と形式化の思考は、近代の危機へ取り組む姿勢を共有しているだろう。そしてバディウの哲学もまた、両者の姿勢を引き継ぐものである。危機の思考を継承するバディウにおいて興味深いことは、この系譜に位置づけられる者として、彼がパウロに着目した点である。神との旧い契約を刷新し、新たな契約を結ぶことを説いたパウロは、人間の集団的な在り方の変革を試みた。バディウにとって、ルソーとパウロは、砂漠において出会うのである。

[注]

(1) Alain Badiou, *L'être et l'événement*, Paris : Les Éditions de Minuit, 1988, p. 379. 以下 EE と略記する。

(2) ルソーにおける市民と臣下（あるいは公民）の分割についてはカール・レーヴィットが指摘している。レーヴィット『ヘーゲルからニーチェへ――十九世紀思想における革命的断絶』（三島憲一訳、岩波文庫、下巻）二部「市民的＝キリスト教的世界の歴史」一章「市民社会の問題」一節「ルソー――ブルジョアと市民」を参照。レーヴィットによると、この分割は、マルクス「ヘーゲル法哲学批判序説」（一八四四年）における、フランス革命「人権宣言」分析にも継承されている（前掲『ヘーゲルからニーチェへ』二部一章三節「マルクス――ブルジョアとプロレタリアート」）。「〈人間の権利〉、つまり人権なるものは、それ自身として〈市民の権利〉、つまり国家公民の権利とは違うものとされている。つまり市民と区別された人間とはだれのことなのか？　市民社会のメンバー以外のなにものでもないではないか？　市民社会のメンバーがなにゆえに人間、いや人間一般となるのか？　なぜそうしたメンバーの権利が人権と呼ばれるのか？　この事実をわれわれはどうやって説明したらいいのか？　それは、政治的国家と市民社会の関係から、つまりは、政治的（なだけにとどまっている）解放の本質から説明するよりほかにないのだ」「この人権の枠内では、人間をその類的存在〔自然に対して共同的に協働する人類としての在り方〕として捉えるところには全く達していない。むしろ、類の生活、つまり社会は、個人にとっては疎遠で外的な枠組みとして、個人の根源的な自律性に対する制限として現れる。個人同士をまとめている唯一の絆は、〔……〕欲望と私的利害である」（「ヘーゲル法哲学批判序説」）。このようにレーヴィットは、ルソーとマルクスの間に〈反復〉を見ている。

（3）　ルソー『社会契約論』についてバディウは、J.J. Rousseau, *Du contrat social ou principe du droit politique*, Paris : Éditions Classiques Garnier, 1954. を参照しているが未確認。本稿では、Rousseau, *Du contrat social ou principe du droit politique*, Paris : Éditions Bordas, 1972.（以下 CS と略記）および https://www.rousseauonline.ch/pdf/rousseauonline-0004.pdf を参照した。

（4）　ルソーは「市民宗教の教義」について、単純で項目が少なく、説明や注釈不要の明瞭さが必要であると言う。具体的には、肯定的教義として、強く知的で懇篤で慧眼な恵み深き神の存在、死後の生、義人の幸福、悪人への懲罰、社会契約と法の神聖性、そして唯一の否定的教義として不寛容を挙げている（CS, 218）。

（5）　市民宗教を通した社会契約の更新＝反復について、王寺賢太『消え去る立法者――フランス啓蒙における政治と歴史』五章四節ｂ2（三八〇―三九八頁）参照。

（6）　周知のようにミシェル・フーコーは真理の発話という問題に取り組んでいた。その意味で、ルソーとフーコーは〈反復〉の関係にある。但しフーコーの場合、これは真理と権力の連係を分析する仕事の一環であり、最終的にそれは哲学（権力と連携して、真理あるいは知の名の下に人びとの支配に加担する言説としての）を批判する〈哲学〉の構成を目的としている。この点については市田良彦『フーコーの〈哲学〉――真理の政治史へ』岩波書店、二〇二三年を参照。他方、バディウにとって哲学が「真理」概念を欠くということは考えられない。その点でフーコーとバディウは異なるだろう。

（7）　Alain Badiou, *Saint Paul. La fondation de l'universalisme*, Paris : PUF, 1997, 1re édition, « Quadrige », 2015. 以下 SP と略記する。

十八世紀末の修辞技法としての「擬人法」の誕生

シャルル・ヴァンサン
（鈴木球子訳）

はじめに

擬人法（personnification）は、修辞学や文体論のもっとも基本的な研究において、主要な修辞技法となった。それは高校《リセ》の教科書には必ずといっていいほど載っており、いくつかのグループ（対立、強調、敷衍、緩和、類比、置換など）[1]に分類された二十種類ほどの文彩に含まれている。類比（analogie）は様々な教科書で最初に取り上げられるカテゴリーであって、文学の解説書でも使われるのだが、擬人法はとりわけ比較（comparaison）、隠喩法（métaphore）、寓意（allégorie）と並んで、バカロレア試験科目の要であるその類比の四つの基本的な文彩《フィギュール》（figure）のうちの一つとして現れるだろう。

しかし、擬人法は専門家たちの間では思弁の対象であり、彼らは擬人法の持つ活力とそれが掻き立てる面白さとともに、文彩を完璧に分類することの不可能性を強調する。文彩同士は互いに重なり合い、それぞれが多元的な諸現象を映し出す。これは例えば、寓意と擬人法の区別に当てはまる（パトリック・バクリーは、プロソポペイア（活喩法 prosopopée）より前の、ある章の中でこの二つを比較したのだが、寓意は「抽象的で一般的」であるのに対し、擬人法は「状況に沿うもの」[2] として、私たちが後に検討するように、十八世紀における寓意の二つの形態の区別、あるいは寓意とプロソポペイアの違いに再び焦点を当てている）。同じことが、擬人法と隠喩法の議論を呼ぶ組み合わせ（フォンタニエあるいはフォンタニエを正そうとしつつもこの点では追随する[3]ベルナール・デュプリエ〔一九三三―、ベルギーの言語学者、文体学者〕に対してバクリー[4]が提案したもの）についても言える。実際にはフォンタニエにとっては、三種の異なる擬人法――隠喩的なもの、換喩的なもの、そして提喩的なもの――が存在した[5]。

しかし、古代から十七世紀まで、擬人法は文彩としては存在しなかった。それに当たる諸現象は、プロソポペイアや寓意という文彩を介して記述された。修辞学者たちはプロソポペイアの意味の拡大について議論するが、それは彼らにとって、死者や抽象的なものの発話に限定されることもあれば、性格づけ《エトポエイア》（éthopée）までも含む、より広範なものにもなる。キケロはギリシャ語のプロソポペイアという用語は使わず、« personae orationem imitandum »「あたかも人物が語っているかのように描く法」（『弁論家について』、虚構の人物の挿入）という表現を使っている[一]。四世紀にルフィニアヌスは再び、「プロソポペイアとは文彩の一つであり、他人の言葉を模倣するために言葉を歪めることである。ラテン語では、これを歪曲また成形と呼ぶ[6]」と書いている。

古典主義時代のよく知られた修辞学は、洗練することによって、この古来の伝統を保持した。例えば、一六五六年にルネ・バリー〔一六八〇年没、フランスの歴史学者、修辞学者〕の『フランス語修辞法』は、二種類の「完全および不完全な」（連続的な、あるいは点括的な）プロソポペイアについて言及している[7]。ベルナール・ラミ〔一六四〇―一七一五、フランスの数学者、哲学者〕は、一六七三年の有名な『話法』の初版で、プロソポペイアの定義として「(死者や無生物に）あたかも生きているかのように語らせる[8]」と書いている。一六八八年に刊行された増量された第三版では、「人でないものから人を作り出す[9]」と付け加えている。プロソポペイアは文彩の一覧に含まれるが、一方で寓意は「隠喩の積み重ねの延長」[10]として転義法の一覧に書かれている。アントワーヌ・コンパニョンはさらに、「擬人主義（anthropomorphisme）、すなわち擬人法（personnification）あるいはプロソポペイアは、常に寓意と結びついており、古典時代以降はそれと同化してさえいた」[11]と述べている。したがって、擬人法が修辞技法として、その名のもとに存在しないとしてもこれらの他の二つによってその大部分は説明されるし、ボワローが「（詩においては）読者を魅するためあらゆる手立てが講ぜられ、どれもが五体と容貌や精神と魂を備え持つ」[12]（『詩法』、「第三篇」）と書いているように、その重要性は実際に明らかである。「擬人法」と呼ばれる文彩は、十八世紀のフランスで、何者の手によって、そしてなぜ現れたのだろうか？

フランス語で初めて「擬人法（personnification）」の項目が設けられた修辞学論文は、十九世紀初めのフォンタニエの有名な『転義法概論』（一八二一年）であり、それは古典修辞学の傑作と見なされている。フォンタニエは虚構による表現の文彩に及んで、「すべての修辞学にその名が見られる二つの文彩、すなわち擬人法と寓意」があると指摘する。[13]しかし、彼までは「擬人法（personnification）」という言葉は出てこない。謎というよりも、急な考案と、それまでそうした名称をもたなかったある文彩の認識との間で、私たちは動揺する。しかし、ではこの名称は何なのだろうか？　フォンタニエはそうはいっていないが、もちろんギリシャ語の« prosopopoeia »をラテン語に翻訳しただけだと考えることもできるだろう。しかし、彼は同時に、表現の文彩としての「擬人法」と思考の文彩[14]としての「プロソポペイア」を区別している。[二]

そこでまず、十八世紀末における寓意の存在と、擬人法との関係に目を向けよう。次に、プロソポペイアをめぐる議論の重要性を見ていこう。プロソポペイアは、無生物を人に擬して形象化《フィギュラシオン》することの問題点と言外の意味の両方を浮き彫りにするものである。最後に、啓蒙の時代における「擬人法」という言葉の実際の出現と、この語がフォンタニエによって確立される以前に、その語が示す文彩の誕生におけるボーゼ〔一七一七―一七八九、フランスの文法学者、百科全書家〕の役割について検討していく。形象化の諸カテゴリーの範囲は、些末な問題ではまったくなく、感覚でとらえ得るものの共有におけるある変化を示している。

一　十八世紀における寓意と擬人法

ミレイユ・ドゥモールは、中世から啓蒙時代までの擬人化に関するある共著の序文で、それが寓意の「特権的なツール」であり、長い歴史の中でも啓蒙の世紀には「延長された隠喩[15]」と呼ばれていたこと、そして擬人法の成り立ちが歴史と結びついていることを指摘する。彼女によれば、その全盛期や揺籃期と関連しながら、擬人法は今日も「象徴的、想像的、そして身体的な表現の主要な文彩であり、広く使用されて[16]」いることに変わりはない。この回顧的な考証の観点からは、擬人法を寓意と同一視し、そのもっともよく使用される形とすることに問題はないように思われる[17]。

寓意と呼ばれるものについて私たちは理解する必要がある。二つの協力的な、あるいは補完しあう意味が十八世紀に存在する。まず、寓意とは包括的な二重の解釈を作り出すことである。比喩に富んだ物語や言説は、それ自身の意味や己における一貫性を持ち、他に対して、それ自身の全体の中で判読できなければならない。しかし、二つ目のより手っ取り早い意味においては、多少とも後追い的な方法で、抽象的なものを具体的なもので表現すること、つまり隠喩法と同じように、何かを別の何かで表現することだけが問題となっている。フェロー〔一七二五―一八〇七、フランスの文法学者、辞書編纂者〕は一七八七年に、まさにこうしたミニマルな視点で、寓意を「文全体を通して一貫する隠喩であり、文を構成するすべての語がこの同じ文彩に関わっている[18]」と定義した。逆に、（マレが『百科全書』にほとんど意味を持たない短い項目を寄稿した一方で）ボーゼは一七八二年に『系統的百科全書[三]』に寄稿した長い「寓意」の項目において、語の文彩である連続された隠喩を、彼にとっては思考の文彩である寓意と明確に区別しようとした。[19]

寓意がしばしば擬人法と結び付けられるのは、抽象的なものはとかく人物のように表現されるからである。[20] 啓蒙時代の哲学者《フィロゾフ》たちは、マレ〔一七二三―一七五五、百科全書家〕が『百科全書』の「寓意」の項目で念を押しているように、聖書のあらゆる読み方を正当化するために使われたこの形象に対して、いささか疑念を抱いていた。しかし、一七七三年から一七八二年にかけてクール・ド・ジェブラン〔一七二五―一七八四、タロットカードの解釈を行った〕の著作『原始世界――分析され、寓意的な特性において考察された現代世界と比較される』が出版されると、寓意的な読解は再び関心を集め、論争を巻き起こした。ボーゼはジェブランの寓意に関する様々な概念を繰り返し賞賛した。パリに住むようになったスイスの重農主義者〔ジェブランを指す〕は、農業と宇宙論に的を絞って、寓意的な説明を原始人の神話や学問との関わり、古代の言語を理解するための鍵とした。ところで宇宙論とは主に人の姿をとった神々、つまり物理的、経済的、社会的な歴史のプロセスの様々な象徴であろう化身に基づくものである。こうした考えは、一部の批評家たちの目にはひどく壮大であると同時に奇想天外であるように映った。[四] 彼らは当時盛んであった百科全書的な気風に則り、専門家集団の全員[五]が題目について判断するのに必要な言語能力を獲得するのは、ほとんど不可能だったであろうと考えている。よりどころとする言語を実のところは持っていない人間は独りでは、ただ漫然と語り、学問に対して不利益をもたらすだけだというのだ。[21] ボーゼが書いた項目「寓意」〔『系統的百科全書』の項目〕は、この書物〔『原始世界』を指す〕から大いに想を受けている。詳説された諸概念が物議をかもしたにもかかわらず、この上なく謹厳な修辞学の専門家たちの興味をどれほど引き付けたのかがそこでは示されている。[22] コート・ド・ジェブランは、一七七五年に出版された著作の第三巻で、文彩の使用を通じて原始言語を具体的なものから抽象的なものへと拡張するという考えを支持している。原始言語に関するこうした見解は、学問は当初寓意的なものであったという第一巻の中心的な考えを、かくしてより強めるようになる。

このように擬人法は哲学的には疑わしい文彩であるように見えるが、時にそれは反対に、人間の発達と結びついた原始的なもの、本来的なものと見なされることもある。この最後の逆転した観点はより一般的には、原始的言語、抽象化される以前の比喩に富んだ言語活動についての、ルソーの言葉に関するエッセーのパラドックスを参照させるものである。

二　プロソポペイア（活喩法）

ミレイユ・ドゥモールが示唆するように、擬人法に関する議論が寓意に関する様々な考察と密接に結びついているとしても（フォンタニエに至っては、寓意に関する長い章の前置きの章で擬人法を取り上げている）、擬人法が今日表している修辞的形象は、古代に遡る修辞学の伝統の中で、プロソポペイアという別の文彩によって、今日と同等かあるいはそれ以上に取り上げられているのである。とはいっても、プロソポペイアに対する理解は、確定したものでもなければ、まったくもって、今日私たちがそれに与えているような限定された意味においてでもない。（歴史家ロランの後を継いだ）クレヴィエ〔一六九三―一七六五、ボーヴェ大学の修辞学教授〕は、『フランス語修辞法』（何度か再版されている）の中で、同時代人たちと同様に、擬人法について語ってはいない。しかし、彼はプロソポペイアについては長々と述べており、無生物に語らせるという発想と、単に人の形で無生物を表すという発想とを組み合わせている。かくして彼はプロソポペイアを「無感覚な物体を生命のある人間に変え、感情を与え、あたかも聞こえているかのように呼びかけ、語らせさえする」[23]行為として定義する。プロソポペイアの「顕著さ」と「斬新さ」の「程度」が定義されるのだ。感情、呼びかけ、発話。そのようなわけで擬人法はプロソポペイアの最初の段階であると思われる。クレヴィエはまた、それが最後の段階、言い換えれば、弁論術とは逆に、詩があらゆるものに何でも語らせることをあえて行う段階であることを認める。彼はボワローを引用し、彼と意見を同じくする。「(詩においては)読者を魅するためあらゆる手立てが講ぜられ、どれもが身体や魂、精神、様相を備え持つ[24]」。続いてトゥサン・レモン・ド・サン゠マール〔一六八二―一七五七、フランスの作家、美学とオペラについての論者〕の言葉を引用し、なぜ詩人がこのような技巧を用いるのかを説明する。「私たちは自分に似ているものに興味を抱くのです[25]」。クレヴィエは、この大胆すぎる技法を弁論術から追放し、寓話に使うことにした。その際に「こうしたばかげているが創意に富んだプロソポペイアは、賢く使用することができる[26]」と認めている。

クレヴィエが、当時の弁論術に広く見られたような[27]、当たり障りのない平凡な擬人法からいかにかけ離れているかが分かる。彼は反対に希少な詩的用法に集中する。数年後、ヴォルフィウス〔一七三四―一八二二、ディジョンのアカデミーの会員〕は「無生物」という言葉を使い、デュマルセの表現を用いて[28]、プロソポペイアによって命を吹き込まれた比喩の対象となった人たちを表現した[29]。ジョクールが『百科全書』の最初の版にささやかな項目を提供した頃、ボーゼは一七八六年に『系統的百科事典』に「プロソポペイア」と題する長い項目を執筆し、クレヴィエの書いた項目の案と構成さえも正確に取り入れたのだが、そのまま書き写したわけではなかった。彼は「無感覚なもの」という表現を選んだが、「行動、思考、感情、行為を無感覚なものに貸与することからなる[30]」として、プロソポペイアを感情だけに限定しているわけではない。とりわけ、ボーゼはこの言葉自体の語源についての注記を加え、「擬人法(personnification)という言葉で文字通りに表現することができる。というのも、人間とは本質的にかけ離れた存在を効果的に人の姿で表して(personnifier)いるからだ[31]」と指摘する。デュマルセがプロソポペイアを無生物に「語らせる」ことに明確に限定していたのに対し、彼はこうしてプロソポペイアと擬人法の融合を認めている[32]。

デュマルセ自身はしかし時に、より寛大なあるいは漠然とした「プロソポペイア」の概念を抱くこともあったようだ。おそらくジラール神父が『フランス語の真の原則』を出した一七四七年に書かれ、一七九七年に刊行されたであろう『「フランス語の真の原則」の作者に対するある老嬢の手紙』の中で、彼は次のように書いている。

皆さん、ジラール神父が「プロソポペイア」を使い続けていることをどう思われますか？〔……〕ちなみに、あたかも現実の対象について話しているかのように、私たちが抽象的な観念について話すということは、すでに定着しています。つまり「死は過酷さを有している」、「健康はあらゆる善きもののなかでももっとも偉大である」、「理性と意志は必ずしも合意するわけではない」などというものです。それは話を短く、より生き生きとしたものにするのに役立つ、定評のあるやり方です。『転義論』の作者〔デュマルセ〕が言うように、文彩すら認められないのです。いったい、教訓的な文体において、継続して使われるプロソポペイアを認める必要はあるのでしょうか？　これほど頻繁に言葉を擬人化し、互いに対する「好みや意志、決定的な反感」を与える必要があるのでしょうか？　語らせ、おまけに身振りとともにやるというところまで、言葉の行使を人に擬してもよいのでしょうか？　「言葉の行使は」と彼は言います。「文法学者たちからの批判に気分を害するというよりは、彼らが遠ざかっていくのに衝撃を受けて、彼らを呼び戻すべく次のようにいうでしょう。容赦なく私に反論する諸君よ〔……〕。」私たちのうちで、詩人がこのように言葉の行使を人に擬すことが許されるとお思いですか？〔……〕ジラール神父の本の中に、このような虚構がたくさんあることに驚きました。〔……〕良識や理性に目を向けるには、このようなやり方はふさわしくないように思います。〔……〕マドモアゼル、あなたはジラール神父のように、形象的に表現された意味から本来の意味へ移行しているのです。(33)

ここでデュマルセは、基本的には老ジラール(34)が擁護した文の概念を非難しようとしているのだが、ジラールの文体に関するこの一節は、無生物をしゃべらせることにも、擬人化全般にも当てはまる「プロソポペイア」という言葉の曖昧な使い方を明らかにする。デュマルセは、いかに擬人法が当初、日常的な発言の時間を節約するために省略と結びついていたかということと、しかしプロソポペイアによって崇高の文彩となり、注意深く扱われるようになったことを思い起こさせる。クレヴィエの作品におけるのと同様に、良識と理性に基づく哲学的・教訓的作品では、その使用はできる限り避けるべきである。したがってボーゼが彼の番になった時に、『系統的百科全書』の「寓意」と「プロソポペイア」の中で、寓意や擬人法を過度に用いないように呼びかけたのは、過剰さと乱用を感じとってその使用を抑制しようとした、当時の（そして修辞学の伝統の）非常に敏感な傾向に従ったものであった。例えば、マルモンテル〔一七二三―一七九九、百科全書家〕は一七七六年に、『百科全書補遺』に「わざとらしさ」と題する長い項目を執筆し（ダランベールは第一巻で短い項目を執筆していた）、その中で、特にフォントネルの気風の繊細さを模倣しようとしたマリヴォーのわざとらしさを批判した。マリヴォーの作品に繰り返し見られる表現上のわざとらしさのひとつは、「おなじみの隠喩の連続」にあり、「つまりノーのように見えるイエスに至るまで、あらゆるものが擬人化されるのである」[35]。しかし、ボーゼ[36]はまた、マルモンテル[37]とまったく同じ様に、寓意は自然で独創的なプロセスであり、言語活動の必然性と才気の極みとの間に挟まれたものであるとも述べている。

プロソポペイアのような崇高な文彩を安易に用いることへの疑念から、この時代には若者向けの具体的な推奨がなされた。一七六五年に出版された対話形式の教育手引き『初学者向けの、クインティリアヌス〔三五―一〇〇年頃、ヒスパニア出身のローマ帝国の修辞学者〕から借用された修辞学の教え』では、プロソポペイアに関する一節は、四つの異なる形式を順に識別しており（一、無感覚なものに感情を与える。二、不在の者に語らせる。三、無生物に語らせる。四、死者を出現させ、語らせる）、一六八八年にラミー〔一六四〇―一七一五、数学者として知られるが、多くの分野における著書がある〕がすでに提唱していたクインティリアヌスへの言及[38]について、次のように締めくくっている。

> こうした種類の虚構が好まれるためには、非常な雄弁さに裏打ちされる必要がある。というのも、まるで自然界に存在しないかのような非日常的で信じられないようなことは、平凡な効果をもたらしはしない。そ

れらは、現実を超えているために強い印象を与えるか、虚構であるために子供じみていると見なされるかのどちらかに違いない(39)。

崇高な文彩は切り離しうるものであるどころか、それを裏付ける雄弁さという援軍を必要とする。その潜在的な力は危険の多いものとして認識され、容易にグロテスクに転化する。「自然界に存在しないかのような」という表現はゆえに、過度に感受性の強い技巧と非日常の間、滑稽な虚言と「現実を超えていること」の間で揺れ動く。この二者択一は、擬人法の危険な力と、その適切な使い方を知ることの重要性の両方を強調している。それはまた、このプロソポペイアという文彩が自然なものや単純なものからどれほど逸脱しているかを思い起こさせるものであり、信じられないことを想起させるために、大変な修辞的美化を必要とする(40)。寓意についての議論とまさに同じように、言葉の自然さと修辞的な技巧の対立が新たに認められる。デュマルセの隠喩のような市場のおしゃべり(六)とはまったく異なり、擬人法の諸々の形は、しばしば詩的であることの証であり、統制された華麗な言説の修辞性であり、偉大な文体的効果を狙っているように見える。たとえ、言語活動はもともと比喩的であり、寓意的であり、象形文字であるという考えが、ルソーの言語の起源に関する文章やディドロの『聾唖者書簡』以来、幅をきかせていたとしても、である。

三　文彩《フイギュール》としての擬人法の出現

擬人法は、ある時はプロソポペイアの第一段階と、ある時は寓意の重要な一形態と、時には自然な文彩と、時には崇高さの表現と見なされるが、十八世紀末には、それ自体の分析は非常に貧弱で、関心をとりまとめてしばしば詩的なもの、崇高なもの、あるいは気取ったものへと向かわせる他の関連現象の間で押しつぶされているように思われる。

「擬人法（Personnification）」という単語がアカデミー・フランセーズの辞典に登場するのは、一八三二年の第六版のことである。それまでは、「擬人化する（Personnifier）」という動詞だけが登場し、一六九四年には次のように定義されていた。「あるものに姿形や諸感情、人間の言葉を付与すること。『正義や思慮深さを擬人化する。詩人や画家たちはあらゆるものを擬人化する』」。この項目は一七九八年に少し明確化され、「あるもの」は「無生物または形而上学的なもの」となった。

一七八五年に、『仏英英仏新辞典』はまたも英語のPersonnificationをフランス語で「プロソポペイア、修辞技法[41]（figure de style）」と訳した。しかし、かなり稀なこととはいえ、フランス語で「擬人法（personnification）」という語が使われる例はすでにあった。特に、ディドロとダランベールの『百科全書』では、この単語は（動詞personnifierと違って）一度も使われていないが[七]、一七八〇年の『補遺』の『索引』に二度登場している[42]。

ところで、この動詞をめぐるある種の動揺は、おそらくその概念の重要性が高まっていることを示唆している。『百科全書』にはすでに、PersonnaliserとPersonnifierという匿名で書かれた二つの短い項目が掲載されていた。最初の項目（Personnaliser）で著者は「personnifierともいう」と説明しており、二つの単語を同一視している。ボーゼは同じ頃に類義語の問題を考察していたのだが、一七八六年に『系統的百科全書』において、personnaliserがpersonnifierの同義語として近々に使用されたのを最初に確認したのはトレヴー辞典であり、百科全書家たちによってこの同一視が確認されたことを思い出させる[43]。だが彼は二つの似通った語は常に区別されなければならないと判断し、二つの異なる用法を提案しようとした。

私たちは真理や格言を、架空のものであるとはいえ任意の人物にそれを当てはめて、人格化（personnaliser）

する。それらの人物において、真理や格言はより感覚されうるし、したがってより有用なものとなる。というのも、この虚構が、ひどく漠然とした一般論からそれを抜け出させるからである。〔……〕私たちは、冷淡に長広舌をふるい退屈させる代わりに、温かく描き、感動させるために、無生物を擬人化（personnifier）するのだ。(44)

擬人法（personnification）が無生物を人に同化させる隠喩的な方法にとどまるのに対して、人格化（personnalisation）はこのように――例えば小説的な――例示に似通っている。しかしボーゼは、二つの語を既知の比喩と同じものと見なそうとして、少々常識を逸した方法で続ける。「寓意は人格化（personnaliser）し、プロソポペイアは擬人化（personnifier）する。この二つの文彩が一緒になることがあり、したがってまったく同時に人格化と擬人化を行うこともある。寓話作家にはしばしばあることだ(45)」。修辞学に関するボーゼの分類上の関心は、この類義語の二項対立を利用して、類似性と頻繁に起こる重ね合わせを提示しつつも寓意とプロソポペイアを区別しようとする。

ティモテ・ド・リヴォワ〔一七一五―一七七七、フランスの辞書編纂者〕は、一七六七年の『フランス語類語辞典(八)』の中で、personnaliser の項目を提案し、先達が指摘したように personnifier のような類義語と関連付けるのではなく、この新単語に短く複数の定義を与える（「人間に見せかける、ものに人格を与える(46)」）。一七八八年に改訂増補版を出版したボーゼは、Personnaliser と Personnifier の二つの異なる項目を作成したのだが、奇妙なことに両者を関連づけることなく、『系統的百科全書』に記載された二つの語のやや異なる定義を採録し、リヴォワの語を再び使い、分けて考察した。(47) 類義語辞典の中でさえ、彼は二つの単語を類似させること以上に、その意味を区別することに関心を示している。とりわけ、ボーゼがプロソポペイアの拡張した形を「擬人法（personnification）」と呼ぶことを提案したまさにその時、新たな表現の使用が広がっていくことがどれほど人々の心をかき乱し、寓意とプロソポペイアの間の疑問を掻き立てたかががわかる。

フォンタニエは一八二一年に、擬人法、プロソポペイア、寓意を区別したとき、明らかにボーゼの成果の一部に倣っていた。この区別は、語彙的にも概念的にも、明確かつであり同時に複雑でもある。プロソポペイアが思考の文彩となる一方で、擬人法は表現の文彩に限定される。この分類で問題になっているのは、寓意のまさに内部での区別であり、フォンタニエが両者のつながりを完全に断ち切ったわけではないにせよ、この語は二つの異なる用途を含む。フォンタニエは、自身が提示する三つの語〔擬人法、プロソポペイア、寓意〕の複雑な区分について、長々と説明している。

まさに表現の文彩としての擬人法、こうした狭義の擬人化こそが、片手間で形成され、押しつけがましくなく、明らかに普通の表現を少し洗練された表現に置き換えたものなのだ。

広義で顕著な擬人化はといえば、寓意的で道徳的な存在を、それが実際に存在すると信じさせようという意図をもって、創作したり、描写したり、あるいは特徴づけたりするものである。例えばオウィディウス〔古代ローマ最初期の詩人、『変身物語』がよく知られている〕における「眠り」や「飢え」、「羨望」、『イーリアス』における「祈り」、ボワローにおける「言いがかり」、「ライン川」、「憐れみ」、「甘さ」とそれに付随するもの、[九]『アンリアッド』における「政治」、「不和」、「狂信」、「愛」、さらには「悪徳」などである。これらを寓意に関連づけるべきだと思われるのだが、それはここで我々が帰着させようとしている特殊な限定された寓意の意味においてではなく、この上なく広範な意味においてである。それらを創作あるいは詩的な考案の区分けに分類する必要があるといえるし、もしそれらをぜひとも文彩としたいのであれば、思考の文彩として位置を与えなければならない[48]。

「広義で顕著な」擬人化は、時が来れば「プロソポペイア（活喩法）」と呼ばれることになるだろう。フォンタニエは、実際の寓意と同じように、それを文彩とする（faire des *figures*）ことを明らかに躊躇している。たとえ、「もしぜひとも」それらを単純化したくて、最終的にそれらを「思考の文彩」にしようと決心するとしても、である。彼としては、それらを「創作や考案」に分類したいのは明らかであろう。彼のほのめかしは明らかである。というのも、それは、彼の心の中に、読者の心を実際に捉えることも欺くこともない一過的で表面的な文彩化《フイギユラシオン》と、読者の真の信頼を獲得する、より長続きする創案との間の、非常に明確な境界が存在していることを示しているのだ。結局のところ、これは詩情性と認知主義の間で揺れ動く分析なのである。

パトリック・バクリーは、フォンタニエの三位一体の分析（隠喩、換喩、提喩）に反対してはいるが、今日、数々の擬人法の文彩化の弱点に彼もまた立ち戻る。

擬人法の起点たる隠喩が慣用化することや、二つの異なる意味分野の衝突がもはやほとんど分からなくなることがある。これは往々にして、いわば「ついでに」作られる拙速な擬人法の場合である。たとえば、「〔……〕トロイが復讐を渇望する(一〇)」というフレーズは実際には、少しも比喩に富んだものではない。比較対象によって真に造形的なビジョンが提供されることはなく、しかもそれは言外に示され目に見えないのだ。その唯一の機能は動作動詞の使用を可能にすることである。[49]

擬人法の弱点と言語の単純な省略との間に関連性があるというデュマルセの直観を発展させ、フォンタニエと次いでバクリーは、言語学よりもむしろ修辞学と詩に関心を向けて、別の分析を引き出す。擬人法の文彩的な弱点は、『転義論』の作者が言うように、言葉のシンプルな簡潔さによって引き起こされることはめったになく、「ある種の独創性によって強い印象を与え、動作に関する語彙によって飾られる、より活き活きとした言い回しをアイディアや描写、物語に添えることのみを目指した[50]」一過的な表現の探求によって引き起こされることが多

料金受取人払郵便

綱島郵便局
承認
2334

差出有効期間
2025年12月
31日まで
(切手不要)

郵便はがき

223-8790

神奈川県横浜市港北区新吉田東
1-77-17

水声社 行

御氏名(ふりがな)	性別 男・女	年齢 才
御住所(郵便番号)		
御職業	御専攻	
御購読の新聞・雑誌等		
御買上書店名	書店	県 市 区 町

読　者　カ　ー　ド

求めの本のタイトル

求めの動機

新聞・雑誌等の広告をみて（掲載紙誌名　　　　　　　　　　　　　　　　）

書評を読んで（掲載紙誌名　　　　　　　　　　　　　　　　　　　　　　）

書店で実物をみて　　　　　　　　4. 人にすすめられて

ダイレクトメールを読んで　　　　6. その他（　　　　　　　　　　　　　）

本書についてのご感想（内容、造本等）、編集部へのご意見、ご希望等

注文書（ご注文いただく場合のみ、書名と冊数をご記入下さい）

[書名]	[冊数]
	冊
	冊
	冊
	冊

e-mailで直接ご注文いただく場合は《eigyo-bu@suiseisha.net》へ、
ブッククラブについてのお問い合わせは《comet-bc@suiseisha.net》へ
ご連絡下さい。

い。共通語からの遠ざかり（écart）や予想される用法についての考察をする修辞学的な観点と、言葉のもっとも普遍的な作用において転義を読み返す言語学的観点との間で、いかに論議が続いてきたのかがわかる。

結論

「擬人法（personnification）」という語、そしてその文彩の出現が、ギリシャ語の「プロソポペイア」の単純な翻訳の結果であることは確かである。しかしそれはまた、言語における擬人主義（anthropomorphisme）への注目の高まりと独自の可視性の前触れでもある。こうした動きにおいて、修辞学に関する他の多くのことと同様に、ボーゼは、デュマルセの啓蒙時代の修辞学とフォンタニエの王政復古時代の修辞学との間で、目立たないが決定的な役割を果たしている。何よりもまず、この語の翻訳を提案したのは彼であり、擬人法（personnification）に繋がりのある寓意とプロソポペイアを、区別しながらも関連付けたのも彼であった。

新たな文彩は、日常的な用法、詩的または修辞学的な用法、言語と思考の起源という三つの次元の間の緊張にとらわれているようである。啓蒙の時代には、まだ実際はそのような名前ではなかったが、擬人法に対する哲学的な疑念の形が見られたのだが、この文彩の出現はそういうわけで、人を擬すことの象徴という新たな権威を伴っていたようだ。驚くべきことに、言説と西洋の散文作品の伝統全体に付随する擬人法が、この名のもとに文彩としてついに登場したのは、修辞学の帝国における傑作、つまりフォンタニエの著作の出版、においてであった。しかしこの出現は、それが永続的に修辞技法化される以前の二つの担い手であった寓意やプロソポペイアから部分的に解放されることで、二重のリスクを伴うものである。完全な自立性を決して獲得することができないというリスクと、崇高で気品ある文彩から、野卑な物言いや不確かで一過性のもので汚すまがいものを取り除こうとして、その貧弱な類似品になるというリスクである。新たな修辞学と文学的構造主義によって再び力を得たこの文彩の揺るぎない成功はおそらく、擬人法が貧弱な類似品から、複合的に結びついた技巧的な文彩の育ての母になったことを示唆している。その意味と名称の明瞭なシンプルさは、常に言語と思考に付きまとう擬人主義(anthropomorphisme)から、普遍性を引き出すのである。

[原注]

(1)　諸々の文彩の名称はずっと変わらないようだが、それらが帰属するグループや、採用される文彩の選択はやや流動的である。二〇一九年新課程の第二学年の教科書に、擬人法(personnification)と様々な寓意(allégories)は相変わらず登場するが、マニャール社の教科書にはそれらと並んで活喩法(prosopopée)が登場し、ナタン社とロベール社では見られない。活喩法はアティエ社の第一学年の教科書には登場する。マニャール社の教科書では「関連づけの文彩」が問題となり、ナタン社はアティエ社と同じく「類推の文彩」に言及し、ロベール社は「比較する(comparer)」という単純で曖昧な動詞を使っている。

(2)　Patrick Bacry, *Les Figures de styles et autres procédés stylistiques*, Paris, Belin, 1992, p. 95-97. バクリーはしかし、寓意は「擬人法に近く、これらの二つの用語は、一般的な言語活動においてほとんど同義であるとみなされることもあるほどだ」と認めている(*Ibid.*, p. 94)。

(3)　ベルナール・デュプリエは『韻律辞典』(一九九二年著、二〇一七年再刊)の中で次のように念を押している。「フォンタニエは、この文彩は換喩法、隠喩法、提喩法によって実施されると付け加えている。したがって主題(人ではない)とそれを提示する要素(人)があり、その間の結びつきが類比的、あるいは論理的、近接的になるのである。主題が人の場合は、換称法(antonomase)〔アントノマシア。普通名詞で固有名詞を、あるいは反対に固有名詞で普通名詞を表す方法〕になる。提示する要素が複合の場合は、寓意となる。フォンタニエはまた、主体化、つまり人称の提喩法〔カテゴリーで事例を、あるいは事例でカテゴリーを指示する慣用的比喩」（「私」の代わりに「私のペン」ということ）にも言及している。これが通常の擬人法ではないことは明らかだが、非常に単純な提喩法の一つである。主体化という語は、ある対象あるいは着想に主体のように導入され、話す人物の助けを借りて擬人化を行うという、内部から理解させる方法として、よりよく用いられるのではないだろうか。これはミショーが詩の中で行っていることである」(Bernard Dupriez, *Gradus, Les Procédés littéraires*, Paris, Editions 10/18, 2019, p. 352)。

（4）「実際、擬人法と寓意の基部には常に多少とも明確な隠喩——あるいは比較——がある。このため、これら二つの文彩は隠喩法の特殊な例証と考えることができる。しかし、これらはある種の慣用句化された隠喩であり、例えるものは広範囲に遍在しているにもかかわらず、その焦点は通常、例えられる側にある」(*Ibid.*, p. 93)。第二学年の教科書では、バクリーに倣って類比(analogie)の文彩をまとめ見出しとして上げているようだが、これは間違いなく単純化するためであり、仮説的な文彩の分類項目を一つにするためである。

（5）Pierre Fontanier, *Manuel classique pour l'étude des tropes, ou Élémens de la science du sens des mots*, Troisième édition, avec des améliorations importantes, Paris, Maire-Nyon, 1825, p. 116-118.

（6）Juliette Dross, *Voir la philosophie : les représentations de la philosophie à Rome : rhétorique et philosophie de Cicéron à Marc Aurèle*, Paris, les Belles lettres, 2010, p. 64 et suivantes.

（7）René Bary, *Rhéorique française où l'on trouve de nouveaux exemples sur les passions et sur les figures*, seconde édition augmentée, Paris, Pierre le Petit, 1656, p. 279.

（8）Bernard Lamy, *De l'Art de parler*, Paris, Pralard, 1675, p. 78.

（9）Bernard Lamy, *De l'Art de parler*, troisième édition, Paris, Pralard, 1688, p. 128.

（10）Bernard Lamy, *op. cit.* (1675), p. 52.

（11）Antoine Compagnon, *Chat en poche, Montaigne et l'allégorie*, Paris, Seuil, 1993, p. 54.

（12）Nicolas Boileau, *Œuvres diverses du sieur D****, *avec le Traité du sublime ou du merveilleux dans le discours, traduit du grec de Longin*, Paris, Thierry, 1674, p. 124.〔ボワロー『詩法』「第三篇」、守屋駿二訳、人文書院、二〇〇六年、八三頁。〕

（13）Pierre Fontanier, *Manuel classique pour l'étude des tropes, ou Élémens de la science du sens des mots*, *op. cit.*, p. 115.

（14）*Ibid.*, p. 295-296. プロソポペイアは、それがどのように機能するかを説明する最初の思考の文彩として与えられている。『パイドロス』と『アンリアッド』を例にとり、彼はこれをひとまず「思考の擬人法」と呼び、後にこう付け加える。「この擬人法は私たちが表現の文彩としたものと同じだろうか？〔……〕この擬人法が言葉とはまったく無関係であり、すべて思考の中にあること、神話に登場するすべての存在を生み出した擬人法と多かれ少なかれ似ていることにお気づきだろう。そして、おそらくそれには『作話（*fabulation*）』という呼び名が結果としてよく似合うと思うだろう。というのも、『神話法（*mythologisme*）』と呼ぶのはあまりにかけ離れているからだ」（*Ibid*., p. 298-299）。

（15）　César Chesneau Dumarsais, Des Tropes ou *Des diferens sens dans lesquels on peut prendre un mème mot dans une mème langue*, *op. cit*., p. 145.

（16）　Mireille Demaules (dir.), *La personnification du Moyen âge au XVIII*[e] *siècle*, Paris, Classiques Garnier, 2014, p. 19-20.

（17）　より複合的な観点から、アントワーヌ・コンパニョンは、古代の寓意（*allegoria*）の祖先である「秘められた意味（*hyponoia*）」がすでに擬人化に基づいていたと指摘する。「神々はそれから、宇宙や精神を擬人化したものとされている」（*Chat en poche*, *op. cit*. p. 55）。

（18）　Jean François Feraud, *Dictionnaire critique de la langue Française*, *op. cit*., p. 84.

（19）　*Encyclopédie méthodique. Grammaire et littérature*, *op. cit*., p. 119-123. ツヴェタン・トドロフは、デュマルセが準備し、後にフォンタニエが急進的なものにした、ボーゼのこの区別が何を問題にしているかを示している。この区別は、言葉がただ一つの意味しか持たない文彩、つまり比喩的な意味と、二つの意味が共存するかもしくはむしろ前後して発生する寓意、つまり隠された比喩的な意味に包括的に再解釈される前に言葉の中で展開する文字的意味との間の根本的な違いに触れている（*Théories du symbole*, Paris, Seuil, 1977, chapitre 3〔『象徴の理論』、及川馥・一之瀬正興訳、法政大学出版局、一九八七年、第三章「修辞学の終焉」、「一般的意味論」の項目〕）。

（20）　マルモンテルはもっとも次のように書いている。「寓意の技術は〔……〕擬人化されたものを活き活きと描くことにある」（article « Allégorique », *Ibid*., p. 128b）。

（21）　*Journal des savants*, Paris, Lacombe, 1773, p. 864.

（22）　*Encyclopédie méthodique. Grammaire et littérature*, *op. cit*., p. 125.

（23）　Jean-Baptiste-Louis Crevier, *Rhétorique françoise*, *op. cit*., p. 166-167.

（24）　*Ibid*., p. 179.〔ボワロー、前掲書、八三頁。〕

（25）　*Ibid*., p. 180.

（26）　*Ibid*., p. 181.

（27）　デュマルセは、プロソポペイアという言葉を、無生物や不在のものに声を与える、より限定された文彩のためにとっておき、「崇高な文体」においてのみ実践される文彩の例としてプロソポペイアをとらえており、日常語における月並みな他の文彩とは別物としていた（César Chesneau Dumarsais, *Des Tropes ou Des diferens sens dans lesquels on peut prendre un mème mot dans une mème langue, op. cit.*, p. 5）。

(28) César Chesneau Dumarsais, *Des Tropes ou Des diferens sens dans lesquels on peut prendre un mème mot dans une mème langue, op. cit.*, p. 5.

(29) Jean-Baptiste Volfius, *Rhétorique françoise à l'usage des collèges... 2e édition, corrigée...*, 1781, p. 187.

(30) *Encyclopédie Méthodique. Grammaire et Littérature : Tome Troisième, op. cit.*, p. 259a-b.

(31) *Ibid.*, p. 262a.

(32) César Chesneau Dumarsais, *Des Tropes ou Des diferens sens dans lesquels on peut prendre un mème mot dans une mème langue, op. cit.*, p. 7.

(33) Dumarsais, *Œuvres*, Paris, Pougin, 1797, vol.3, p. 326-238.

(34) Jean Pierre Seguin, *L'invention de la phrase au XVIIIe siècle: contribution à l'histoire du sentiment linguistique français*, Peeters Publishers, 1993, p. 234. Sur l'exemple pris du mot usage, cf. Gabriel Girard, *Les vrais principes de la langue françoise ou la parole reduite en methode conformement aux lois de l'usage: en seize discours*, Paris, Breton, 1747, p. 185.

(35) Denis Diderot et Jean Le Rond d'Alembert, *Supplément à l'Encyclopédie, ou dictionnaire raisonné des sciences, des arts et des métiers*, Amsterdam, Chez M.M. Rey, 1776, p. 181b.

(36) *Encyclopédie Méthodique. Grammaire et Littérature : Tome Troisième, op. cit.*, p. 124.

(37) 彼自身が書いた項目「寓意」の結論――「寓意は人為的で精巧な表現方法のように思われるが、それでも未開人の間でさえ使われている」（*Ibid.*, p. 129）。マルモンテルの書いた項目「文体の進展」を参照。そこで彼は、弁論術におけるプロソポペイアを詩における場合と同様に擁護している。それをうまく準備し、乱用せずに案配できることが重要なのである。

(38) Bernard Lamy, *De l'Art de parler, op. cit.* (1688), p. 128.「この文彩は多くの技巧をもってなされなければならず、非常に感動的であるか、あるいは非常に不快にさせるものであるに違いないと、クインティリアヌスは言う」。

(39) *Préceptes de rhétorique tirés de Quintilien à l'usage des écoliers*, Paris, Brocas, 1765, p. 114.

(40) 同じような考えで、フォンタニエは『アンリアッド』の一節について書くことになるだろう。「この美しい詩的虚構の中で、擬人化が、まるで魔法のように、どれほどの純粋でむなしい抽象的なものに、存在と生命、肉体と魂を与えているのがわかるだろう。」その時しかし彼は、この崇高な文彩（プロソポエイア）と呼ばれる思考の文彩を、擬人法と名付けたひどく陳腐で一過的な表現の文彩から区別することになるだろう（*op. cit.*, p. 298）。

（41） Jean-Baptiste Robinet et Abel Boyer, *Nouveau dictionnaire françois-anglois et anglois-françois de M. A. Boyer... corrigé et considérablement augmenté, par M.M. Louis Chambaud et J.-B. Robinet. Volume 2*, 1785, p. 383.

（42） *Table analytique et raisonnée des matières contenues dans les XXXIII volumes in folio du Dictionnaire des sciences, arts et métiers, et dans son Supplément. Tome second.*, Paris, Panckoucke, 1780, p. 424.

（43） *Dictionnaire universel français latin*, volume 3, Trévoux, 1704.（頁番号なし）「PERSONNALISER. v. act. 無生物が人間のように行動する、あるいは人間のような感情を持つふりをすること。prosopopaiam agere. これらの壁は話す、海はざわめき、いらだちを表す、など。つまるところ、無感覚なものを現実の人間のように表現することを意味する。この単語はやや新しく、用法が確立されていない。Personnifier を参照。」「PERSONNIFIER. v. act. この語はあまり使用されていない。それは、人間に見せかける、ものに人格を与える、物事にある者の姿、感情、言葉を与える、という意味である。」（personnaliser という単語はまだフュルティエールには出てこない。）

（44） *Encyclopédie Méthodique. Grammaire et Littérature : Tome Troisième, op. cit.*, p. 50b-51a.

（45） *Ibid.*, p. 51a.

（46） Timothée de Livoy, *Dictionnaire de synonimes françois*, Paris, chez Saillant, 1767, p. 397.

（47） Timothée de LIVOY, *Dictionnaire de Synonymes François ... Nouvelle édition. Revue, ... et ... augmentée; par M. Beauzée, etc*, Paris, Nyon, 1788, p. 485.「PERSONNALISER, v. 本物であろうが偽物であろうが、ある人物に帰させ、人を描き、個別に割り当てること。」「PERSONNIFIER, v. あるものに人の特徴を付与すること、あり得ない人物像を考え出すこと、まったく人間ではないものを人間に変えること。」

（48） Fontanier, *Manuel classique, op. cit.*, p. 119-120.

（49） Patrick Bacry, *Les Figures de style, op. cit.*, p. 100.

（50） *Ibid.*, p. 100.

［訳注］

（一） キケロ『弁論家について』、巻三・二〇五。「また、『あたかも人物が語っているかのように描く法』があり、これは敷衍のためのもっとも重要な文彩の一つである」。キケロ『弁論家について（下）』、大西英文訳、岩波文庫、二〇〇五年、二四七頁。

（二）　古典修辞学の分類法。フォンタニエは、「思考の文彩」とは、言語に作用するのではなく思考に作用する文彩のことだとする。そして数多の文彩のなかからプロソポペイアに注目し、その場にいないものに言葉を与えるというこの技法を、「思考の文彩」に分類した。

（三）　『系統的百科全書』については、「本書に登場する辞典とその周辺」の『系統的百科全書』の項を参照、二〇九頁。

（四）　「古代の神話に寓意的な特徴があることは否定できない。しかし、様々な国の神々の物語がすべて、農業と農業に依るものに関連する同じ寓意であるというのは、説得力のない体系である。M・ジェブランはこの体系を多くの語源に基づかせているが、そのうちいくつかは真実であっても誤用されており、他のものは多少もっともらしいだけで、大部分は不正確で馬鹿げている」。(*Journal des savants*, Paris, Lacombe, 1773, p. 864.)

（五）　「百科全書派」のように、テクストの書き手としての一群の執筆者集団を指している。

（六）　デュマルセは「私は、市場で一日に生み出される文彩の数は、数日間の学術集会で作られるよりも多いと確信している」と書いている（Dumarsais, *Des Tropes ou des différents sens*, *Œuvres de Dumarsais*, Pougin, 1797, p. 16）。

（七）　『百科全書』にはpersonnifierの項目はあるが、その中にpersonnificationという語は一度も使用されていない。『索引』の同項目には二度登場する。また、どちらの辞典にもpersonnificationの項目自体は存在しない。

（八）　『フランス語類語辞典』については、「本書に登場する辞典とその周辺」の『フランス語類語辞典』の項を参照、二〇八頁。

（九）　ボワローの叙事詩『譜面台』（一六七四―一六八三年）に出てくるものと思われる。

（一〇）　ラシーヌの『アンドロマック』の一幕第二場、ピッリュスの台詞。「こんなになったトロイが、復讐を渇望するなんて夢にも思へぬ」。『ラシーヌ劇集Ⅰ』、サボテン叢書B６版、原光訳、一九八九年、三六五頁。

十九世紀フランス文学における voyant をめぐって

吉田正明

はじめに

レオン・セリエは、ランボーが一八七一年五月、ジョルジュ・イザンバールとポール・ドメニーに宛てて立て続けに送った有名な手紙(1)において « voyant » という言葉を使ったのは、単に月並みな言葉を繰り返したにすぎないと述べている。(2) 果たして、この見解に与すべきであろうか。確かにこの言葉が、旧約聖書以来多くの作家や詩人や思想家たちに使われてきたことは事実である。その意味では、ランボーも先達たちがこの言葉に込めた意味をある程度踏襲して使っている部分もあるであろう。ランボーがこの言葉に込めた意味を深く知るためには、それまでにこの語がどのような意味合いで使われてきたのかを知る必要がある。本論は、十九世紀フランスの作家や詩人たちが、voyant という言葉をどのような意味で用いてきたのかを検証することにより、ランボーがこの語に込めた独自の意味を明らかにしようとするものである。

一　辞書の定義

まずは辞書の定義から見てみよう。過去の主だったフランス語の辞書を調べると[3]、本論に関連する語義として、voyant という言葉には大別して四つの意味が与えられていることが分かる。それらを簡潔にまとめている『プティ・ロベール[4]』の定義を確認しておこう。

（1）　Prophète (VX).

つまり、古くは「預言者」という意味で使われていた言葉である。VX というのは、vieux の略記で、現在ではその意味では使われていないことを示している。古風な言葉として文体的効果を狙うときだけ用いられるのである。補足すると、もともとは聖書から来ており、啓示による超自然の力により、未来を予見する能力を授かった「預言者」を指す言葉として使用されていた。聖書によると、voyant の典型とされているのはサムエル[5]である。この意味での使用がフランス語で最初に確認されるのは、ルフェーヴル・デタープル（一四五〇？―一五三六）が一五三〇年にアントワープで出版した、フランス語訳『聖書（*La Sainte Bible*）』においてである。[6]

（2）　(1812) Personne douée de seconde vue (MOD).

二つ目は、「千里眼が備わった人」の意である。MOD は Moderne の略で、現在理解されている意味を示している。初出が一八一二年となっているので、十九世紀からこの意味で使われていたことが分かる。類義語として、「占い師（devin）」、「女占い師（extralucide）」、「交霊術者（spirite）」、「幻覚者（visionnaire）」が挙げられている。

『十九世紀ラルース』[7]で補足すると、「霊媒（médium）」、あるいは「夢遊病〔催眠〕状態において過去、未来、超自然の神秘を透視する能力を有した人」も意味している。

（3） Personne qui fait métier de lire le passé et prédire l'avenir par divers moyens (SPÉCIALT).

第三に、「様々な方法で過去を読み取ったり、未来を予見することを生業としている人」の意で、職業として易を立てて依頼者の運勢判断をしたり人相・手相を占ったりする「易者」のことである。SPÉCIALT は spécialement の略で、特定の狭い意味で使われることを表している。

（4） Poète qui voit et sent ce qui est inconnu des autres hommes (LITTÉR).

最後に文学において、「他の常人には未知なる事柄を見たり感じたりする詩人」の意で用いられ、上述したランボーのポール・ドメニー宛書簡の一節、« le poète se fait *voyant* par un long, immense et raisonné *dérèglement de tous les sens* »「詩人は長期にわたる、途轍もない、理詰めのあらゆる感覚の錯乱を通して *voyant* となる」が例として挙がっている。

この他、本論の論点にとって重要と思われるのは、『リトレ』がこの語に与えている次のような定義である。[8]

Nom donné aux gnostiques et à d'autres sectaires, pour exprimer leurs prétentions à des connaissances surnaturelles.

すなわち、グノーシス主義者[9]、光明派[10]、スウェーデンボルグ（スウェーデンボリ）主義者[11]等の、超自然的事物・事象の認識に至ろうとする、ある種の秘教的セクトの信徒に適用される言葉でもある。

さて、上記『プティ・ロベール』の voyant の四番目の語義に付された例からも窺えるように、ランボー以来この言葉は、鋭い洞察力を持ち、未知へと至ろうとする作家、とりわけ詩人を指す言葉として定着した感がある。ランボーがこの言葉を有名な、いわゆる「見者の手紙」で用いたことにより、この言葉が注目されるようになったことは事実であるが、詩人を voyant に譬えたのは、彼が最初というわけではない。ドイツ・ロマン派詩人（シラー、ノヴァーリス、ホフマン、ハイネ等）、バルザック、ユゴー、ゴーティエなどの先達が、すでにランボー以前に詩人と voyant を結びつけていたのである。

では、それら先達たちは、この言葉をどのような意味で使っていたのであろうか。その変遷を辿ってみることにしよう。

二　バランシュとミシュレ

フランス文学において voyant という語を、教義に基づく詩的・霊的経験を表す言葉として最初に用いたのはバランシュ[12]（一七七六—一八四七）だと言われている。バランシュがこの言葉を使ったのは、『社会輪廻』所収の『オルフェ』[13]においてである。同書の「第七の書」において、エジプトのタミリス（Thamyris）の秘儀伝授を扱った部分で使われたものである。[14]それによると、エジプトでは「voyants たちの学校」なるものが存在したという。原初の詩人は、「預言者（prophète）」かつ「易者（devin）」であるとともに、「賢者（sage）」かつ「祭司（prêtre）」であり、「秘儀伝授者（initié）」および「立法者（législateur）」でもあり、要するに「至高のメッセージ」の「翻訳者（interprète）」かつ「代弁者（porte-parole）」として、霊感に従う voyant であるとしている。すなわち原初の詩人は、秘儀伝授を行うとともに、内的直観を有した者として、宗教的・社会的役割を果たしていたというのである。タミリスは、秘儀伝授を果たした後で盲目となる。なぜなら、肉体的失明は、霊的な開眼を意味しており、それによって得られた「千里眼（voyance）」は、退化してしまった不完全な感覚器官としての目と切り離されることで獲得された研ぎ澄まされた内的洞察力を象徴しているからである。

このようにフランス文学においてvoyantという言葉を、自らの霊的経験を表現する言葉として最初に使ったのはバランシュであったが、彼はこの言葉を秘儀伝授者という意味で用いた。彼にあっては、千里眼は倫理的な問題と結びついており、原始社会への郷愁を感じさせるものであったと言えるであろう。つまりバランシュは、voyantを詩人に結びつけるというよりは、賢者あるいは秘儀伝授者と同一視していたのである。

一方、ドラエーがランボーに影響を与えたと証言し、[15]ボヌフォワもその影響を指摘している[16]ミシュレ（一七九八―一八七四）は、『世界史序説』の中で、voyantをいかなる宗教も介さずに神と直接関係を持つことのできた、民衆から生まれ出た自由人としている。[17]ミシュレによると、voyantはオリエントの民のもとに生まれたキリスト教とは無縁の存在である。この概念は、確かにバランシュの教説よりもランボーのvoyantにより近い考え方である。透視力はミシュレにとって原始社会や子ども、あるいは女において見られる特質であり、彼らは自然と密接な関係を保っており、単純素朴な精神を持ち、本能や直観に従って生きる存在だとしている。とりわけ女は、自然と人との間の媒介者としての役割を果たし、自然の中に様々な感情の声を聞き分け、預言の能力を授かった存在だとしている。

またミシュレは、千里眼と予言を区別する。「予言（prophétie）」は未来を解読する能力であるのに対して、「千里眼（seconde vue）」はより繊細な能力であり、女と愛に固有の洞察力であるとする。それは心の内に生ずる直観的認識であり、不可視の事柄を見抜くことができる能力である。ミシュレによると、女は「女王（reine）」、「妖精（fée）」、「魔女（sorcière）」であるばかりか、直観力と予知能力を授けられた「祭司（mage）」、「巫女（sibylle）」でもあり、それにより偉大な霊感源（ミューズ）であったとしている。この論点は、一八六二年に書かれた『魔女』の序文においても再び取り上げられており、原始社会において女は voyante であり、透視能力を持つ存在であって、想像力により未来を予見する夢を引き出すことができたとしている。[18]

このようにミシュレにあっては、voyant は聖書と切り離して捉えられている。確かにミシュレはそこに神聖さや予言者としての特質を認めつつも、それを教会や信仰とは切り離し、あくまで自然との一体感を保持した民衆の代表として位置づけているのである。ミシュレが思い描く voyant とは、蛮族の中に生まれ、予知能力や直観力を持った子どもや女のうちに見出され、非合理的かつ具体的な認知能力を授かった者のことなのである。かくしてミシュレは、長い間、voyant と聖書とを結びつけてきた伝統を断ち切ったと言えるであろう。つまりミシュレの考える voyant とは、「人類に責務を負った」存在、すなわち「見者の手紙」で語られる「火を盗む人《プロメテウス》 (voleur de feu)」に近い存在として認識されていたのである。

三　バルザック

バルザックが、スウェーデンボルグやサン゠マルタン[19]の神秘思想の影響を受けたことはよく知られている。確かに『神秘の書[20]』には、スウェーデンボルグの思想の影響が顕著に窺える。フィリップ・ベルトは、スウェーデンの神智学者の神秘思想に関してバルザックが主に典拠としたのは、一七八八年に刊行されたダイヤン・ドゥ・ラ・トゥーシュ (Daillant de la Touche) の『エマニュエル・スウェーデンボルグ著作概説 (*Abrégé des ouvrages d'Emmanuel Swedenborg*)』と、ジャン゠ピエール・モエ (Jean-Pierre Moët) が一八一九年から一八二四年にかけてフランス語に翻訳したスウェーデンボルグの著作、とりわけ『天界と地獄 (*Du Ciel et de ses merveilles et de l'Enfer*)』であったと指摘している。[21] バルザックにあっては、『神秘の書』の三部作からも窺えるように、その神秘思想の多くをスウェーデンボルグに負っている。

バルザックが voyant という言葉を最初に用いたのは、ノディエの「人間の輪廻転生（*De la Palingénésie humaine*）」という論考への返答として、一八三二年の『パリ評論』に掲載された「シャルル・ノディエへの手紙」においてである。[22] この語は、スウェーデンボルグやサン＝マルタン、あるいはヤーコプ・ベーメの光明思想にも通ずる、千里眼という言葉に近い意味で使われている。バルザックは『あら皮』（一八三一年）の序文でも、その透視能力に関して自説を述べている。バルザックによると、偉大な作品の創造には、構想を練ってそれを実際に書き表すだけでは不十分で、そこには合理主義の範疇を超えた神秘的な要素が不可欠であるとしている。すなわちそれは千里眼とでも呼べるもので、天才の作品創造には、その秘められた天賦の才が欠かせないのである。その透視力とは、創造的な想像力と内的幻視、そして直観的な予知能力のことで、その洞察力により、詩人や作家は「真理（vérité）」に到達することができ、空間や時間を自由に動き回ることができるとしている。[23]

このようにバルザックにあっては、voyant の内実は科学や合理主義、あるいは経験主義の知見の範疇には収まらないところに措定されるべきものであり、その閃きと自発性と上昇力によって、知性では把握できない、合理主義や科学を超えた能力と見なされている。その考えがもっともよく示されているのは、やはり voyant への言及が多くなされている『神秘の書』においてである。その序において、バルザックは同書に収められた三部作について、以下のように簡潔に述べている。

「追放された者たち」は、大建造物の柱廊玄関である。そこでは、中世を舞台に、この思想が素朴な勝利のうちに現れる。「ルイ・ランベール」は、事実に即して捉えられた神秘思想であり、自らの幻視《ヴィジョン》に沿って歩む〈見者〉が、事実と彼の思想及び気質によって〈天国〉へと導かれる。それは、〈見者〉の物語である。「セラフィタ」は、真理とみなされ、擬人化され、あらゆる結果において示された神秘思想である。[24]

「追放された者たち」は、いわば建造物の柱廊であり、中世においてその観念は素朴な勝利のうちに現れる。また「ルイ・ランベール」は、事実に即して捉えられた神秘思想であり、すなわちこれは自らの「幻視（vision）」へと歩んでゆくルイが、事実と彼の思想と気質によって〈天国〉へと導かれるVoyantsの物語である。一方、「セラフィタ」は、真理とみなされ、擬人化され、あらゆる結果において示された神秘思想である。このように作家自らが説明している『神秘の書』は、千里眼を備えた登場人物たちが、アナロジーの力により可視の世界と不可視の世界を繋ぎ、観想を通じて霊的世界を直観し、天界の真理へと至る道程を示した物語であると言えよう。換言すると、このvoyantsの物語は、いくつかの段階を経て神秘的ヴィジョンへと到達するイニシエーションの物語であるとも見なし得る。

しかしながら、小説家の使命が自らの観念を巧みに具現化することにあることを十分心得ていたバルザックは、小説という形式の中で、あるひとつの神話に霊的次元を与えるために、神秘家たちの言葉を読者に具体的かつ魅力的に表現することに腐心したことを『神秘の書』の「序文」において明かしている。

> この〈書〉においてもっとも理解しにくい教義はそれゆえ、頭と心と骨を持っており、神秘家たちの〈御言葉〉がそこで受肉しているのである。つまり、著者はその教義を近代小説のように魅力あるものにしようと努めた。［……］そういうわけで、著者は、セラフィタがこの崇高な宗教に人気を与えることができるように、彼女の足を地球の泥の中に置いたことを、〈信者〉と〈見者〉たちが赦してくれることを願っている。(25)

また、『ファチーノ・カーネ』（一八三六年）は、バルザックが青年時代に勉学に疲れると、気晴らしにパリの街を散歩してその直観的観察力を磨いたことを明かすという、数少ない作家の伝記的事実が語られている作品であるが、そのはじめの部分で次のように述べている。

わたしにあっては、観察がもはや直観にまで至っていた。観察は魂まで透視していたが、肉体を無視することはなかった。むしろ外に見える細部をあまりにしっかりと把握したので、たちまち肉体の奥にはいりこんでしまったのだ。観察によって、相手の人生を生きる力を手に入れて、相手と入れ替わってしまうようになったのだ。〔……〕

わたしはこうした天性をなにからさずかったのであろうか？　これは透視力だろうか？　乱用すると狂気になってしまうような資質のひとつだろうか？　わたしはこの力の原因を決して探し求めようとはしなかった。この力を所有し、それを使っている。それだけである。(26)

このように、バルザック自身が voyant の能力を保持していることを明かしており、その透視能力を創作に役立てているというのである。バルザックが自らを voyant だと自負していた時期は、おそらく『あら皮』（一八三一年）から『セラフィタ』（一八三五年）までの約五年間だと思われる。いずれにせよ、自分には千里眼が備わっており、その能力によって相手の人生を洞察し、相手になり代わってそのひとの人生を直観できるとする彼の信念は、一時期揺るぎないものであったことは確かである。しかしその内実を明確に把握することは時として困難である。なぜなら、バルザックにあっては、千里眼とほぼ同義の voyance は、「占星術（astrologie）」、「動物磁気説(27)（magnétisme animal）」、「人相学（physiognomonie）」、「手相術（chiromancie）」、「カード占い（cartomancie）」等、他の様々な神秘思想と渾然一体となっているからである。

バルザックの同時代人も、彼の優れた透視能力をしばしば voyant という言葉を用いて評している。バルザックが亡くなった時、外国文学の研究者であったフィラレート・シャールは、『ジュルナル・デ・デバ』紙の追悼文で、「バルザックには天性の観察の才が備わっていたと、飽き飽きするくらい繰り返し言われてきたが、彼は観察などしていなかった。観察された出来事の中に潜り込み、それに耽っていたのである。〔……〕彼は分析家ではない。良くも悪くもvoyantである」[28]と評している。シャンフルーリもシャールが使った言葉をそのまま引用し、「バルザックは神秘的学問に没頭し、フィラレート・シャール氏が述べたように、*voyant*として、意志の力によってすべてのものに到達していた」[29]と述べている。また、テオフィル・ゴーティエも『ロマン主義の思い出』の中で、十九世紀半ばにこの言葉を使うのは奇異に思われるかもしれないと断りつつも、バルザックをvoyantと呼んで憚らない。[30]

このようにバルザックは、主にスウェーデンボルグの神秘思想の影響のもと、自らを千里眼を供えたvoyantだと見なし、小説創作においてその能力を遺憾なく発揮したことを告白して憚らなかったし、『神秘の書』においてもその思想を物語として提示しようとした。なるほど神秘思想には違いないが、アルベール・ベガンがいみじくも指摘したように、[31]バルザックの小説は神秘の衣を纏っているというよりは、詩的・文学的創造と密接に関わっていたと言うほうが適切ではなかろうか。その意味では、バルザックのこの観念は、小説創作の神秘を解き明かすことに寄与したと言えるであろう。『人間喜劇』の作家は、あくまでも現実に密着し、洞察力をもって観察し、小説創作に生かしたのである。

四　ゴーティエ

芸術至上主義を唱えたテオフィル・ゴーティエは、幻想物語にも筆を染めているにせよ、幻想よりも造形芸術の資質を具えていた作家である。とはいえ、ゴーティエはその特異な洞察力により、同時代のバルザックやネルヴァル、あるいはボードレールに voyant としての資質を見ていた。では、ゴーティエはこの voyant という言葉をどのような意味で用いていたのであろうか。彼が最初にこの語を使ったのは、一八四六年二月一日の『両世界評論』誌に掲載された「ハシシュ吸飲者クラブ（*Le Club des Hachichins*）」においてである。[32] それによると、voyant はひとを恍惚とさせるハシシュ吸引には加わらず、狂乱の最中、自らの明晰さを保とうとする「節制信徒（adepte sobre）」のことである。この voyant と呼ばれる信徒は、あらゆる「錯乱（dérèglement）」から距離を置き、陶酔に耽るハシシュ吸飲者たちを宥めるためにピアノに向かうと、朗々たる音楽を奏で、その響きがあたかも「光の矢（flèches lumineuses）」のごとくみなの心に突き刺さるのである。


フリブールの巨大なオルガンも、きっとその *voyant*（その節制信徒はそう呼ばれていた）によって弾かれたピアノの音ほどの大音響を出すことはないだろう。

「さあ、邪気を追い払わねばならない。そうしないと気が滅入ってしまう」と、その voyant は言った。そして「少しばかり音楽を演奏するとしよう」と。[33]

また、『交霊術者（*Spirite*）』において、スウェーデンボルグの弟子を自任するフェロエ男爵には、「セラフィタ」の影響が顕著に窺えるのだが、男爵は自らに具わった霊界や超自然の事象と交信する能力により、voyant としての役割を果たす。「啓示（révélation）」を通してフェロエ男爵は、「常人の目には遮られているが、voyants の目にだけは透視し得る天界」[34] の神秘を解き明かすことができるようになる。

『悪の華』において最大級の長文の献辞[35]を捧げられたゴーティエは、一八六八年三月と四月、『リュニヴェール・イリュストレ』誌に、ボードレールを追悼して重要な論考を寄せている。この論文は『悪の華』第三版（一八六八年十二月刊）の序として再掲されることになる。ゴドショやアンリ・モンドールは、ランボーがボードレールの詩を読んだのはこの第三版であり、そこに付されたゴーティエの論文から voyant の着想を得たのではないかと推測している。[36] 確かにランボーは「見者の手紙」の中で、ゴーティエをルコント・ドゥ・リールとバンヴィルとともに「ロマン派第二世代の voyants」[37] に位置付けており、ボードレールに関しては、「最初の voyant、詩人の王、真の神」[38] とまで言い切っている。なるほど、ランボーは『悪の華』第三版に掲載されたゴーティエのボードレール論を読み、voyant という言葉に着目して、それを自らの詩学に取り込んだことは十分に考えられることである。しかしながら、ランボーの voyant の着想源をゴーティエだけに限定するのは間違いであろう。古典文学や同時代文学はもとより、シャルルヴィル図書館で神秘思想や秘教に関する本を渉猟するほどの大の読書家であったランボーにあっては、ゴーティエの論考も着想源のひとつであったと言うべきであろう。

閑話休題。ゴーティエは上記の論考でつぎのようにボードレールを評している。

ボードレールは、スウェーデンボルグのように優れた霊性（spiritualité）の資質に恵まれている。また彼は同様に神秘的用語を使うなら、照応（correspondance）の天賦の才をも有している。すなわち、直観により、他者には不可視の事物間の秘められた関係を発見する術を心得ており、予期せぬアナロジーにより、一見するともっとも隔たった、あるいはもっとも対立するもの同士を結びつける能力に長けており、これは voyant のみが有する特質に他ならない。真の詩人は、みな多かれ少なかれこの発達した資質に恵まれており、それこそがその詩人の芸術の本質でさえある。[39]

このように、ゴーティエはボードレールの秘められた直観力と霊性という天賦の才を高く評価しており、voyance を、詩人が万物の間に発見し打ち立てた「類推（analogie）」と「万物照応[40]（correspondance）」の原理に結びつけている。換言すると、作詩術とは、直観的に捉えられた万物の類似や予期せぬ思いがけない関係性を発見し、それを詩作に反映させるということなのである。すなわち、この世の事物の間に、とらえ難く微妙な連関の「原理（analogie）」を構築し、凝縮された暗示的技法によって、隔たった事物を接近させ得る「隠喩（métaphore）」を用いてそれらを表現するということである。しかしながら、『悪の華』の詩人は、ゴーティエにそのvoyantとしての直観力と霊性を高く評価され、ランボーに「最初のvoyant」と呼ばれたにもかかわらず、自らにvoyantという言葉を決して当てはめることはなかった。ボードレールの明敏な知性と、鋭いイロニーの感覚がそれを禁じたのではなかろうか[41]。

ゴーティエの独創性は、voyantと万物照応の原理とを結びつけることにより、詩的言語の効果によって、遠く隔たった現実の予期せぬ思いがけない連関を創り出すことを可能ならしめることを説いたことにある。この観念は、二十世紀になってアンドレ・ブルトンやピエール・ルヴェルディなどのシュルレアリストたちが説いた、イマージュの概念の先取りではなかろうか。

ゴーティエはまた、『ラ・プレス』誌に掲載された、ネルヴァルへの追悼文においてもvoyantという言葉を使っている。それによると、『オーレリア』の詩人はvoyantであり、『黙示録』にも比する幻視的イマージュを創造する能力を具えており、それは麻薬によってもたらされる幻覚にも譬えられるものだという。ネルヴァルが物語のみならず、会話においてもvoyantとなるのは、彼が使う言葉の魔力によって紡ぎ出される予言めいた強烈な幻視的イマージュによるものなのである。

長時間にわたり、わたしたちは、Voyantと化したその詩人〔ネルヴァル〕が、わたしたちに驚異的な黙示録を繰り広げ、二度と再び耳にすることのない雄弁さで、輝きにおいてハシシュによる東洋の魔術にも勝る幻視的ヴィジョンの数々を物語るのを聞いた[42]。

バルザックと同じように、ゴーティエにとっても voyant とは、天界の秘密の観想者であれ、アナロジーとコレスポンダンスによって自らの幻影を翻訳する詩人であれ、多くの場合スウェーデンボルグの神秘思想の流れを汲むものである。ボードレール評からも窺えるように、ゴーティエはフランス文学において、voyant と詩作とが密接に結びついていることを最初に説いた詩人であったのである。

五　ネルヴァル

ゴーティエが自分にその語を冠することなく、バルザックとボードレールとともに voyant と呼んだネルヴァルは、実際、その幻視的イマージュの多くを汲み取っていた『黙示録』の伝統に従い、自らを voyant と見なしていた。『オーレリア』の詩人は、ブランシュ博士のクリニックに入院していた時に、アレクサンドル・デュマ夫人に宛てて次のように書き送っている。

ぼくは、医学辞典で〈テオマニア〉だの〈デモノマニア〉と呼ばれている病気に分類されることに同意しなければばならなかったのです。この二つの症例に述べられている定義に従えば、科学は黙示録の予言したすべての預言者や voyants を消し去るか、その口をふさぐ権利をもつというわけです。ぼくはそういう voyants のひとりだと自負していたのですが！　しかしぼくはこの運命に甘んじます。ぼくが神に予定された義務を果たさなかったというなら、聖霊をだましとったブランシュ先生を糾弾するつもりです。(43)

ネルヴァルは、自身を『黙示録』で予言された voyants のひとりだと自負しているにもかかわらず、医学事典の項目に載っている「宗教狂[44]（théomanie）」や「悪魔妄想[45]（démonomanie）」といった、医者たちが科学的に定義する病気に分類されることに同意するよう迫られたと告白している。しかしネルヴァルにあっては、自分に具わっているのは医学的に説明することのできない、神に選ばれた者に授けられた神聖な能力であるとしているのである。

ネルヴァルにおける voyant は、『黙示録』に記されている預言者や幻視者と渾然一体となっており、個人的体験と独自に培った「秘教（ésotérisme）」や「神秘学（occultisme）」の伝統に結びついている。それは例えば、『オーレリア』に関係すると思われるメモ書きに記された「voyants は［Tau ?］によって見分けられる（Les voyants se reconnaissent à [Tau ?]）」という文言からも窺える。[46] Tau（タウ、τ）は、ヘブライ語の二十二番目のアルファベットに当たるとともに、ギリシャ語では十九番目の字母のことであり、様々な象徴を含意している。紋章学ではタウ・クロスを表し、サン＝タントワーヌの十字とも呼ばれ、巡礼杖の握りの形に由来するものとされている。カトリックにおいては、松葉杖風のT字形の短い杖で五―八世紀に使われた司教杖を指している。それはまたエジプト十字の原初の形を表しており、神々の象徴とされていたものである。キリスト教にあっては、その文字の形から十字架の象徴であるとともに、神による選別の徴でもあった。さらに Tau は、マルセイユのタロットカードにおける二十二番目の lame（タロットのカードを指す言葉）、すなわち Mat あるいは Fou（愚者）と同一視され、その意味するところは、溶解ないし再構築による完成である。「タロット（Taro）」は、諸説あるが、一般にイタリア起源（イタリア語の Tarocco に由来）のトランプの祖とされ、一組七十八枚の「カード（lames）」から成り、遊戯と占いの両方に用いられるが、今日ではほとんど占い以外に使用されることはない。マルセイユのタロットが最も古いものとされ、人間の欲望や活動が寓意的に描かれた大アルカナ（大秘法 arcanes majeurs）二十二枚、小アルカナ（小秘法 arcanes mineurs）五十六枚から成っている。ネルヴァルは数々の神秘思想に通じており、タロットに関しても、カバラの秘法の伝統に基づいて受容していたものと思われる。しかし『オーレリア』との関連でより重要と思われるのは、Tはとりわけ秘儀伝授の象徴と見なされており、その象徴的形象により、火を崇拝するフリーメーソンたちが、悟りのエンブレムとしている文字に他ならない。ネルヴァルは『東方紀行』の中でそれを想起している。

象形文字とのアナロジーから、これらの古い言語において、フリーメーソンに関わる職業の道具類を指していたTは、連帯の徴であった。〔……〕Tはそれゆえ、火の精霊から生まれ出た労働者たちを連帯させるシンボルであった。(47)

象形文字との類似から、Tの形象は連帯の徴となっており、Tが象徴するのは、火の精霊たちから生まれたとする労働者たちの結束を表す文字だとしている。

このようにネルヴァルにあっては、それが幻視者であれ、フリーメーソンであれ、あるいは詩人であれ、**voyant** は単なる幻視者ではなく、宇宙（森羅万象）と芸術の神秘を伝授されたデミウルゴス(48)のような存在だと見なされていたように思われる。それを端的に表象しているのは、『東方紀行』（一八五一年）の中の「断食月《ラマダン》の夜」第三章を占める物語、「暁の女王と精霊の王ソロモンの物語（*Histoire de la Reine du Matin et de Soliman Prince des Génies*）」に出てくる、反逆の天才芸術家アドニラムではなかろうか。なぜなら、呪われたカインの末裔であり、大胆にも火に挑んで傲然と滅びるこの男、アドニラムは、ネルヴァルと同じく「火の息子たち（**Enfants du feu**）」の種族であり、あたかも作者ネルヴァルの夢と創造を担う分身のような存在と見なされるからである。しかしそれはまたネルヴァルを狂気と錯乱へと導き、ついには自死へと導いた危険な存在でもあったのである。

六　ユゴー

ヴィクトル・ユゴーも、ランボーのvoyantとしての詩人像の形成に少なからぬ影響を与えたように思われる。ドメニーに宛てた「見者の手紙」の中で、ランボーはユゴーについて次のように評している。

> ユゴーは、強情過ぎる人ですが、最近の著作の中には確かに見られたもの（du vu）があります。『レ・ミゼラブル』は真の詩です。ぼくは今『懲罰詩集』を手にしていますが、「ステラ」はユゴーのヴィジョンの届く範囲をほぼ示しています。あまりにもベルモンテ風のものやラムネー風のものが、またヤハウェイ風のものや古代円柱的なものがありすぎます。つまり破裂してしまった古くさい巨大さといったものが[49]。

このように、ナポレオン三世を辛辣に風刺した『懲罰詩集』（一八五三年）には、「ベルモンテ[50]」や「ラムネー」あるいは「ヤハウエ[51]」風のものがあまりにも目につくとし、一括して「破裂してしまった古くさい巨大さ」の多さを批判し、『懲罰詩集』第六章に収められた「星（*Stella*）」にユゴーの視野の限界を見定めてはいるが、ランボーは、ユゴーの近作[52]についてはそこにvoyantならではのヴィジョンを見出しており、とりわけ『レ・ミゼラブル』を「真の詩」と呼んで高く評価している。

ユゴーにとって詩人とは、日常の時空を超えて物事を見ることのできる、天賦の才を授けられたvoyantのような存在であると言えるであろう。自らの内に生来具わったその透視力により、詩人は、詩作においてその才能を遺憾なく発揮して、詩的創造を成し遂げるとするのである。詩人は自らの幻視によって神聖な役割を担い、ひいては人類にとって社会的使命を果たすことになるのである。『光と影（*Les Rayons et les Ombres*）』（一八四〇年）の冒頭に置かれた長編「詩人の役割[53]（*Fonction du Poète*）」において、ユゴーは次のように書いている。

民よ！　詩人の言うことを聞きなさい。
神聖な夢想家の言うことを聞きなさい！
あなたがたの暗黒の夜の中で、
詩人のみが光に顔を照らされているのです！
闇に包まれた未来の出来事を予見し、
その暗がりにまだ開花していない種子を
見わけることができるのは詩人だけなのです。
人として、詩人は女性のように優しいのです。
神が詩人の魂に小声でささやくのです、
あたかも森や海に向かって話しかけるように。[54]

詩人は「神聖な夢想家」に譬えられ、民衆が置かれた闇の中でただ一人顔を光に照らされており、闇に閉ざされた未来を透視し、その暗黒の中にまだ開花していない種子を見抜くことのできる存在だとしている。そして神が、森や海に語りかけるように、詩人の魂に小声で話しかけるとする。このように、ユゴーにとって詩人とは、民衆を闇から光へと導いていくという神聖な使命を神から与えられた voyant なのである。それゆえ詩人は、天賦の才として授かった想像力と直観力を働かせて、人類を現在の桎梏から未来の解放へと向かわせるという、文明の進歩に寄与する役割を担っているのである。詩人は内心にいわば一種の鏡を有しており、自ら受け取った光を未来に投影することによって、宇宙の中にいまだ隠され神秘のヴェールに包まれた未知なる世界を垣間見て、それを解き明かす存在であると言えよう。

こうしたユゴーの詩人観が、「見者の手紙」で描かれている詩人像に影響を与えているのは間違いなかろう。ランボーにおいても詩人は、voyant となるべく想像を絶する苦難を経験した後、ついには未知へと到達するというのである。そして未知へと到達した後、詩人の使命は以下のように語られる。

それゆえ詩人とは真に火を盗む者なのです。

詩人は人類に責任を負っており、動物たちにさえ責任を負っているのです。詩人は自分が創作したものを感じさせ、触れさせ、聞こえさせねばならないでしょう。[55]

このようにランボーによると、未知へと到達した詩人は、「火を盗む者」となり、人類に責務を負うとしている。これはティタン族の一人で、神々から火を盗んで人間に与えたため、ゼウスの怒りに触れ、カウカソス山に鎖でつながれて、毎日再生する肝を鷲に食われるという地獄の責苦を味わったプロメテウス神話が踏まえられている。人類に火を与えて文明をもたらしたとされるプロメテウスに詩人をなぞらえているのである。プロメテウスが味わった苦難は、voyant になる過程で耐え忍ばなければならないとされる「筆舌に尽くしがたい責苦」を彷彿とさせる。

それは、全き信念を、超人的なあらゆる力を必要とする筆舌に尽くしがたい責苦であって、そこで詩人は、とりわけ偉大な病者、偉大な罪人、偉大な呪われ人となり、――そして、至高の〈学者〉となるのです[56]!

ユゴーにあっては、洞察力を具えたvoyantたる詩人は、生まれながらに天賦の才を授かった選ばれた人であり、神聖な存在であるのに対し、ランボーが思い描く詩人は、「長期にわたる、途轍もない、理詰めのあらゆる感覚の錯乱を通して」自らをvoyantたらしめるのである。二人の詩人の抱く詩人像には、共通する部分も確かに見受けられるが、根本的な相違点もあるのである。

閑話休題。ユゴーのvoyantに話を戻そう。修辞学で言うところの「対照法（antithèse）」を好んで多用したユゴーならではの解釈によると、バランシュのタミリスがそうであったように、肉体の感覚器官としての視力の喪失が、精神の目を開眼させてくれるという意味において、盲目の詩人こそが闇の中に光明を見ることができる真の意味でのvoyantだという。なぜなら、視力を失うことにより、視覚以外の感覚が研ぎ澄まされるように、内的な霊的ヴィジョンの強度が集中力によってよりいっそう高められるからである。ユゴーは、「最も偉大なvoyantsはおそらく盲目である。視力を閉ざされ、魂が開かれたホメロスは、しかと見たのであり、ミルトンは凝視したのである」[57]と、自らの信念を記している。いずれにしても、目が見えるにせよ、視力を失っているにせよ、voyantは超自然の世界と人間とを結びつけ、薄暗い世界に閉じ込められ光を希求する人類と、神の全き光との間を仲介する媒介者の役割を担っているのである。『観想詩集』の中のいくつかの詩は、事物の奥底まで見通す透視力と、翼の上昇運動とがvoyantに具わった特性であることを教えてくれる。そして鋭い透視力と飛翔によって到達した高みにおいて、voyantはその神々しい光を目の当たりにして目が眩むというのである。それはあたかも「見者の手紙」において、未知へと到達したvoyantたる詩人が、錯乱して、自分が見た「視像（vision）」についての理解力を失ってしまうかのようである[58]。

ユゴーにあっては、voyantの概念は、複雑で、明確に定義することが困難である。なぜなら、その概念は時とともに変化しており、様々な意味合いで使われているからである。例えば『懲罰詩集』におけるvoyantの概念は、『観想詩集』では深化せしめられ、異なるニュアンスを帯びており、『海に働く人びと（*Les Travailleurs de la* mer)』(一八六六年)においても微妙に異なっている。ユゴーにおいては、voyantという言葉は様々な語に結びつけて使われており、その言葉が表しているものは多様である。[59] しかし、詩人が一時期没頭した交霊術の体験を経て、その概念はより深化せしめられ、明確化されたように思われる。[60] この霊的体験を通して、詩人は、霊媒とvoyantとを同一視するようになり、交霊術の参加者はみなvoyantとなり、未知の世界(霊界)からその秘密を引き出し、霊界との通信を通して、無限の宇宙や超自然の出来事を洞察することができるようになるとしている。その影響が顕著に窺えるのは、ガーンジー島(ブルターニュ半島の北方イギリス海峡にある英領の島で、一八五五年から一八七一年までユゴーの亡命地となる)にユゴーが亡命していた一八五六年に出版された『観想詩集(*Les Contemplations*)』である。「観想」と訳したContemplationsという語は、一義的には「凝視」「熟視」の意で、まさに研ぎ澄まされたvoyantの透視力を彷彿とさせるタイトルである。またこの言葉には「瞑想」「黙想」という意味もあり、宗教的には「神との魂の合一」「真理、最高善に至る道」を意味する言葉であり、この詩集に込められた作者の意図と宗教感情を窺い知ることができよう。しかし同時に詩集の序文で詩人が述べているように、Contemplationsとは、「ひとつの魂の回想録[61](les Mémoires d'une âme)」でもある。すなわち、作品全体の整合性を保つために、制作年月日と順序を適当に変えられてはいるが、ジャージー島で書かれた作品を中心に、一八三四年から二十年余りにわたって制作された百五十八編(序詩と末尾に独立して置かれた詩の二編を含む)の詩が収められている。全体は二部に分かれており、セーヌ川のヴィルキエで、結婚してまもない愛娘レオポルディーヌが、夫のシャルル・ヴァクリーとともに舟遊びをしていて溺死した一八四三年を境にして、それ以前を「昔(*Autrefois*)」、以後を「今(*Aujourd'hui*)」とする。

第一部の「昔」は、詩人の精神の発展段階を象徴する「あけぼの(*Aurore*)」、「花盛りの魂(*L'Âme en fleur*)」、「戦いと夢(*Les luttes et les rêves*)」の三章からなり、少年時代の回想、家庭の団らん、愛児の思い出、素朴な田園生活の喜び、文学論争、楽しい宴の印象など、様々な題材が扱われている。

しかし、愛娘を失った悲しみと、ルイ＝ナポレオンのクーデターによって祖国フランスを追われ、亡命生活を余儀なくされたことは、ユゴーに深い思索と瞑想の機会を与えることとなる。後半の第二部「今」は、「娘にあてたささやかな言葉[62]（*Pauca Meæ*）」、「前進（*En marche*）」、「無限の縁で（*Au bord de l'infini*）」の三章からなる。この三章では、ときに過酷な運命を呪い、自ら死を夢想しながらも、人間の悲惨さに共感し、神の意志に従って民衆を未来の解放に向かって導くことに詩人の使命を見出そうとする意志が歌われている。とくに最後の章「無限の縁で」では、詩人の観想は、人間の運命から天地創造の秘密をめぐる問題へと発展し、よりいっそう内面的な深化を見せ、ユゴー思想の集大成の観がある。こうした思想の深まりは、広大な空と海に囲まれた亡命の地、ジャージー島やガーンジー島での生活や、前述したように、ユゴーが没頭した交霊術の影響によるものと思われる。その影響が顕著に窺えるのは、第六章の二十三番目の詩「祭司たち[63]（*Les Mages*）」と、二十六番目の「闇の口が語ったこと（*Ce que dit la bouche d'ombre*）」の二編である。この二編の詩は、ともにユゴーの壮大なヴィジョンを、比喩的、象徴的、視覚的イマージュを駆使して描き出した、長大な叙事詩を思わせる神秘的作品である。[64]いずれの作品においても、事物の本質を見抜き、森羅万象を見通すことのできるvoyantの特質たる透視力や洞察力が重要な役割を果たしている。詩人はvoyantとして、天地創造の謎や宇宙の神秘を探り、その深淵に迫り、それを凝視しようとする。そしてヴェールに包まれた普遍的生の徴を、黙示録を彷彿とさせる象徴的イマージュを通して翻訳しようとするのである。

「闇の口が語ったこと」では、宇宙の開闢から、人間の運命や倫理に至るまで、一貫したユゴーの神秘的哲学思想が、幻想的で具象的なイマージュを通して、壮大なスケールで描写される。この詩で展開されるユゴーの宇宙論によれば、はじめは神によって創られた被造物はみな重さをもっておらず、光に満ちた天空を飛翔していた。しかしあるとき、この世で最初の過ちが犯されると、その過ちは重さとなり、その結果、万物は天空から落下しはじめたとする。つまり重さは、悪の象徴である。そして万物は重さを増しながら、さらに悪化の一途をたどり、やがて天使は精霊に、精霊は人間に、人間は禽獣に、禽獣は植物に、植物は鉱物に堕していった。かくして万物は、その重さ、すなわち悪の度合いに応じて空間の中に位置づけられ、闇に包まれた鉱物の世界から、光に満ちた天上の神にまで昇っていく、「存在の梯子」を形成するというのである。ただ、このように位置づけられるのは、単に物質的な面からのみ見られた被造物というわけではなく、万物は、鉱物に至るまで、それぞれ固有の魂をもっているとするのである。詩の冒頭部分で、巨石記念物（ドルメン）の近くの岬を、夢想しながらさまよっていた詩人を待ち受けていた「闇の口」（亡霊）は、詩人に次のように語りかける。

知るがいい、万物は自分の掟や、目的や、辿るべき道を心得ていることを、
星から虫けらにいたるまで、広大無辺な宇宙は、お互いの言葉に耳を傾けていることを、
万物はみなそれぞれ自分の良心をもっていることを。
そして耳は万物のヴィジョンを聞き分けうるのだ。
なぜなら、事物と生物とは大いに言葉を交わし合っているからだ。
万物が話す、吹きすぎる風も、海上を行くアルキュオネ[65]も、
草の茎も、花も、種も、自然界の基本要素も。
〔……〕
神はどんな些細なものにまで言葉を交えて創造されたのだ。
万物はうめく、おまえのように、万物は歌う、私のように。
万物は話す。人間よ、おまえは知っているか？
なぜ万物が話すのかを。よく聞け。風、波、炎、
樹々、葦、岩、こうしたものすべてが生きており、魂に満ち満ちているからだ。[66]

ユゴーによると、万物は自分の掟や、目的や、たどるべき道を心得ていて、星からダニのような虫けらにいたるまで、広大無辺な宇宙は、おたがいの言葉に耳を傾けており、宇宙の万物はそれぞれ固有の心をもっているというのである。こうして「存在の梯子」に位置づけられるのは、なによりも被造物の本質である魂によってなのである。[67]

こうした考えのもと、voyant は、一般の人間よりも「存在の梯子」の上位に位置づけられる存在である。なぜなら、彼らが関わっているのは、「不可視（l'invisible）」の世界であり、「重さのない（l'impondérable）」、「暗いこの世を照らす鏡（miroir du monde obscur）」としての、純粋で神々しい光に満ちた原初の世界だからである。それゆえ彼らは、「闇の口」（亡霊）が語りかける驚嘆すべき言葉を、怯まずに聞くことができ、洞察力によってその神秘を理解し、精霊や天使の住む世界を直観することができるのである。また、精霊や天使と同じように天界に属しながらも、voyant は地上の悲惨な光景全体を俯瞰的に見渡すことができる存在でもある。よって、彼ら voyant は、人類が過酷な運命に打ちひしがれ、苦悩と悪に苛まれる光景に無関心ではいられなくなる。かくして voyant は、人類を闇から救い出し、原初の清らかな光へと導くことを自らの使命とするのである。このようにユゴーにおける voyant は、人類の先導者としての役割と、その任務の遂行にともなう苦行とによって、ランボーの voyant 像を予告するものだが、ユゴーの voyant が、宗教と密接に結びついているという点においては、ランボーとは異なっていると言えよう。

「祭司たち（*Les Mages*）」においては、聖書や神話の登場人物や歴史上の天才たちを、神によって選ばれた「祭司（prêtre）」と呼んで、その voyant としての神聖な透視力が称揚される。称えられているのは、モーセなどの大予言者、古代ギリシャ・ローマの詩人、古今のヨーロッパ文学の著名な詩人や作家のみならず、ユークリッドやコペルニクスといった科学者、あるいはモーツァルトやベートーヴェンなどの作曲家たちである。この詩で言及される彼らvoyantたる天才たちの透視力は、目をくらませるような神々しい光に到達し得る、力強く鋭い眼差しと、翼の飛翔にも譬えられる精神の上昇力によって表象される。彼らはいずれもその優れた眼力によって、神の光を見ることができるのである。ユゴーにあって特異な点は、視線と光との同一視である。第一部の第二詩節で、ユゴーは次のように書いている。

これらの人たちは詩人である、
その翼が彼らを上昇させたり下降させたりする。
〔……〕
彼らすべての目の中に光が入り、
彼らすべての額から光が出ていく。[68]

上の引用では、詩人たちの「目」に光が入ってきて、詩人たちの「額」から光が出ていくと表現されているが、草稿では、「彼らすべての額に光が入り、彼らすべての目から光が出ていく[69]（Tous les fronts où la lumière entre, / Tous les yeux d'où le rayon sort.）」と書かれており、光が出ていくのは「額」からではなく、「目」からとなっている。この考えはユゴー独特のもので、この詩のほぼ中間部にあたる第八部においては、つぎのように描写されている。

これらすべての祭司たちは、
光を所有し、その光が彼らの魂から出て
〔……〕
ヤハウェの目に達する。[70]

このようにこの詩においては、voyant たる祭司たちの鋭い視線は、彼らの魂から発し、目から出ていく光として表象されており、ついには彼らの目から発せられた光が、ヤハウェの目にまで達するというのである。これは、例えば『諸世紀の伝説』中に収められた「良心 (*La Conscience*)」おける、罪を犯したカインをどこまでも追っていく神の目とは対照的である。この詩では、逆に鋭い眼力を持った祭司たちが、その眼光によって神を照らすのである。かくして神の光との合一を果たした祭司たちは、神の前で原初の穢れなき裸の魂となって、未知なる世界を見る人、すなわち voyant となるのである。

おお！　あなたたちだけが聖職者であり、
思索家であり、大いなる希望を求める闘士である。
〔……〕
神の御前で魂を裸にして、
未知なる事物を透視する人 voyants となったいま、
あなたたちこそ宗教の何たるかを知る人となるのです。(71)

このように voyant の霊的歩みは、未知なる視像との融合を象徴する、神の光との合一によって達せられる。そして神々しい光との合体を果たした祭司たちは、「神聖な死の法悦」を味わうのである。

さあ、行きなさい！　祭司たちよ！　天才たちよ！
星々が散りばめられた広大無辺の深淵に鳴り響く

至高の交響曲のなかに、
人類の調べを探しに!
不安に怯えるわれわれ羊の群から遥か遠く、
われわれが打ち立てた掟から遥か遠くへと、
黄金の時と、
神聖な死を待ちながら、
崇高なる人びとよ、味わいに行きなさい、
天空での法悦を![72]

以上見たように、ユゴーにあっては、voyant の捉え方は、他のいかなる作家にもまして気宇壮大であり、その視線は広大無辺の宇宙に注がれていると言えよう。そして、その透視力は、神から授かった天賦の才であり、それにより天地創造の秘密を見抜き、神聖な言葉によってそれを翻訳することができるとするのである。voyant はまた、森羅万象の全容を俯瞰的に把握できる洞察力の持ち主でもあり、物理的時空を超えて、自由自在に想像力を羽ばたかせることで、不可視の世界をも見ることができる人であると言えよう。

しかし、ユゴーにあっては、voyant の透視力が発揮されるのは神聖な空間においてであり、本質的には神の存在が措定されていることから、極めて宗教的な色合いを帯びている。voyant を宗教と完全に切り離して、詩的創造の実践の次元に据え直したのがランボーに他ならない。

七　ランボー

これまで見てきたように、十九世紀フランス文学において、voyant は幾人かの作家や詩人によって使われてきた言葉である。このことから、レオン・セリエの見解[73]に与して、ランボーはこの言葉を単に月並みな意味で用いたにすぎないと結論付けるべきであろうか。伝統的に使用されてきたという意味においては、確かに目新しい言葉ではなかろう。しかしながら、ランボーがこの言葉に込めた意味内容という点では独創的であるように思われる。上述したように、ゴーティエ、ネルヴァル、ユゴーなどの先達が、ランボー以前にすでに詩人と voyant とを結びつけていた。とはいえ、この言葉を意識的に詩人のあるべき姿とし、詩作の原動力としたのはランボーが初めてであったように思われる。voyant という言葉の使用に関して、ランボーが伝統や先達からなんらかの影響を受けたとしたら、それは比較的簡単に説明し得るように思われる。つまり、ランボーは旧約聖書からこの言葉を借用し、ボードレールの『悪の華』第三版に付されたゴーティエの論考が voyant の詩法を着想させ、またユゴーからは、詩と行動との密接な関わり、人類の先導者としての詩人の使命、あるいは人類の進歩を促す詩の役割[74]といった点において影響を受けたと考えられる。また、ボードレールからも、「新しさ」の探求、視覚・聴覚・嗅覚といった異なる感覚の照応、それらを要約し得る新たな言語の探求、といった点において少なからぬ影響を受けたと思われる[75]。これら先達の影響を受けたとはいえ、やはりランボー独自の解釈による意味内容が、voyant という言葉には込められているように思われる。

まずランボーにあっては、voyant という言葉は、倫理的な意味合いも帯びていなければ、秘儀伝授とも無関係である。「見者の手紙」において、この言葉は方法論の一つとして提示されている。自らを詩人として自覚したランボーは、voyant になる方法をイザンバール宛の手紙で次のように言い表している。

> 現在、ぼくは放蕩無頼の限りを尽くしています。なぜとおっしゃるのですか？ 詩人になりたいからです。そして自分を *Voyant* にしようと努めているからです。〔……〕問題なのは、あらゆる感覚を錯乱させて未知なるものへ至るということです。(76)

ここでランボーが「自分を *Voyant* にしようと努めている (je travaille à me rendre *Voyant*)」という表現を使っていることに着目したい。直前の文において、この手紙を書いている最中にも、パリコミューンで蜂起した多くの「労働者 (travailleurs)」が死んでいくことに怒りを抱きつつも、ランボーは断固とした労働拒否を、「いますぐ働くなんて、まっぴらごめんです。ぼくはストライキ決行中なのですから (Travailler maintenant, jamais, jamais ; je suis en grève.)」という風に表現している。これは travailler という動詞にかけた捩りであると言えよう。イザンバール宛の手紙で表明された voyant になるための方法については、二日後に詩人ポール・ドメニーに宛てた手紙の中で、さらに詳しく語られる。

> ぼくが言いたいのは、*voyant* であらねばならない、自らを *voyant* たらしめねばならない、ということです。
> 詩人は、長期にわたる、途轍もない、理詰めの、あらゆる感覚の錯乱を通して自らを *voyant* たらしめるのです。
> あらゆる形の愛、苦悩、狂気を通して、詩人は自らを探求し、自らのうちにすべての毒を汲み尽し、その精髄のみを保持するのです。それは、全き信念と超人的な力のすべてを必要とする言い表しようのない責苦であって、それによって詩人は、とりわけ偉大な病者、偉大な罪人、偉大な呪われ人となり、――そして至

高の〈学者〉となるのです！――なぜなら、彼は未知なるものに到達するからです[77]！

まず注目したいのは、詩人が自らをvoyantたらしめるには、「長期にわたる、途轍もない、理詰めの、あらゆる感覚の錯乱」を通してであるということである。ここで「感覚」と訳したsensという語は、「意味」、「方向」という意味も併せ持つ多義語であり、おそらくランボーは複数の語義にかけて用いているものと思われる。voyantになるための第一歩は、あらゆる感覚の錯乱にせよ、あらゆる意味の錯乱にせよ、これまで常識とされてきた既成の価値観や秩序、あるいは合理主義的思考や個別化されカテゴライズされた知覚を解体し、攪乱することで、新たな世界観と認識法を構築するということなのである。そのためには、デカルト哲学の原理となっている合理主義的思考法を否定することから出発しなければならない。それゆえランボーは、イザンバールに宛てた手紙で、「《我思う》、というのは誤った言い方です。誰かが私を考える、と言うべきでしょう[78]（C'est faux de dire : Je pense : on devrait dire on me pense.）」と、デカルトの「Cogito, ergo sum[79]」を捩って、西洋合理主義的自己認識を否定しさるのである。人は生まれながらにして、自分が生まれ育った社会のイデオロギーを、幼い頃から植え付けられて成長し、大人になっていく。そして無意識のうちにそのイデオロギーに染まり、やがてそれが当然のことだと思い込み、疑うことさえしなくなってしまうのである。果たして、「私（je）」とはいったい何者なのか？　そのような根源的な問いから、ランボーは、「我は他者なり[80]（JE est un autre.）」という認識に至る。「我思う（Je pense）」ということもできなければ、「私は存在する（Je suis）」とも言えないのである。ランボーがたどり着いた認識に従えば、そうではなく、「誰かが私のことを思う（On me pense）」と言うべきであり、「我は他者なり（JE est un autre）」と言わなければならないのである。この世に生まれてから知らず知らずのうちに、心に根深く植え付けられてしまった既成の「自己（moi）」を脱却し、自らの意志によって、新しい「自我（soi）」を開花せしめること、これこそvoyantとして目覚めた詩人の出発点となるべき認識に他ならない。「見者の手紙」で最初になすべきこととしているのは、まさに自我の初期化であり、新たな自我の構築であり、その全的把握である。

詩人になろうと望む人のなすべき第一の探求は、自分自身を認識すること、それも全的に認識することなのです。彼は自らの魂を探索し、綿密に調べ、それを試し、それを学ぶのです。(81)

よって、ランボーにとって、目指すべき詩とは、イザンバール宛の手紙でも語られるように、イデオロギーに染まった既成の自我の視点で書かれた、「主観的な詩(poésie subjective)」ではなく、未知なるヴィジョンが、それを表現し得る新たな言語とエクリチュールによって創造された、普遍的で「客観的な詩(poésie objective)」でなければならない。それゆえ、ミュッセをやり玉に挙げて、自分の殻の中に閉じこもって、自らの感情を吐露するような、自己中心的でロマン主義的な詩が激しく攻撃されるのである。このようにランボーにあっては、「私(je)」の概念は拡大され、「他者(autre)」の領域をも包摂し、ひいては「普遍的な知性(l'intelligence universelle)」と「普遍的な魂(l'âme universelle)」へと至るのである。このような視座に立てば、未知に至るためには、あらゆる経験を積まねばならないであろう。なぜなら、すべてを経験してはじめて、既知を超えて未知にたどり着けるからである。voyant になるためには、それゆえ、「あらゆる感覚(意味)の錯乱」によって、デカルト的合理主義の枠にはめられた「自我(moi)」の殻をやぶり、それを解体した後で、「あらゆる形の愛、苦悩、狂気(toutes les formes d'amour, de souffrance, de folie)」を探し求め、自らのうちに「あらゆる毒(tous les poisons)」を汲みつくし、その「精髄(quintessences)」だけを保持しなければならない。よって、voyant への道は、言葉では言い表せない、人並みはずれた苦行の様相を呈することになる。この苦行を乗り越えるためには、「あらゆる信念とあらゆる超人的な力」が必要とされる。しかしその苦行を乗り越えて、未知へと到達した

voyantたる詩人は、「すべての人にもまして、とりわけ偉大な病者、偉大な罪人、偉大な呪われ人」、すなわち社会のアウトサイダーとなる。しかし同時にvoyantは、「至高の学者（知る人）(le suprême Savant)」にもなるのである。「未知（l'inconnu）」を「見る（voir）」ことは、すなわち「未知」を「知る（savoir）」ことに他ならない。voyantになるための方法を説いた上記の引用箇所で、ランボーが「すべての（toute, toutes, tous）」という形容詞を多用しているのも、未知へと至る過程で辿らねばならないすべての経験を言いたいがためであろう。最上級の使用も、超人的な力で筆舌に尽くしがたい苦難を克服し、未知なるヴィジョンを見るに至ったvoyantへのオマージュに他ならない。

そして自らをvoyantたらしめ、未知なるヴィジョンを見た詩人は、その「未聞の視像（vision inouïe）」を翻訳し得る新たな詩的言語を見出さなければならない。その言語は、それまでの単に韻を踏んだ「散文（prose rimée）」とは根源的に異なる、未知の視像を定着し得る言語でなければならない。ランボーの言葉を援用すれば、それは「言葉の錬金術（l'alchimie du verbe）」によって生み出される詩的言語に他ならない。「酔いどれ船（*Bateau ivre*）」は、「詩人（voyant）」を象徴する陶酔（錯乱）した船が、数々の未知なるヴィジョンに遭遇し、それまで人が見たと信じていたにすぎないものをしかと目撃する、――「そしてぼくは時々、人が見たと信じ込んだものを見た(82)（Et j'ai vu quelquefois ce que l'homme a cru voir !）」、――voyantたる詩人の未知への航海（探求）を寓意する詩であると解釈し得る。しかし、『地獄の季節』の「錯乱II――言葉の錬金術」に書かれているように(83)、それはまだvoyantの詩法の「エチュード(84)（étude）」にすぎない。ランボーが未知なるヴィジョンを言葉の錬金術によって創り出そうとするのは、『イリュミナシオン』においてではなかろうか。例えば、「ある理性に」と題する詩を読むと、われわれは、まったく新しい詩の形と書法を目の当たりにするのである。

お前の指が太鼓をひとつ鳴らせば、すべての音が解き放たれ、新しいハーモニーが始まる。

お前が一歩踏み出せば、新しい人間たちの決起だ、そして彼らの進軍だ。
お前の顔が横を向けば、新しい愛！　お前の顔が向き直れば、――新しい愛！
〔……〕
常にやって来ていて、どこにでも立ち去るお前。

Un coup de ton doigt sur le tambour décharge tous les sons et commence la nouvelle harmonie.
Un pas de toi, c'est la levée des nouveaux hommes et leur en-marche.
Ta tête se détourne : le nouvel amour ! Ta tête se retourne, — le nouvel amour !
[...]
Arrivée de toujours, qui t'en iras partout.(85)

逆説的に、ランボーは「韻を踏んだ散文（prose rimée）」（伝統的な詩法の規則に縛られた韻文）を放棄し、伝統的な詩法の束縛を脱して、自由に書くことができる「散文詩（poème en prose）」という新しい形式を用いることにより、言葉の錬金術を実現しようとしたのではなかろうか。こうして創り出された詩は、もはやデカルト的合理主義に基づく解釈を無効にするであろう。フランス語という日常だれもが使用するありふれた言葉が、潜在的に有しているあらゆる可能性を探り、それを引き出し、その言葉をそれまでのように何らかの「観念（idée）」を表す伝達手段としてではなく、言葉そのものを創造の源とするような作詩法とでも言えようか。すなわち、言葉を「再現（représentation）」としてではなく、「創造（création）」の糧としたのである。言い換えると、卑近な日常語を、言葉の錬金術により、未知なる視像を翻訳し、定着し得る詩的言語に昇華させようとする voyant の試みではなかったであろうか。「見者の手紙」で、その言葉の質転換を比喩的に表現しているように思われるのが、ヴァイオリンに変貌した木片[86]であり、ラッパになって目覚めた銅[87]であろう。

ここで着目したいのは、ランボーが詩作において特に重視しているのが、言葉と詩の音声ということである。「見者の手紙」でしばしば譬えとして使われるのが、ヴァイオリンやラッパといった楽器であったり、音楽であったりするのもその証左である。ランボーは、イザンバール宛の手紙に一編の詩「拷問にかけられた心臓（*Le cœur supplicié*）」を挿入しているが、その詩は次のような詩句で始まる。« Mon triste cœur bave à la poupe. » これを訳すと、「僕の悲しい心臓は船尾で涎をたらす」という意味になる。ランボーはイザンバールに、「これは、あなたが言われるように、風刺でしょうか？ それとも詩でしょうか？ これは幻想にすぎません[88]」と述べている。この詩は、その意味を探るよりも、むしろこの詩の音声面に注意を向けるべきではなかろうか。なぜなら、この冒頭の一行は、朗読した時に発せられる音を十分に意識して作られている詩句のように思われるからである。八音節詩句の後半部分にそれが顕著に窺える。« **bave à la poupe**. » この詩句を発音記号で示せば、［ba-va-la-pup］（バヴァラププ）となり、あたかも呪文を唱えているかのようである。この詩は、八音節詩句八行の詩節三連で構成され、各詩節の第一行が第四、第七行に、第二行が第八行に繰り返される、「トリオレ（triolet）」と呼ばれる独特の定型詩である。この何度も同じ詩句が繰り返される形式からも、まるで呪文のような効果が生み出されている詩であると言えよう。とりわけ第二連の一行目、四行目、七行目に繰り返される « Ithyphalliques et pioupiesques »「勃起したペニスのごとく、兵隊さんのごとく[89]」と、同詩節の五行目の詩句 « Ô flots abracadabrantesques »「おお、アブラカダブラの波よ[90]」は、言葉の意味よりも、いかにもその音声面に注意を払うよう仕向けられている詩句であることは間違いなかろう。とくに五行目の詩句は、同一母音の反復が顕著であり（o-o-a-a-a-a）、abracadabrantesque という単語それ自体が、カバラ秘法の呪文を表しており、上で述べたこの詩の印象の裏付けともなっている。

また、ドムニー宛の手紙でも、ランボーは自らの詩論を展開するなか、三編の近作詩を挿入している。注目したいのは、二番目に挿入された詩「ぼくの小さな恋人たち（*Mes petites amoureuses*）」である。ランボーは前置きとともに、次のようにこの詩を導入している。

ここでぼくは、本論を外れて二つめの詩編（psaume）を挿入します。どうか快く耳を傾けてください、——するとみんなが魅了されることでしょう。——ぼくは楽弓を手に持ち、始めましょう。[91]

ここでもランボーは、自作の詩を引用する際、ヴァイオリン奏者よろしく、弓を手にして音楽を奏で始めるかのようである。ドメニーにも好意をもって耳を傾けてくれるよう懇願している。するとその奏でられたメロディにみなはうっとりと魅了されるというのである。ここで使われている charmé という単語は、「魔法にかけられた、呪縛された」という強い意味を表しているように思われる。あたかもセイレーンやローレライの歌声に魅了されるかのように。とすると、ここで引用された詩「僕の小さな恋人たち」も、先ほど触れた詩同様、言葉の意味よりも、その音声面を重視して作詩された詩である、と考えられるのではなかろうか。よって、冒頭の詩句 « Un hydrolat lacrymal lave »「涙の蒸留水が洗う」というのも、意味を探るよりも、その詩句が奏でる音に耳を傾けるべきではなかろうか。ここで使われている hydrolat という語は、「植物を水蒸気蒸留して作った香料」の意であるが、その意味を問うよりも、この詩句全体に顕著に見られる［a］の母音の繰り返しと、［l］の子音の反復（畳韻法 **allitération**）に着目すべきであろう。それを太字で示せば、« Un hydro**l**at **l**acryma**l** **l**ave »となり、それぞれ四回ずつ出てくる。付言すると、子音［l］は、舌の先端が上の門歯の裏と歯茎について、呼気が舌の両側から流れ出る有声音で、古来「流音（consonne liquide）」と呼ばれ、流動性と滑らかさの聴覚印象を与える子音である。[92] この流音［l］の反復は、流れる涙を暗示する効果を発揮しているように思われる。

このように、ランボーの詩法にあっては、まずは未知なるヴィジョンを見ることからはじまり、次にその未知なる視像を、新たな視点で捉え直した、音を最大限生かした詩的言語によって表現することが探求されていたのではなかろうか。見ることと同時に、それを聞くことも重要な要素なのである。ドメニー宛の手紙で、ランボーは次のように書いている。

ぼくは自分の思想の開花に立ち会っています。それを見つめ、それを聞きます。ぼくは楽弓を弾きます。すると交響曲が深部で鳴り始め、一挙に舞台の上に躍り出るのです。(93)

思想の開花に立ち会っているランボーは、その思想を「見て（regarde）」、そして「聞く（écoute）」のである。そして、先ほどの引用にもあったように、ヴァイオリンの弓で弦をはじくと、シンフォニーが一挙に奏でられるというのである。アトレ・キタンは、とくに『イリュミナシオン』の詩群をテキスト分析した結果、ランボーにあっては、言葉の「意味内容（signifié）」よりも「音声面（signifiant）」が重視されており、まるで猫が鼠を持て遊ぶように、合理主義的解釈をしようとする読者を弄んでいる、と結論付けている。(94) ことほどさように、ランボーの voyant の詩法では、その詩的創造において、言葉のシニフィエが後退している反面、言葉のシニフィアンが優勢になっていると言えよう。

では、ランボーのこの試みは果たして成功したと言えるであろうか。voyant としての詩人の探求は、考えてみれば、終わりがないように思われる。なぜなら、未知に到達しそれを知ってしまった時点で、それはもはや「未知（inconnu）」ではなく「既知（connu）」の事柄となってしまうからである。つまり、未知の探求は限りのない不可能な試みなのである。ランボー自身そのことを感じ取っていたように思われる。未知に到達し、そのヴィジョンをしかと見た詩人は、その後、次のように描写される。

詩人は未知なるものに到達し、そして狂乱し、ついに自分の見た様々なヴィジョンについての理解力を失ってしまうとき、彼はそれらの視像を確かに見たのです！　前代未聞の名づけようもない事象を通じたそのような跳躍のただなかで、彼がくたばってしまうなら、それはそれでよいのです。他の恐るべき労働者たちがやって来て、他の者が倒れた地平線から開始するでしょう！(95)

未知へと到達した詩人が、正気を失い、そのヴィジョンの理解力をなくしてしまったとしても、彼はその時、その未知なる視像をしかと見たというのである。そして、ついにはその「名づけようもない（innommables）」、「未聞の（inouïes : inouïes は ouïr「聞く」という動詞から作られた形容詞で、「一度も聞いたことがない」の意）」視像によって、未知への跳躍のうちに息絶えたとしても、その後に別の恐ろしい「労働者たち（travailleurs = voyants たる詩人）」がやって来て、その詩人が倒れた地点から、再び未知への探求を引き継いでいくとしている。つまり前者が切り拓いた未知なる地平（すでに既知と化した）から、後者が出発し、さらなる未知の領域へと終わりなき探求の歩を進めていくとして、次の世代の詩人たちにバトンを渡しているのである。『イリュミナシオン』の「出発（*Départ*）」と題された詩は、まさにランボーが次世代の詩人へと託したメッセージとして読み取ることができよう。

十分に見た。幻影はどこの空でも出くわした。
十分に得た。夕べに、日差しのもと、どんな時にも、都会の〈喧噪〉。
十分に知った。いくたびもの生活の停止。――おお、数々の〈喧噪〉と〈幻影〉！
新しい愛情と音に包まれていざ出発！

Assez vu. La vision s'est rencontrée à tous les airs.
Assez eu. Rumeurs des villes, le soir, et au soleil, et toujours.
Assez connu. Les arrêts de la vie. — Ô Rumeurs et Visions !
Départ dans l'affection et le bruit neufs[96] !

「見者の手紙」のキーワードとも言える動詞（voir, avoir, connaître）の過去分詞を、極限にまで切り詰めた大胆な省略語法[97]が用いられたこの詩は、ランボーの voyant の詩学の総決算とでも言えるような内容になっているのではなかろうか。すなわち、未知なるヴィジョンとの遭遇（「幻影はどこの空でも出くわした」« La vision s'est rencontrée à tous les airs »）、視覚だけではなく、聴覚の重要性への暗示（「都会の喧噪」« Rumeurs des villes »、「おお、数々の喧噪と幻影」« Ô Rumeurs et Visions »、「新しい愛情と音に包まれていざ出発」« Départ dans l'affection et le bruit neufs »（下線による強調は筆者）、未知が既知に転じるや否や、新たなヴィジョンと音を求めての旅立ち、要するにこの「出発」という詩は、「見者の手紙」で示された voyant としての詩人の道行を総括するような詩となっているのである。

アンドレ・ブルトンは、『シュルレアリスム第二宣言』[98]において、ランボーの「言葉の錬金術」を字義通りに受け取らなければならないと述べている。ブルトンはまた、ランボーの voyant の詩学の試みには、後世の詩人たちが立ち向かわなければならない多くの問題が含まれている、とも述べている[99]。上述したように、voyant として、死の危険を賭して追及され、垣間見られた、眩暈を起こさせるような錯乱した未知なる視像を、シニフィアンの戯れを思わせる新しい詩法、「言葉の錬金術」によって定着しようとしたランボーの試みを、われわれは、アトレ・キタンが指摘したように、『イリュミナシオン』の詩群に見出すことになるであろう。

おわりに

これまで、バランシュからランボーまで、十九世紀フランス文学における voyant の変遷を辿ってきたが、voyant という言葉に与えられた意味は、それぞれの作家によって異なっており、多かれ少なかれ彼ら特有の意味合で用いられていた。voyant は、時として預言者、祭司、霊的指導者といった神聖なイメージで捉えられている場合もあれば、秘儀伝授を受けた人、秘教の信奉者、あるいは交霊術と結びつけて使われる場合も見受けられた。しかしなによりも芸術家、小説家、そしてとりわけ創造の神秘を解き明かし、アナロジーを通して可視と不可視の世界を結びつけ、それを翻訳し得る天賦の才を授けられた詩人と同一視されてきた。最後に取り上げたランボーにあっては、たとえこの言葉が使われてきた長い伝統を踏まえている部分もあるにせよ、その捉え方は独特であった。なにより、詩人はあらゆる感覚（意味）の錯乱を通して自らを voyant たらしめ、艱難辛苦を乗り越えて、自分が生まれ育った社会のイデオロギーに絡めとられた主観的自我を脱却して、他者をも包摂する普遍的自我を構築した上で、未知なるヴィジョンを探求し、それまでだれも見聞きしたことのない、合理主義的解釈を拒むような、錯乱した視像の定着を目指した言葉の錬金術を唱えた点が独創的であった。こうした根源的な問題提起により、ランボーは現代詩に大きな影響を及ぼしたと言えるであろう。ロラン・バルトは、『エクリチュールの零度』において、十七世紀以来連綿と継承されてきた詩の古典的（ブルジョワ的）エクリチュールが変わったのは、ボードレールからではなく、ランボーからであったと指摘しているが[100]、まさにランボーが voyant の詩法によって変革したのは、詩的言語のエクリチュールそのものであったと言えよう。

[注]

（1）　Lettres à Georges Izambard, 13 mai 1871, à Paul Demeny, 15 mai 1871. Arthur Rimbaud, *Œuvres complètes*, Édition établie, présentée et annotée par Antoine Adam, « Bibliothèque de la Pléiade », Gallimard, 1972, p. 248-254. なお、ランボーに関して使われる場合、« voyant » は「見者」と訳されることが多いが、本論では誤解を避けるため、原則として原語の « voyant » をそのまま使うことにする。

（2）　Léon Cellier, *Autour des* Contemplations. *George Sand et Victor Hugo*, « Lettres modernes », 1962, p. 35.

（3）　主なものとしては、*Dictionnaire universel* de Furetière ; *Encyclopédie ou dictionnaire raisonné des sciences, des arts et des métiers* ; *Dictionnaire* de Richelet ; *Dictionnaire* de l'Académie ; *Dictionnaire* de Trévoux ; *Dictionnaire de la langue française* de Littré ; *Dictionnaire universel du XIXe siècle* de Larousse ; *Dictionnaire* de Robert 等の辞書が挙げられる。

（4）　*Le Nouveau Petit Robert de la langue française, 2010*, Nouvelle édition du Petit Robert de Paul Robert, Texte remanié et amplifié sous la direction de Josette Rey-Debove et Alain Rey, 2010.

（5）　Samuel. 古代イスラエルの最後の士師、祭司、預言者（前十一世紀）。イスラエル王国成立に重要な役割を果たす。

（6）　Cf. Arthur Rimbaud, *Lettres du voyant (13 et 15 mai 1871)*, éditées et commentées par Gérald Schaeffer, *La Voyance avant Rimbaud* par Marc Eigeldinger, « Textes littéraires français », Genève, Librairie Droz, Paris, Librairie Minard, 1975, p. 11. 本論は同書に多くを負っている。

（7）　Pierre Larousse, *Grand dictionnaire universel du XIXe siècle*, Lacour, Libraire-Éditeur-Imprimeur, 1990-1991.

（8）　*Le grand dictionnaire de la langue française, Le Littré*, Hachette, première édition 1863-1872, seconde édition 1872-1877.

（9）　「グノーシス主義（gnosticisme）」とは、一世紀から四世紀に興隆した思想運動を指し、徹底した霊肉二元論に立ち、人間は自らの神性の自覚的認識を通して物質的桎梏から救済されると説いて、キリスト教やギリシャ哲学諸派と対立した。

（10）　「光明思想（illuminisme）」とは、神の直接的啓示に基づく真理を重んじる神秘思想で、特にベーメ、スウェーデンボルグや十八世紀ドイツの啓明結社を指す。

（11）　スウェーデンの神秘学者スウェーデンボルグ（スウェーデンボリ）Swedenborg（一六八八―一七七二）の神秘哲学説（swedenborgianisme）の信奉者。

（12）　Pierre-Simon Ballanche. 神秘思想家。ギリシャの伝説を歌った象徴的散文詩『アンチゴーヌ（*Antigone*）』（一八一四年）では、その汎神論的神秘思想を展開した。つづいて『社会輪廻論（*Essai de palingénésie sociale*）』の大著を企てたが、『社会制度論（*Essai sur les institutions sociales*）』（一八一八年）、『序説（*Prolégomènes*）』（一八二七年）、『オルフェ（*Orphée*）』（一八二七年）、その他少数の断片的な作品しか世に出なかった。彼の思想は、個人の輪廻・転生の思想を社会に導入し、進歩思想とキリスト教思想を結びつけたものである。Cf. Arthur Rimbaud, *Lettres du voyant (13 et 15 mai 1871)*, *Op. cit.*

(13) Ballanche, *Orphée* dans *Œuvres complètes*, Genève, Slatkine Reprints, 1967.

(14) *Ibid.*, p. 506.

(15) Cf. Ernest Delahaye, *Rimbaud, l'artiste et l'être moral*, Messein, 1923.

(16) Yves Bonnefoy, *Rimbaud par lui-même*, Le Seuil, coll. Écrivain de toujours, 1961, pp. 112-113, pp. 181-182.

(17) Jules Michelet, *Introduction à l'Histoire Universelle*, Librairie Classique de L. Hachette, 1831.

(18) Jules Michelet, *La Sorcière*, Paris, 1862.

(19) Saint-Martin (Louis Claude de, 1743-1803). 十八世紀の神秘思想（イリュミニスム）の代表的人物で、数秘学に通じており、ロマン主義に影響を与えた。

(20) 『神秘の書（*Le Livre mystique*）』は、カトリック教会の権威が大きく揺らいだ時代に、バルザックが新たな宗教を模索して書き上げた三部作である。三十代前半のバルザックは、神秘思想の影響を受けて「追放された者たち（*Les Proscrits*）」（一八三一年）、「ルイ・ランベール（*Louis Lambert*）」（一八三二年）、「セラフィタ（*Séraphîta*）」（一八三四年）の三作品を一八三五年にまとめ、『神秘の書』という総題のもと刊行した。以下、所収。Balzac, *La Comédie humaine* XI, Études philosophiques, Études analytiques, édition publiée sous la direction de Pierre-Georges Castex, « Bibliothèque de la Pléiade », Gallimard, 1980.

(21) Philippe Bertault, *Balzac et la religion*, Boivin, 1942. バルザックのスウェーデンボルグ受容に関しては、オノレ・ド・バルザック『神秘の書』、私市保彦・加藤尚宏・芳川泰久・大須賀沙織訳、水声社、二〇一三年、所収の大須賀沙織著「『神秘の書』をつなぐテーマ――スウェーデンボルグ思想と天使の表象をめぐって」を参照されたい。

(22) Arthur Rimbaud, *Lettres du voyant*, *op. cit.*, pp. 43-44.

(23) Cf. Balzac, *La Peau de chagrin*, « Préface de la première édition », dans *La Comédie humaine*, X, Études philosophiques, édition publiée sous la direction de Pierre-Georges Castex, « Bibliothèque de la Pléiade », Gallimard, 1979, p. 52.

(24) オノレ・ド・バルザック『神秘の書』、「序文」、大須賀沙織訳、水声社、二〇一三年、一六―一七頁。

(25) 同書、一七頁。

(26) 『バルザック芸術／狂気小説選集②（音楽と狂気）篇　ガンバラ他』所収『ファチーノ・カーネ』、私市保彦訳、水声社、二〇一〇年、二三四―二三六頁。

(27) 人体と相互に影響し合って作用する磁力に似た働きを天体が持つとする神秘思想。

(28) 原文は、次の通り。« On a répété à outrance que le don d'observation appartenait à Balzac ; il n'observait pas, il se plongeait et s'absorbait dans les faits observés [...] Ce n'est pas un analyste ; c'est un voyant ». Claude Pichois, *Philarète Chasles et la vie littéraire au temps du romantisme*, t. I, p. 431.

(29) 原文は、次の通り。« Balzac, plongé dans les sciences mystiques, *voyant*, comme l'a dit M. Philarète Chasles, était arrivé à tout par la *volonté*. », Champfleury, *Grandes Figures d'hier et d'aujourd'hui*, Genève, Slatkine Reprints, 1968, p. 99.

(30) 「十九世紀半ばにこのように言うのは奇妙かもしれないが、バルザックは *voyant* であった」。« Quoique cela semble singulier à dire en plein dix-neuvième siècle, Balzac fut un *voyant*. », Théophile Gautier, *Souvenirs romantiques*, Garnier, 1929, p. 119.

(31) Albert Béguin, *Balzac lu et relu*, Neuchâtel, La Baconnière, 1965, p. 128.

(32) Cf. Arthur Rimbaud, *Lettres du voyant*, *op. cit.*, p. 55. なお、« hachichin » (= haschischin) の原義は、「アサッシン派の人」の意で、「山の長老」に従ってハシシュを常用し、幻覚状態のうちに敵対者の暗殺をしたイスラム教一派の狂信者のことである。

(33) Théophile Gautier, *Romans et contes*, Charpentier, 1895, p. 447, p. 457.

(34) 原文は、次の通り。« non pas le ciel qui arrête les yeux humains, mais le ciel pénétrable aux seuls yeux des voyants. », Gautier, *Spirite*, Nizet, 1970, p. 215.

(35) その異例とも思える長さの献辞は、「深甚なる謙虚さとともに、完璧な詩人であり、フランス文学における完璧な魔術師であるわが敬愛すべき師であり友であるテオフィル・ゴーティエ氏に、これらの病的な花々を献呈いたす」« Au poète impeccable, au parfait magicien ès lettres françaises, à mon très cher et très vénéré maître et ami Théophile Gautier, avec les sentiments de la plus profonde humilité, je dédie ces fleurs maladives. C. B. » となっている。Baudelaire, *Œuvres complètes I*, Texte établi, présenté et annoté par Claude Pichois, « Bibliothèque de la Pléiade », Gallimard, 1975, p. 3.

(36) Godchot, *Arthur Rimbaud ne varietur*, t. II, Nice chez l'auteur, 1936-1937, pp. 2-3. Henri Mondor, *Rimbaud ou le génie impatient*, Gallimard, 1955, pp. 154-155.

(37) 原文は、次の通り。« Les seconds romantiques sont très *voyants* : Th. Gautier, Lec[onte] de Lisle, Th. de Banville. », Rimbaud à Paul Demeny, Charleville, 15 mai 1871, dans Rimbaud, *Œuvres complètes*, *op. cit.*, p. 253.

(38) 原文は、次の通り。« Baudelaire est le premier voyant, roi des poètes, *un vrai Dieu*. », *Ibid*.

(39) Théophile Gautier, *Souvenirs romantiques*, Librairie Garnier Frères, 1929, pp. 300-301.

(40) 「万物照応説 (la théorie des correspondances)」とは、宇宙の全事物、現象は普遍的・神秘的類縁関係によって相互に関連し合い影響を与え合うという説で、スウェーデンボルグが唱え、ボードレールを中心に十九世紀の文学者の間で流行した。

（41）　ボードレールが voyant という言葉を使ったのは、一八五六年一月二十一日付のトゥスネルへの書簡において、詩的想像力を「普遍的類縁性（analogie universelle）」を把握する能力に結びつけている件で、彼が敬意を抱いていたジョゼフ・ド・メーストルに対してであった。ボードレールはその書簡の中で、メーストルを「われわれの時代の偉大な天才、―― voyant」« le grand génie de notre temps, — un voyant » と呼んで称えている。Cf. Baudelaire, *Correspondance*, t. I, « Bibliothèque de la Pléiade », Gallimard, 1973, p. 337.

（42）　Gautier, *Souvenirs romantiques*, *op. cit.*, p. 218.

（43）　Gérard de Nerval, *Œuvres complètes I*, Édition publiée sous la direction de Jean Guillaume et de Claude Pichois, « Bibliothèque de la Pléiade », Gallimard, 1989, p. 1383.

（44）　神秘思想家や偏執狂に見られる、自分を神と信じる妄想。

（45）　悪魔に取りつかれていると信じ込んだり、地獄に対する恐怖からくる精神錯乱の一種。

（46）　Cf. Arthur Rimbaud, *Lettres du voyant*, *op. cit.*, p. 59.

（47）　Nerval, *Voyage en Orient*, dans *Œuvres complètes*, « Bibliothèque de la Pléiade », t. II, Gallimard, 1961, p. 532, p. 559.

（48）　démiurge. 元々はプラトン哲学において、世界の形成者、建築者としての創造神のこと。後のグノーシス思想では、物質的な被造世界を創り出した悪の元凶とされた。

（49）　Rimbaud, *Œuvres complètes*, *op. cit.*, p. 253.

（50）　今日では忘れ去られたフランスの詩人。一八二四年、ユゴーたちの『ラ・ミューズ・フランセーズ』誌に協力したが、やがてユゴーとは逆に荘重ぶった韻文で第二帝政を賛美する詩を書く。ランボーは、擬古典主義の詩人の典型として引いているものと思われる。

（51）　ヤハウェ（Yahvé(h)）は旧約聖書で用いられる神の呼称。「出エジプト記」の「わたしは、有って有る者」（ヤハウェ）に由来する。エホバ（Jéhovah）は宗教改革以降の誤用。Jahvé(h)、Iahvé(h) とも綴る。

（52）　「見者の手紙」が書かれた時点（一八七一年）から推して、ここで批判されている『懲罰詩集』以後に書かれた『観想詩集（*Les Contemplations*）』（一八五六年）、『諸世紀の伝説（*La Légende des siècles*）』（第一集、一八五九年）、そして「一編の真の詩」とまで譬えてランボーがそのヴィジョンを高く評価している『レ・ミゼラブル（*Les Misérables*）』（一八六二年）などを指しているものと思われる。

(53) この詩は二部構成となっており、形式としては全編八音節詩句が使われ、第一部は十行詩五連からなり、第二部は十七連の十行詩が置かれた後、十四連の四行詩が配置され、再び三連の十行詩で閉じられている。Victor Hugo, *Œuvres poétiques I, Avant l'exil 1802-1851*, Préface par Gaëtan Picon, édition établie et annotée par Pierre Albouy, « Bibliothèque de la Pléiade », Gallimard, 1964, p. 1023-1031.

(54) Victor Hugo, *Œuvres poétiques I*, *Ibid.*, pp. 1030-1031.

(55) Rimbaud, *Œuvres complètes*, *op. cit.*, p. 252.

(56) *Ibid.*, p. 251.

(57) Hugo, *Océan, Tas de pierres*, Albin Michel, 1942, p. 228.

(58) 「詩人は未知なるものに到達し、そして彼が狂乱し、ついには自分の様々なヴィジョンについての理解力を失ってしまうとき、彼はそれらの視像を確かに見たのです！」« Il arrive à l'inconnu, et qunad, affolé, il finirait par perdre l'intelligence de ses visions, il les a vues ! », Rimbaud, *Œuvres complètes*, *op. cit.*, p. 251.

(59) ユゴーにおいては、voyant という言葉は、「羊飼い（berger）」、「占い師（devin）」、「祭司（mage）」、「牧者（pâtre）」、「思索者（penseur）」、「詩人（poète）」、「聖職者（prêtre）」、「預言者（prophète）」、「夢想者（rêveur, songeur）」、「幻視者（visionnaire）」といった様々な言葉を含意しており、明確な意味を把握することは困難である。

(60) ユゴーはナポレオン三世のクーデターによる帝政に反対し、亡命生活を送ることになるが、一八五三年九月、英仏海峡の孤島ジャージー島に亡命中のユゴーのもとに死んだ長女レオポルディーヌの霊が現れたという。その霊的体験に深く心を動かされた詩人は、ジラルダン夫人の勧めにより、以後、家族や仲間たちと連日のように「彼方の世界（霊界）」との交信に没入することになる。詩人が没頭した交霊術は、二年後に参加者のひとりが発狂して幕を閉じることになる。なお、交霊術を行う際に使われる三脚の交霊円卓のことを、table parlante あるいは table tournante という。稲垣直樹『ヴィクトル・ユゴーと交霊術』（水声社、一九九三年）を参照。

(61) Victor Hugo, *Œuvres poétiques II, Les Châtiments, Les Contemplations*, édition établie et annotée par Pierre Albouy, « Bibliothèque de la Pléiade », Gallimard, 1967, p. 481.

(62) ウェルギリウスの『田園詩（*Bucolique*）』第十の歌、詩行二三を踏まえる。« Quelques vers pour ma fille » の意。Cf. *Ibid.*, p. 1536.

(63) mage は、もともと古代バビロニア、アッシリア、ペルシャ帝国の祭司、占星術師を指す言葉であるが、『聖書』ではとくに les trois mages［les rois mages］のことで、キリスト降誕の際にベツレヘムにやって来た東方の三博士を表す言葉である。古語や文語では、神秘術師を指す。ユゴーはこの言葉を、「神に選ばれた、透視能力を持った祭司」に近い意味で使用している。

(64) 「祭司たち」は、十一部に分かれ、八音節詩句十行の詩節が全部で七十一連からなる、総詩句数七百十行に及ぶ長編である。末尾に一八五六年一月の日付が打たれている。他方、「闇の口が語ったこと」は、アレクサンドラン（十二音節詩句）六百九十行を連ねた後、詩形に変化を持たせるために、六百九十一行目からは十二音節詩句二行と六音節詩句一行の組合せが二回繰り返される六行詩十六連で締めくくられている。これも総詩句数七百八十六行に及ぶ長大な黙示録的作品である。末尾に一八五五年、ジャージー島と記されている。八音節詩句で構成された「祭司たち」は、いくぶん軽快なリズムで進行するのに対し、最後の方で六音節詩句を交えて変化を持たせようとしているにせよ、アレクサンドランが基調となっている「闇の口が語ったこと」の方は、荘重な重々しい印象を抱かせる。Victor Hugo, *Œuvres poétiques II*, *op. cit.*, pp. 780-799, pp. 801-822.

(65) 「アルキュオネ（alcyon）」は、ギリシャ神話の伝説上の鳥。この鳥が海上の浮巣で卵をかえす冬至の前後二週間、ゼウスが波風を静めたところから、幸福の前兆とされる。

(66) Hugo, *Ce que dit la bouche d'ombre*, *Ibid.*, pp. 801-802.

(67) ユゴーのこうした考えは、ネルヴァルにおいても見られる神秘思想に基づいている。『幻想詩集』所収の「黄金詩編（*Vers dorés*）」において、ネルヴァルは同様の考えを述べている。もともとこの考えは、ピタゴラス派の神秘思想に由来し、万物の根源に「数」を置き、霊魂の輪廻転生と、アニミズムによって世界を説明する。そこから万物有感（万物に感覚が宿る）と万物交感の考え方が出てくる。なお、ユゴーのこの詩に関しては、『ユゴー詩集』（辻昶・稲垣直樹訳、潮出版社、一九八四年）の解説（四〇四頁）を参照。

(68) Hugo, *Les Mages*, *op. cit.*, p. 780.

(69) Cf. *Ibid.*, p. 1650.

(70) *Ibid.*, p. 793.

(71) *Ibid.*, pp. 797-798.

(72) *Ibid.*, p. 799.

(73) Léon Cellier, *op. cit.*, p. 35.「ランボーがポール・ドメニーに宛てた有名な手紙においてこの voyant という言葉を用いたのは、ただ単に月並みな言葉を繰り返したにすぎない」« ... lorsque Rimbaud use du terme de voyant à son tour dans la fameuse lettre à Paul Demeny, il ne fait que reprendre un *poncif*. »

(74) 「見者の手紙」の次のような一節にユゴーの影響が窺われる。「詩人は人類に責任を負っている」« Il est chargé de l'humanité »、

「まさに詩人は進歩を倍増する乗数となることでしょう」« ... il serait vraiment *un multiplicateur de progrès !* »、「詩はもはや行動にリズムをつけるものではなく、先頭に立って突き進むものとなるでしょう」« La Poésie ne rythmera plus l'action ; elle *sera en avant*. », Rimbaud, *op. cit*., p. 252.

(75)　例えば「見者の手紙」の次のような表現にその影響が窺える。「このような言語は、魂から魂へと向かうものになるでしょう、諸々の匂いも、音も、色彩も、すべてを要約するものとなるでしょう」« Cette langue sera de l'âme pour l'âme, résumant tout, parfums, sons, couleurs, », *Ibid*. ここでランボーが言う « l'âme pour l'âme » は、ゴーティエの « l'art pour l'art » の捩りとも取れよう。

(76)　*Ibid*., p. 249.

(77)　*Ibid*., p. 251.

(78)　*Ibid*., p. 249.

(79)　デカルトが『方法叙説』で哲学の第一原理として立てた命題、「我思う、故に我あり（Cogito, ergo sum）」« Je pense, donc je suis » のこと。

(80)　Rimbaud, *op. cit*., p. 249.

(81)　*Ibid*., p. 251.

(82)　*Bateau ivre*, *Ibid*., p. 67.

(83)　「まず初めは習作だった。ぼくは数々の沈黙を、夜を書き、言い表わせぬものを書き留めた。ぼくは数々の眩暈を定着した」« Ce fut d'abord une étude. J'écrivais des silences, des nuits, je notais l'inexprimable. Je fixais des vertiges. », *Délires II Alchimie du verbe*, dans *Une saison en enfer*, *Ibid*., p. 106.

(84)　« étude » は美術や音楽用語で、「習作、練習曲」を表す言葉であるが、ランボーはこの語を、詩作を作曲に譬えている文脈で使用していることから、« voyant » の詩法の習作という意味合いで用いているものと思われる。

(85)　*À une raison*, dans *Illuminations*, *Ibid*., p. 130.

(86)　Lettre à Georges Izambard, *Ibid*., p. 249.

(87)　Lettre à Paul Demeny, *Ibid*., p. 250.

(88)　Rimbaud, *Ibid*., p. 249.

(89)　« ithyphallique » は、« ithyphalle »（ディオニュシア祭の行例でかつぎ歩く男根像）の形容詞で、「彫刻などが勃起したペニスを持つ、男根像の」という意。« pioupiesque » という形容詞は、« pioupiou »（一兵卒。原義は、幼児語でひよこを表す擬音語）からランボーが作った造語。これらの単語の使用から、ランボーのパリ・コミューン参加の可能性と、兵士たちから受けた性的暴行が示唆されていると推測する研究者もいる。

(90) この形容詞も、abracadabra（カバラ秘法の呪文で、ABRACADABRA の十一文字を幾通りにも読めるように逆三角形に配置した図）からランボーが作り出した造語。

(91) Rimbaud, *op. cit.*, p. 251.

(92) 杉山正樹『やさしいフランス詩法』、白水社、一九八一年、二七三頁参照。

(93) Rimbaud, *op. cit.*, p. 250.

(94) Cf. Atle Kittang, *Discours et jeu, essai d'analyse des textes d'Arthur Rimbaud*, Presses Universitaires de Grenoble, 1975.

(95) Rimbaud, *op. cit.*, p. 251.

(96) *Départ*, dans *Illuminations*, *Ibid.*, p. 129.

(97) 各行の冒頭に置かれた « Assez vu, Assez eu, Assez connu » は、それぞれの動詞の過去分詞が韻を踏んでいるとともに、voyant であるランボーによって見られ、所有され、知られた、未知なるヴィジョンの飽和状態が暗示されているのではなかろうか。この三つの省略語法のうち、« Assez eu » というのは、とりわけ大胆な表現である。

(98) Cf. André Breton, *Second Manifeste du surréalisme*, Éditions Kra. 一九三〇年にブルトンがクラ社から出版した著作で、『第一宣言』（一九二四年）以来続いていたシュルレアリスムやブルトン自身への批判に答えた論争の書である。

(99) André Breton, *Perspective cavalière*, Gallimard, 1970, p. 210.

(100) Roland Barthes, *Le degré zéro de l'écriture, suivi de Nouveaux essais critiques*, Éditions du Seuil, 1953 et 1972, p. 34. バルトは、「知っての通り、この構成（伝統的詩の構成）から現代詩に残っているものは何もない。現代詩の出発点は、ボードレールからではなく、ランボーからである」« De cette structure, on sait qu'il ne reste rien dans la poésie moderne, celle qui part, non de Baudelaire, mais de Rimbaud » と述べて、エクリチュールの観点から、古典的・ブルジョワ的エクリチュールをラディカルに変えた現代詩の出発点を、ボードレール詩ではなく、ランボー詩に見ている。

『百科全書』における「哲学的精神」から「哲学史」へ、そしてその先へ

クレール・フォヴェルグ
（飯野和夫訳）

ディドロとダランベールの『百科全書』[一]（一七五一―一七七二年）は美学、一般文法[二]、政治学のような新しい学問が出現するのに寄与したが[1]、同時に、既存のさまざまな知についての理解を深いところまで刷新した。哲学についても同様であり、その地位や役割はこの著作が刊行される過程で目立った変化を遂げた。

本研究での私の関心は、哲学がこの著作中に現れる際のさまざまなかたちにある。そうしたかたちのなかには、一方で、『百科全書』の企画の当初から執筆者たちを突き動かしていた哲学的精神があり、他方で、この著作全体のなかでかたちをなす哲学史、哲学にとって知の新しい領域を体現する哲学史がある。『百科全書』における哲学の展開は、哲学がある精神に従うものとしてまず現れ、ついで哲学史となる、というかたちをとる。こうした展開は私にパラダイムとして役立つことだろう。というのも、哲学のこのような展開が、今日なお、この知の領域についての私たちの理解に反映しているからである。言葉を換えれば、十八世紀の哲学実践の決定的転換として私に見えているものは、哲学の将来の諸展開――フランスの十九、二十世紀における諸展開――を予告して

いるのである。

＊

『百科全書の冒険　一七七五―一八〇〇』（一九八二年）において、ロバート・ダーントン〔一九三九―、アメリカの歴史研究者〕は書いている。「『百科全書』の情報源としての側面と哲学的な側面とを区別することは、著者たちが不可分であるよう欲するものを分離し、この著作の意義について公衆をあざむくことに等しい[2]」。ダーントンがふれている『百科全書』の哲学的な側面についてとくに指摘したいが、この側面はしばしば編者たち自身によって、ある種の哲学的精神に従っていると考えられている。ダランベールは、『百科全書』の「序論」からさっそく、この精神を「すべての源泉に[3]」遡るものとして、また諸事物の諸理由の認識に開かれているものとしてとりあげ、次いで、第三巻の「緒言」で書いている。「主にその哲学的精神によって、私たち〔＝編者〕はこの辞典を特別なものにするように努めたい[4]」。一方、「百科事典」という項目でディドロが述べているところでは、『百科全書』という著作は「哲学的精神[5]」のなかで制作されたが、この精神は『百科全書』の検閲官たちには残念ながら欠けていた。

　このような精神はいつも相応に評価されたわけではなく、また、この著作の刊行時に公衆の側に相反する諸見解を引き起こしさえしたが、それでもこの精神は後代へと伝わって、啓蒙の知恵と混同されるに至った。ジャック・プルースト〔一九二六―二〇〇五、フランスの十八世紀研究者〕が書いているように、ディドロの同時代人たちは『百科全書』に歴史学的な厳密さではなく、「ある種の精神」を見いだそうとしたのである。J・プルーストが明確にしているが、この「精神はブルッカー〔一六九六―一七七〇、ドイツの哲学史家〕の本〔『批判的哲学史』一七四二―一七四四年〕には欠けている。同様に、フォルメ〔一七一一―一七九七、ドイツの著述家〕が作成したそのフランス語版〔『簡略哲学史』一七六〇年〕にも欠けている。だが、この精神は『百科全書』のなかの「哲学史」という分類に属するもっとも取っつきにくい諸項目[三]に生気を与えている。ディドロだけが、そうした諸項目にこの精神を吹き込むことができたのである」[6]。哲学的精神と学識を両立させて、『百科全書』は例外的であるように見える。特に哲学史の領域においてそうである。実際、ディドロは、『百科全書』中で彼が執筆した「哲学史」の諸項目の全体に、ある種の哲学的精神を与えることに成功している。他方、彼が題材を得た典拠であるヤーコップ・ブルッカーの『批判的哲学史』には、この精神は明らかに欠けていた。

とはいえ、哲学的精神と学識は異なった合理性に従っており、『百科全書』の編者たちは、同じ著作のなかで両者を結びつける方法についてよく考えざるをえなかった。第三巻の「緒言」で、ダランベールは哲学史の有用性について自分の考えを述べて、こう言っている。「文芸においては、他人の思想の歴史家という役割にいたるまで、すべてが役に立つ[7]」。とはいえ、自ら執筆した「学識」の項目において彼が明確にするように、「学識は、本当に評価されるためには、哲学的精神によって光を当てられる必要がある[8]」。これはネジョン〔一七三八―一八一〇〕の考えでもある。ネジョンはディドロの友で遺言執行人だが、『系統的百科全書[四]』のなかの『古今哲学辞典[五]』の「序論」で書いている。「いかに多くのくだりが積み重ねられようとも、いかに多くの経験が集められようとも、哲学的精神が学者を導かず、観察者の歩みを照らさなかったならば、それらのくだりや経験はしばしば一方の者〔=観察者〕の忍耐と他の者〔=学者〕の見識の狭さを証明することにしかならない[9]」。さて、哲学的精神の欠如がネジョンの目には批判されるべきことであっても、彼は学識に関するディドロの厳密さの欠如を認める心づもりもできていた。哲学史についてのネジョンの考えは次のようである。「一方で、『百科全書』においては、ほとんどの部分は〔哲学史のように〕より一般的でより一貫した有用性をそなえているわけではない。つまり、含まれる題材の奥深さによって、あるいは、精神に呼び起こされる諸観念――ときとして最初の諸観念から大きく離れている諸観念――の数と本性によって、黙想により広い場を提供するという有用性をそなえているわけではない。他方で、どのような部分においても、〔哲学史ほど〕学識や批判の助けがより頻繁に必要とされることはない。そして、これら〔学識と批判という〕二つの手段は一般に、〔『百科全書』の執筆者たちをはじめとする〕哲学者たちが最もよく使う手段ではない」。こうしてネジョンは、哲学史がおのずと黙想を誘うが、また学識――つまり歴史的諸事実やさまざまな書籍の豊かな知識――をも要求するという考えを擁護している。その上、哲学史は厳密な意味での批判的作業、つまりさまざまなテクストの復元を目的とする作業も想定している。ところで、ネジョンの記述を信じるなら、ディドロはこうした側面をまったく顧みていない。実際、ネジョンが説明するように、ディドロは「古代人と近代人をまったく同じように扱った。彼は彼らを自分の頭のなかで読んだ。彼らのさまざまな思想をそれらが彼の頭のなかでとった独特なかたちで引用した。自分を彼らと同一視するあまり、彼は時として気づかずに自分の考えを彼らのものと見なした。同様に彼らの考えを自分のものと見なした。財産を共有し、共同で生活する友人同士のようなものである」[10]。この評価は今日、ディドロのもっとも高名な専門家たちによって共有されている。J・プルーストは『ディドロと百科全書』の、「ブルッカーの翻訳者としてのディドロ」に当てられた章の結論として次のように書いている。「この『哲学史』を受け取るべきように受け取ろう。そこに本当に歴史を探したりせずに、その厳密さを気にしたりせずに[11]〔……〕」。

本研究は私たちにこうした断定を和らげるよう促すことになるだろう。なるほど、学識に必要な忍耐はおそらくディドロに欠けていた。しかし、彼は語の意味や翻訳の正確さに注意を払わないわけではない。彼は『百科全書』のために「哲学史」の諸項目を執筆したが、そのためにJ・ブルッカーの著作に依拠して、多くの哲学的テクストをラテン語からフランス語へと翻訳することになった。こうして『百科全書』の「哲学史」の諸項目のコーパスは、それが有する精神によって特徴づけられるだけでなく、その内容やその文体によっても特徴づけられることになる。その上、このコーパスは個別に何度か出版されたことで、『百科全書』の後まで生き長らえた。このコーパスが再び見いだされるのは、『哲学的諸学説諸見解の一般的歴史――最古の諸時代から今日にまで至る[12]』のなか、すでに引いた『系統的百科全書』中の『古今哲学辞典』のなか、そしてネジョンによって出版されたディドロの『全集[13]』のなか――そこには、『百科全書』から抜粋された「哲学史」の諸項目が三巻に分けて収められている――である。

結局のところ、『百科全書』の「哲学史」の諸項目はいくつかの点によって特徴づけることができる。すなわち、それらはほとんどすべてディドロに帰せられる。それらは『百科全書』の編集計画の初めには考えられていなかったし、ディドロがそれらを引き受けることにもなっていなかった。それらはほとんどすべてブルッカーのラテン語による著作である『批判的哲学史』を元に生み出されている。最後に、それらはきわめて早く別個に出版されることになった。これらの状況から押さえておくべきは、「哲学史」が『百科全書』のなかで独自のコーパスをなしていること、そして、このコーパスに関してディドロは編者というより著者として現れるということである。実際、ディドロはこのコーパスの新版を出そうとし[六]、それを『百科全書』の先にまで伝えようとしたのであった。

次にこのコーパスの歴史と受容を考えるなら、このコーパスは十九・二十世紀における哲学の転回の前ぶれとなっているように私には思われる。『系統的百科全書』において百科事典的な言説がとった学問分野別の分類法は、この百科事典的言説に哲学的というよりも科学的な重要性を与える。このような変化は時代の変化に適合しており、本研究冒頭の導入部で指摘したような、大学における新たな学問諸分野の出現に好都合であった。すでにふれたネジョンは、ディドロを受けて、百科事典的な書物において〔哲学的精神を吹き込まれた〕哲学史が諸知識のつながりに関与すると考えたが、彼は、哲学史として分類される学問的領域の諸限界を、自分が引き受けた『古今哲学辞典』を超えて、その後さらに押し広げることはできなかった。百科事典という分野のなかで見てとれる――『百科全書』の構想を『系統的百科全書』のそれと比較することで見てとれる――発展の先にはっきりしてくるが、哲学は独自の学問と見なされることはなくなり、哲学史と区別されないことになる。

この発展は、百科事典という分野を超えて続いていき、二十世紀にいたるまで継続することだろう。この問題についてジャック・ブーヴレス〔一九四〇―二〇二一、フランスの哲学者〕を引用しよう。彼は二〇一七年にコレージュ・ド・フランスからオンラインで公表された著作において明かしている。「フランス哲学――哲学史は疑いなくその長所の一つであったし、たぶん一番の長所でさえあった」が彼に与えた印象は、「哲学史に重要性を与えようとする傾向であった。この重要性のために哲学自体が結局多かれ少なかれ哲学史と混同されるように思われるのだ」。ブーヴレスによれば、したがって問題は、「哲学に出会おうと努める人が、いつか哲学史自体とは別のものに出会うことに成功するかどうか知ること」である。「ところで、哲学史が可能な限り哲学的であるとしても、それでも哲学史は、それが歴史を形作っている学問〔＝哲学〕とただ単に混同されることはできない」[14]。J・ブーヴレスによってなされた報告は、二十世紀のフランスにおける哲学の状態について雄弁に語っている。そのうえ、この報告は、哲学的精神から哲学史の創設へと向かう発展を再検討するよう私に促しもする。というのも、『百科全書』にこの哲学史が追加されたことが、この学問分野のその後の――十九・二十世紀における――さまざまな展開を予告しているからである。はっきりさせておきたいが、『百科全書』へのこの哲学史の追加は段階的に進む。というのも、哲学史は、『百科全書』の企画が構想された時点では編者たちによって想定されていなかったからである。そのうえ、『百科全書』の哲学的部分は、「哲学史」に属すると指示された諸項目に限らない。したがって、私は哲学の以前の位置――『百科全書』という著作がかたちをとる途中でいわゆる哲学史が誕生するより以前の位置――に興味を覚える。

哲学は『百科全書』の編者たちによって代表的な学問と見られていないとしても、彼らは哲学を他の学問と同等の学問と見ているわけでもない。実際、哲学は独自の地位をもつと『百科全書』の「緒言」の冒頭で示されている。ダランベールが言うには、ディドロと彼は編者として諸学諸芸を扱おうとしたのであって、著者としてではない。したがって彼らの役割は、ダランベールによれば、「その大部分がすっかり私たち〔彼ら〕に与えられている題材を秩序立てること」に限られるだろう。次に、ダランベールによれば、「緒言」において、『百科全書』の詳細な紹介は「哲学的な諸反省」に先立たれることになろう[15]。ところで、これらの哲学的反省は、私たちの諸観念の起源と私たちの諸知識の系譜を主に扱う。こうした諸問題についてダランベールは、経験論者であるロックの歩みにしたがっているからである。「緒言」は他方で哲学史の構想も含んでいるが、「緒言」の読解には立ち入らずに、「緒言」において哲学に割り振られている位置に注意することが重要である。ところで、一読してかなりはっきり見てとれることだが、編者たちに与えられたどの題材も、彼らの目からすると、哲学的なものを何ももっていない。また哲学は、彼らによれば、これらの題材を秩序立てることに存する。こうして、哲学は『百科全書』の目的自体と、つまり百科事典の企てと混同されるように見える。『百科全書』が「哲学的辞典」であるという着想はまさにこうした考え方を端的に示している。

さらに、『百科全書』の編者たちにとって、一つの辞典はどのような意味で哲学的であるのか知る必要がある。この点についてディドロを引用しよう。彼が「百科事典」という項目で説明するところによれば、「哲学的な辞典」は、それが諸学諸芸の形而上学に認める重要性によって他の辞書とは一線を画する。「あらゆる学問、あらゆる技芸は自らの形而上学をもつ。この部分はつねに抽象的で、気高く、難しい。とはいえ、それは哲学的な辞典の主要な部分でなければならない。その〔形而上学の〕部分に開拓すべきことが残っているかぎり、説明できない諸現象があるのであり、逆もまた同じである〔つまり、説明できない諸現象があるかぎり、形而上学に開拓すべきことが残っている〕と言えよう[16]」。ディドロはこの形而上学が何に存するか明らかにしている。「したがって専心すべきである――諸事物の諸理由があるときにはそれらの諸理由を提示するように。諸原因を知っているときにはそれらの諸原因を指定するように。諸結果が確実なときにはそれらの諸結果を示すように。諸原理の直接の適用によって論争点を解きほぐすように。諸真理を証明するように。諸誤謬を暴露するように。諸偏見への信用をうまく失わせるように。人々に疑い待機することを教えるように。無知を追い払うように。人間のさまざまな知識の価値を正当に評価するように。真実を虚偽から、真実を真らしさから、真らしさを驚異や信じがたいものから、日常的諸現象を非日常的諸現象から、確実な諸事実を疑わしい諸事実から、疑わしい諸事実を不合理で自然秩序に反する諸事実から区別するように。さまざまな出来事の一般的な推移を知るように。そして、それぞれの事物をあるがままに受け取るように。したがって、科学への好み、うそや悪徳への嫌悪、そして美徳への愛を生じさせるように。というのも、最終的な目的として幸福と美徳をもたないものはすべて何ものでもないのだから(17)」。この長い展開から心に留めるべきは、哲学的な辞典は既知の諸真理を集めるだけではすまないということだ。それは同時に新しい諸真理を発見する方法を指し示すのである。それは学識の著作であるとともに、『百科全書』第三巻の「緒言」におけるダランベールの諸分析を借りるなら、「創意の著作(18)」でもあるのだ。

ディドロはこうした企ての概略を、「技芸」の項目――この項目は『百科全書』の「趣意書」の実際上の続きである――において、「諸芸全般についての哲学的論説」の計画を素描することを通して説明した(19)。彼は「神聖年代記《クロノロジー・サクレ》」の項目で、この企てを手短に取り上げ直している。「私たちの辞書は特に哲学的なので、発見された諸真理を示すことも、未知の諸真理に導くことのできる手順を示すこともどちらも私たちの義務である(20)」。彼は、「百科事典」についての項目でこの内容を新たに表明しなおすが、その際、新たな諸発見に到達する可能性はさまざまな語の定義に依存すると明言している。「もっともよく使われる類の諸用語が、不変で判明で確定したどんな観念も含まないときには、それらの用語を哲学的な書物で用いることは不適当だろう。このような用語は存在するし、なおかつきわめて数多く存在する。それらの用語の定義を、変化しない本性にもとづいて与えることができれば、また、人間たちの始終変化する習慣や偏見に従うことなく与えることができれば、それらの定義は諸発見の萌芽となることだろう(21)」。同じく「百科事典」についての項目で、ディドロは百科事典の真の目的を定義するだけにとどまらず、編者として、語彙を明確にしないことに反対する立場を表明してもいる。「誰一人として同じように理解しないある種の包括的な諸表現で皆が満足しているとして――誰も決して説明し合ったりしないので、皆が矛盾なくそれらを使っているにしても――、次に各人に〔包括的表現の〕諸要素ないしは完全で一般的な論説を問うならば、こうした名詞の単位がどれほどあいまいで不確定であるかすぐに気づかれるだろう。そして、さまざまな仲間たちに対して慎重にふるまうことで、自分にもたらされるだろう諸素材が自分の計画とおおよそ一致するようにできる、と信じるような人は、自分の目的や協力してもらう仲間たちを理解していない人なのである[22]」。

これらの引用を読むと、『百科全書』を哲学的辞典として構想することは、一方で、この著作を言語の諸辞典[23]と区別することに、他方で、認識論的な新しい見通しを素描することに行き着くように思われる。それゆえ明らかだが、編者たちにもたらされる諸素材はせいぜいばらばらな諸真理を提示しているにすぎないが、編者たちは人間の知識の範囲を押し広げようと欲しているのである。ここで賭けられているのは、一方で啓蒙の哲学と言語の諸辞典との関係であり、他方で啓蒙の哲学と諸科学との関係なのである。というのも、『百科全書』は一方で言語の歴史と知の歴史を結びつけたのだし、他方で言説の適切な形式を発展させたのだから。

実際、形式的な観点からすると、哲学的言説は百科事典という分野に適合する必要がある。そこでは論述は個別の項目のなかに封じ込められることだろう。論述は語とその定義から出発する。一方、ある哲学体系のその著者の手になる論述はふつう論説というかたちをとり、演繹的な方法で進む。以下でより詳しく示すことになるが、百科事典の分野に属する哲学はこうして哲学諸体系とは合致しない。『百科全書』の編者たちが追求するつながりは、この著作が結びつけているさまざまな知のつながりなのである。したがって、企画の当初において『百科全書』の哲学は、この著作を活性化させている哲学的精神のうちに存している、と理解されよう。

百科全書派の人たちはこの精神を、さまざまな知と私たちとの関係におけるあらゆるかたちの行き過ぎや悪習に対する解決策であると考えている。「趣味」の項目でダランベールが説明するように、哲学的精神は、知のそれぞれの分野ないし領域の諸限界を的確に判断しながら、『百科全書』における題材の配列をつかさどる。「真の哲学的精神はどのように良い趣味と対立するのだろうか。対立するどころか、それは良い趣味のもっとも堅固な支えである。というのも、この精神は、あらゆる点で真の諸原理に遡ることにあるのだから。また、次のように認めること——それぞれの技芸はその固有の本性をもち、魂のそれぞれの状態はその固有の特徴をもち、それぞれの事物はその固有のいろどりをもつと認めること——にあるのだから。一言で言えば、それぞれの分野の諸限界を混同しないことにあるのだから」[24]。諸技芸について真であることは諸科学についても真である。哲学的精神は「哲学諸体系への愛がもたらした、すべてを説明しようとする偏執に厳しい限度を」設けようとするのであるから[25]。このように、哲学的精神は「体系的精神」[26][七]に対立し、「懐疑の」[27]精神に帰着する。とくに、それが思弁哲学に適用されるときには。これはディドロが「百科事典」についての項目で強調していることである。

このように定義されて、哲学的精神は百科事典的性質をもつことになる。知のあらゆる領域で作動するという特徴をもち、デュマルセ〔一六七六―一七五六、フランスの文法家、哲学者〕によれば、この精神は「普遍的な手段」[28]の典型となっている。一方、ジョクール〔一七〇四―一七七九、フランスの啓蒙思想家、医師〕は「語源的（技法）」の項目の最後で、この哲学的精神は道しるべであると考え、「糸」と比較している。「語源研究の不確かさや味気なさのただなかで、そこにこの哲学的精神を及ぼすことは不可能ではない。この精神はあらゆるところに影響力をもつはずであり、あらゆる迷路の導きの糸なのである」[29]。結局、『百科全書』が啓蒙の進展に参画するのは、それがもつ哲学的精神のおかげであるように思われる。ジョクールによって執筆された「哲学的精神」の項目は次のような言葉で結ばれている。「諸芸や諸学を遠ざけるなら、それらを生み出すあの哲学的精神を遠ざけることになろう。そのときから、卓越したものを生み出すことのできるどんな人ももはや見つからなくなるだろう。堕落した文芸は暗闇のなかで沈滞してしまうだろう」[30]。

哲学的精神が思弁哲学の濫用に対する解決策として働くなら、この精神はまた語の濫用に対しても有効なのは明らかである。コンディヤック〔一七一五―一七八〇、フランスの感覚論哲学者〕の後に続いて百科全書派の人たちはロックを読み、語の濫用は哲学でも頻繁に起こることを心にとどめた。ディドロもこうした濫用にふれている。実際、よく使われるある種の語を定義せずに用いることは『百科全書』では避けるよう、先に引用した一節〔一八八頁〕で彼は勧めている。彼は、これらの語がしばしば、「不変で判明で確定したどんな観念」[31]も指し示さないと知っていたのである。このような批判は諸学諸芸全般に関わり、哲学の領域にも適用されうる。基底にある考え方は、哲学の諸体系についての私たちの理解は、私たちがさまざまな語に与える意味に大きく依存している、という考え方である。したがってディドロは、語の濫用に直面するとき、判断を留保することしかできない。実際、観念を欠いた諸記号しか関係しないものごとについて議論するのは無意味ではなかろうか。このことをディドロは「ホッブズ主義」の項目の次のくだりでほのめかし、そうすることで自らが宿している懐疑主義を明かしている。「私たちが着想することはすべて有限である。だから、無限という語は観念を欠いている。私たちが神の名を声に出すとしても、私たちは神をいま以上に理解するわけではない。だから神を理解する必要はなく、神を認めて崇めれば十分なのである[32]」。

『百科全書』という文脈では、上で指摘したように〔一八九頁〕、あらゆる論述は語とその定義から出発する。こうした形式的制約は哲学にとって決定的である。というのも、哲学諸体系と違って、辞書においては、また百科事典においては、どんな意味もあらかじめ定められてはおらず、どんな観念もあらかじめ決定されてはいないからである。あらゆる「先取概念《プレノシオン》」〔＝経験以前に形成される概念〕――「諸事物の先取りされた概念[33]」という意味での――はそこでは空想にすぎず、そうした概念が先入見に属すると気づくことは比較的容易である。こうした理由で、辞書はディドロにとって知の伝達《コミュニカシオン》の一つの理想を示している。この伝達においては語の意味が中心的な役割を果たす。というのも、本質的には一つの言語を別の言語に翻訳することが問題となるからである。実際、「百科事典」という項目でディドロが表明しているように、「文法と辞書は諸国民のあいだの全般的な通訳なのである[34]」。こうしたモデルから出発して、ディドロは「哲学的言語[35]」の可能性を垣間見るのである。

この伝達モデルは抽象的な理想ではまったくない。それは注目すべき批判的な道具となっており、ディドロはそれを哲学に適用することを怠らない。実際、語の意味について理解し合いさえすれば、いくつもの理論的観点のあいだで一致を見つけること、あるいは逆に、それらの観点を的確に弁別することができるであろう。

「諸説混合論者《サンクレティスト》」の項目においてディドロが書いているように、あらゆる論争はしばしば語の争いでしかないのである。「この上なく激しく言い争う哲学者たちも、理解し合うための時間を認め合うならしばしば同意し合うことだろう。〔……〕もっとも一般的には、いろいろな語を説明するだけで、二つの命題の相違性ないし同一性を浮き出させることができよう(36)」。『百科全書』では、伝達の理想はいろいろな観点を調停しようとするどんな試みも伴っていないが、それでもディドロは、言語内の諸語と、さまざまな哲学諸体系によって体現される理論的諸観点との関係を新しい光のもとで考察するよう促している。

　例えば、一つの語が一義的な仕方で一つの哲学体系を指し示すときは、おそらくその語は、それが言表された当初の文脈の外ではどんな意味ももたない。その語は、それが抽象的でどんな現象もそれに対応しない場合はなおさら、時間とともにその意味を失ってしまうだろう。その語はまた、それが慣用に依存しているなら、それが初めて使われた言語がもう一般に話されていないなら、その意味を失ってしまうだろう。また、それが生じた哲学体系がもう賛同者をもたないなら――日常の言語と同様に哲学においても慣用があるわけだが――、やはりその意味を失ってしまうだろう。したがって認めなくてはならないが、現在哲学において慣用となっているいくつかの語は、将来の世代にとっては完全に意味を失ってしまうだろう。『百科全書』において、テュルゴ〔一七二七―一七八一、フランスの経済学者、行政官、政治家〕はまさにこの現象を語源学の観点から研究している。彼は書いている。「ほとんどすべての哲学的表現は意味を変えた。ある著者の証言にもとづいて真理を打ち立てなければならない場合はいつも、彼の諸表現がもつ力を検討することから始めることが不可欠である。私たちの同時代人の精神や私たちの精神における力ではない。そうではなくて、彼の精神や彼の世紀の人々の精神における力である(37)」。したがって、あらゆる問いは、一つの哲学的表現を一つの言語から他の言語へと翻訳する可能性にある。このことはしばしば、その表現を昔の言語から私たちの同時代人の言語へと翻訳することにもなる。こうした翻訳は、誤訳をせずに、つまり同じ観念あるいは同じ現象をつねに参照しながら行われる。

この翻訳の問題は、『百科全書』においてまったく副次的なものではない。この問題が中心的であることは、ディドロが「哲学史」の諸項目の大部分を執筆する際に、ラテン語で刊行された著作、また哲学的なテクストの抜粋に注釈と注を付したものから構成された著作、つまりブルッカーの『批判的哲学史』を参照しているだけに一層明らかである。そうした「哲学史」の諸項目を執筆しながら、ディドロはいくつもの水準における翻訳を実行している。ディドロにとっては、一つの言語から他の言語への翻訳、つまりラテン語からフランス語への翻訳に、ある著者をディドロの固有の言語に翻訳することが付け加わる。翻訳者として、ディドロはつねに別の著者に基づいて書き記す。彼のなかでは、哲学史家が翻訳者を兼ねている。このようにして哲学史は『百科全書』のなかでかたちをとるのだ。翻訳は注釈の代わりをし、また、ディドロが学説に関していろいろな選択をせざるをえないように導くのである。

「ライプニッツ主義」の項目から最初の例を挙げよう。ディドロはこの項目で、ライプニッツの『モナドロジー』の第四七パラグラフの自身による翻訳[八]にコメントを加えている。つまり、神によるモナド創造を指して自身が翻訳文で用いる「数々の連続的閃光[九]」という表現は正確かと自問するのである。コメントは次のようである。「私はこの『閃光《フユルギユラシオン》』という語を使った。なぜなら、この語に対応する他の語を知らないからだ。さらに、ライプニッツのこの観念は、繊細さにおいても崇高さにおいてもまったくプラトン的なのである[38]」。ディドロはこの観念を「プラトン的」と形容するが、「閃光」という語は「プラトン主義あるいはプラトンの哲学」の項目には現れない。彼自身がこの項目の筆者なのであるが。この「閃光」という語は『百科全書』において、哲学の用語ではなく、化学と冶金学の用語として定義されている。ディドロが自分の翻訳のなかで「閃光」という語を用いることへのためらいを表明しているのだとすれば、それはおそらく、啓蒙の哲学的言語においてはこの語にどのような観念も対応するとは思えないからであろう。したがって、彼がプラトン哲学を参照するよう求めることは、彼にとっては、この語に意味を再付与しようという試みであろう。実際、『百科全書』の読者は、神的本性から万物が発出するという理論へと送り返されるのだから。この発出《エマナシオン》の理論が、ディドロによれば、いくつもの体系を調停する特徴を示していることも確認しておきたい[39]。

このようにディドロは翻訳を実践するのだが、その実践によって彼はただ、言語内の諸語と、さまざまな哲学体系によって提示される諸観点との関係に注意深くなることができるだけである。「哲学史」の諸項目によって構成されるコーパスを作り上げる際に翻訳がもつことになる重要性によって導かれて、彼は何よりさまざまな語の意味を参照するようになる。こうして、彼はある著者を翻訳する際に、他の著者の言語を借りることになる。例えば「ライプニッツ主義」の項目で、ディドロは『モナドロジー』をラテン語からフランス語に翻訳するときに、モナドに関連して「変転《ヴィシシテュード》」という用語を二度用い、ベーコンを参照するよう暗に促している。私はこの用語の二度の出現の一方だけにコメントすることにしよう。ディドロは「連続的変転[40]」という表現を選ぶことで、ラテン語の「連続的変異《ムタチオ・コンティニュア》[41]」――『モナドロジー』の原文ではフランス語の「連続的変化[42]」――を翻訳しようとしている。ところで、「変転」という用語を用いることで、ディドロはベーコンの名は出さないまま、ライプニッツの言語をベーコンの言語に翻訳しているのだ。その上気づかれようが、「変転」という用語ならびに「連続的変転」あるいは「永続的変転」という表現は、ディドロによって『百科全書』や彼の個人的作品においてかなり頻繁に使われている。『百科全書』では彼の筆の下に当該用語の数多くの出現例に出会うが、それらのなかから不変のものについての彼の定義を引用しよう。「自然は永続的変転の状態にある。それ〔＝自然〕はあらゆる物体の一般的法則の必然的な帰結である。諸物体は動いているか、動く傾向があるものなのである[43]」。同様に例として『自然の解釈に関する思索』――そこでディドロはベーコン哲学を論じている――から一つのくだりを引用しよう。次の問いである。もし「諸存在の状態が永続的変転のうちにあるなら、もし自然がなおも作業中であるなら、諸現象を結びつける鎖があるにしても[44]」、自然をどのように解釈したらよいのだろうか。ディドロがしているように、「変化」よりも「変転」という言葉を使って、ライプニッツをベーコンの言語に翻訳することは、ライプニッツ哲学の抽象性を減じて、『百科全書』の読者にとってより接近しやすくする効果をおそらくはもつであろう。

誤訳、あるいは意味の取り違えと見えるかもしれないものは、観点を変えること――固定された諸表現を参照するのではなく、諸事物や諸観念を参照することで観点を変えること――に対するディドロの適性を示している。その上、そうすることは、哲学的言語が死んだ言語になったり、翻訳不能になったりすることを避ける最良の方法ではないだろうか。ある同じ用語が、翻訳されることを通して、いくつもの理論的観点を受け入れることができるのである。その上、このことは『百科全書』がさまざまな言語辞典と原理的に共有している特徴でもある。実際、フュルティエール〔一六一九―一六八八、フランスの文学者〕の『普遍辞典』（一六九〇年）において、例えば「観念」の項目はいくつもの哲学体系を参照するよう促し、デカルト、ポール＝ロワイヤル〔十七世紀フランスのカトリック宗教改革運動〕、ロック、マールブランシュ〔一六三八―一七一五、フランスのデカルト派哲学者〕、プラトン、さらにはペリパトス派〔アリストテレス派〕の哲学者たちの相互に矛盾する諸観点を検討したのであった。[45]

『百科全書』におけるさまざまな哲学用語の定義は、今ふれた言語辞典とほとんど同じように行われ、諸観点の違いへと広く開かれることだろう。この幅広さはいくつものかたちをとることができよう。つまり、さまざまな哲学体系のたんなる検討から、いかなる実在する哲学体系も参照しないある定義の表明までのあいだのかたちである。こうして、「生得的」の項目――文法と哲学に関連する項目とされている――において、ディドロはまず生得的なものを、かなり逆説的だが、わずかな生得観念をもつ可能性さえ否定することで定義する。次の定義である。「生得的なものには、感じ思考する能力があるだけである。他のすべては獲得されるものである〔……〕」。この項目は一種の思考実験によって続けられる。「目を取り去るなら、あなたは同時に視覚に属するあらゆる観念を取り去ることになる。鼻を取り去るなら、あなたは同時に嗅覚に属するあらゆる観念を取り去ることになる。そして、味覚、聴覚、触覚も同様である。ところで、これらすべての観念と感覚が取り去られると、いかなる抽象的な概念も残らない。というのも、私たちは感覚的なものを通じて抽象的なものへ導かれるからである。とはいえ、削除という手段を用いた後は、逆の方法に従おう。かたちが一定しないが感覚をもつ物質の塊を想定しよう。その塊は触覚から得ることのできるあらゆる観念をもつことだろう。その身体組織を改善しよう。この塊を発達させよう。そうすれば私たちは同時に諸感覚諸認識への扉を開くことになろう。これら〔削除と付加という〕二つの方法のそれぞれを用いて、私たちは人間を牡蠣《かき》の状態に単純化し、牡蠣を人間の状態に高めることができるのである」。結局、「生得諸観念について考えるべきこと」(46)については、ディドロは項目の末尾に「観念」の項目(47)への参照記号を挿入している。この末尾の参照記号は特に意味がある。それは、生得諸観念の体系から生得的という概念を区別することがディドロにとってどれほど重要であるかをあらわにしている。ディドロは、生得諸観念の体系を説明することよりも、生得的という概念を定義することを選ぶ。哲学史家の本当の仕事はこの体系を説明することを要求するのだとしても。ディドロのこうした選択は、まず語を定義し、次いで事物を定義するという、百科事典の分野に属する著作に固有の必要性によって説明されよう。実際、この項目においてディドロによって詳述される思考実験が想定させるように、生得的なものは観察の対象になりうるのだ。他方、「生得観念」という言い方は、その言い方が由来する哲学体系の外では意味をもたないことが明らかである。こうした定義の例には、理論に依存するもの（生得諸観念）と、メタ理論的アプローチに属するもの（生得的なもの）との違いを明らかにしてくれる利点がある。定義はさまざまな語の意味と観察とに依拠するのであるから。

しかしながら、メタ理論的アプローチ──これはディドロのアプローチである──が哲学史と両立しうるか問うてみることができる。一つの例の検討から、この問いに対する重要な答えを引き出すことができよう。ディドロは『百科全書』の「偶発的《フォルテュイ》（文法）」という項目で「偶発的」という語を定義して指摘する。この用語は「言語のなかではかなり一般的だが、自然のなかではまったく意味がない」(48)。こう指摘しておきながら、彼はなにかの哲学体系と関係づけたりはせず、ダランベールが形而上学における「偶発的」という用語を定義している「偶発的（形而上学）」という項目[49]に読者を差し向けるだけにしている。こうして、ディドロが取り組む定義の仕事——私の例では哲学の領域に属する仕事——は、彼にとって、いろいろな語が、慣用に依存した意味を失っていくことに対して対抗するための方法であることが明らかになるだろう。

美についての彼の定義はその一例を示しており、この美という語の「哲学的意味」を明らかにしている。ディドロは書いている。「私の主張はこうである。その諸関係がどのようなものであれ、諸関係こそが美を構成することだろう。ただし、『きれいな《ジョリ》』が『美しい《ボー》』に相対するような狭い意味においてではない。そうではなく、諸関係は、あえて言えばより哲学的な意味において、つまり美一般の概念により適合し、諸言語と諸事物の本性により適合した意味において、美を構成するのである」。「美」という用語の定義は、哲学的な概念、つまり美一般の概念に関係して表明されるものの、どんな哲学体系も指し示すことはない。またディドロは、美をこのように定義することで彼が知らせようとする哲学的意味は、「諸言語と諸事物の本性に」[50]合致する、とはっきりさせている。美にかかわるこの最後の例から、ある語の哲学的意味の定義は哲学諸体系を考慮しなくてよいことを確認しておこう。

したがって、哲学史は『百科全書』においていくつものかたちをとることになろう。哲学史は観点の複数性を利用できるだろう。実際、それぞれの観点は異なった哲学大系を表示することになるのだから。こうして、それぞれの語は哲学においては、個別の哲学体系との関係において定義されることになるだろう。ただし、こうしたことは、哲学史家としてのかなり懐疑的なあり方にとどまる。こうしたやり方には、理論のレベルではあらゆる観点が同じ価値をもち、臆見にすぎない、という考え方が隠れているからである。哲学史を考えるこうした仕方——これはダランベールにおいてかなり頻繁に見かけられる——は、『百科全書』において、具体的には参照記号の使用の上に成り立っている。したがって、ダランベールによって執筆された「最善主義《オプティミスム》」の項目が目立って短く、その冒頭から「マールブランシュ主義」や「ライプニッツ主義」の項目への参照記号を含んでいることに

は理由があるのである。(51)

ディドロが翻訳と関係づけて実践したような哲学史は、それ自体、哲学的諸用語がもつ翻訳しにくいという特徴に大きく関係していることは明らかである。実際、これらの諸用語は、それらの最初の理論的コンテクストの外部ではたやすく意味を失ってしまうことがありうる。哲学史はそうした意味の喪失を補おうと、哲学的諸用語をメタ理論的な観点から定義しようとする。このことは慣用を知った上で行われる。つまり、さまざまな先入観や一般通念を考慮に入れて行われる。こうして『百科全書』は知の歴史性を浮き彫りにするにいたる。というのも、『百科全書』は、意味がコンテクストに依存するという性格に、また社会的現実性――いろいろな偏見はその現れにあたる――に、関心を寄せているからである。実際、ディドロは「過去の諸世紀における人間精神の進歩の歴史を解明する」という構想をもっていた。そして、この解明が果たされるのは、「ある著者において偶然に口を突いて出るいろいろな語、意図して論じられている題材とは無縁のいろいろな語、つまりただ著者の知性、厳密さ、あいまいさだけを特徴づけているいろいろな語」を集めることによってだとされる。(52) 以上のような哲学史の考え方はとりわけ、諸国民のあいだの意思疎通《コミュニカシオン》という理想と合致していることがわかる。こうしてディドロはブルッカーにならって、諸国民の諸見解諸学説を哲学史のなかに含めるように提言する。それに伴い彼は、「『哲学』という語に、それが普通にもつ意味より広い意味(53)」を認めることになる。ディドロの貢献によって、哲学史は『百科全書』において正真の学問分野になるのだが、彼は同時に、哲学にこのように新しい領野を開く可能性を垣間見ていたのである。

*

哲学に割りふられた空間の目立った進化が百科事典という分野のただなかにおいて見てとれる。関心は次第に哲学史に集中していくであろうから、この進化はこの哲学という学問の、哲学史に向けた将来の発展を予告している。しかしながら認めなければならない。十九世紀以来フランスで行われたような哲学史は、『百科全書』から選んだいくつかの例をもとに私が考察した諸特徴のうちのほとんどどれも示していない。『百科全書』の「哲学史」の諸項目や『系統的百科全書』の『古今哲学辞典』の諸項目からなるコーパスは、フランス語による哲学史のほとんど知られていない挿話に相当する。実際、フランス語による最初の哲学史はブロー＝デランド〔一六九〇―一七五七、フランスの哲学者〕のもの（一七三七年）であり、ジェランドー〔一七七二―一八四二、フランスの言語学者、哲学者〕の『哲学諸体系の比較史』（一八〇四年）がそれに続くと考える点で広く意見は一致している。(54) その上、十九世紀以来今日まで、フランスで行われてきた哲学史は一般にメタ理論より理論を好み、メタ理論を知らずにいることさえある。このことはしばしば、観念よりも語を問題にして諸概念を議論することに行き着くだろう。その場合、議論は何より、重要な哲学諸体系によって体現される理論的諸観点にかかわる。また、この議論は、哲学的な諸テクストがその論理的な諸論拠から検討されるようなアプローチを特権化して行われる――つまり、構造的ないし建築学的と形容することのできるアプローチである。(55) 他方、「哲学に出会う」こと――J・ブーヴレスが定式化した現代フランス哲学批判の用語を用いるとして――はさまざまな条件を前提としているが、そうした諸条件の一部はこの出会いにいたるコンテクストに依存している。この出会いは、歴史的に決定された状況において生じるほかないが、また、さまざまな語の哲学的意味を発見することも必然的に経由するのである。

[原注]

（1） M. Groult (dir.), *L'*Encyclopédie *ou la création des disciplines*〔M・グルー編『百科全書、または諸学問の創造』〕, CNRS Éditions, Paris, 2003.

（2） Darnton, Robert, *L'aventure de l'Encyclopédie*, 1775-1800〔『百科全書の冒険 一七七五―一八〇〇』〕, 1979 ; éd. Du Seuil, 1992, p. 351.

（3） D'Alembert, *Discours préliminaire*〔「序論」〕, *Enc.*, I, p. 10.

（4） D'Alembert, *Avertissement des éditeurs*〔「編者緒言」〕, *Enc.*, III, p. 4.

（5） Diderot, article ENCYCLOPÉDIE, (*Philosophie*)〔項目「百科事典（哲学）」〕, *Enc.*, V, 647 va.

（6） J. Proust, *Diderot et l'Encyclopédie*〔『ディドロと百科全書』〕, Paris, 1962, éd. Slatkine, Genève-Paris, 1982, p. 266 ; J. Brucker, *Historia critica philosophiae*〔『批判的哲学史』〕, 4 vol., Leipzig, 1742-44 ; Formey, *Histoire abrégée de la philosophie*〔『簡略哲学史』〕, Amsterdam, 1760.

（7） D'Alembert, *Avertissement des éditeurs, Enc.*, III, p. 7.

（8） D'Alembert, *Encyclopédie*, article ÉRUDITION, (*Philosophie et Littérature*)〔『百科全書』、項目「学識（哲学と文芸）」〕, *Enc.*, V, 917b.

（9） Naigeon, *Encyclopédie méthodique*〔『系統的百科全書』〕, *Dictionnaire* de *Philosophie ancienne et moderne*〔『古今哲学辞典』〕, 3 vol., Paris, Panckoucke, 1791-1794 ; C. Fauvergue (éd), Naigeon, *Dictionnaire de Philosophie ancienne et moderne*〔C・フォヴェルグ編、ネジョン『古今哲学辞典』〕, Québec, Presses de l'Université Laval, mai 2021, p. 104.

（10） C. Fauvergue (éd.), Naigeon, *Dictionnaire de Philosophie ancienne et moderne*, o. c., p. 97.

（11） J. Proust, *o. c.*, p. 267.

（12） *Histoire générale des dogmes et opinions philosophiques depuis les plus anciens temps jusqu'à nos jours*〔『哲学的諸学説諸見解の一般的歴史――最古の諸時代から今日にまで至る』〕, 3 vol., Société typographique de Bouillon, 1769.

（13） Naigeon, *Œuvres de Denis Diderot*〔『ドゥニ・ディドロ全集』〕, Paris, 1798, vol. V-VII.

（14） Bouveresse, Jacques, *L'histoire de la philosophie, l'histoire des sciences et la philosophie de l'histoire de la philosophie*〔『哲学史、科学史、および哲学史の哲学』〕 [en ligne], Paris, Collège de France, 2017.

（15） D'Alembert, *Discours préliminaire*, *Enc.*, I, p. 1.

(16) Diderot, article ENCYCLOPÉDIE, (*Philosophie*), *Enc.*, V, 642rb.
(17) Diderot, article ENCYCLOPÉDIE, (*Philosophie*), *Enc.*, V, 642va.
(18) D'Alembert, *Avertissement des éditeurs*, *Enc.*, III, p. 7.
(19) Diderot, article ART, (*Ordre encyclopédique, Entendement, Mémoire, ...*)〔項目「技芸（百科事典の秩序、知性、記憶、……）」〕, *Enc.*, I, 715b.
(20) Diderot, article CHRONOLOGIE SACRÉE〔項目「神聖年代記」〕, *Enc.*, III, 393a.
(21) Diderot, article ENCYCLOPÉDIE, *Enc.*, V, 648ra.
(22) Diderot, article ENCYCLOPÉDIE, *Enc.*, V, 641rb.
(23) Furetière, *Dictionnaire universel, contenant généralement tous les mots français, tant vieux que modernes, et les termes de toutes les sciences et des arts*〔フュルティエール『普遍辞典、古今のフランス語全単語、全学問全技芸の用語を広く含む』〕, de l'abbé, 3 volumes, La Haye et Rotterdam, 1690 ; Basnage de Beauval, 2e édition, Rotterdam, 1701.
(24) D'Alembert, article GOÛT, (*Grammaire, Littérature et Philosophie*)〔項目「趣味（文法、文芸、哲学）」〕, *Enc.*, VII, 769b.
(25) D'Alembert, article GOÛT, *Enc.*, VII, 767b.
(26) Diderot, article ÉCLECTISME, (*Histoire de la Philosophie ancienne et moderne*)〔項目「折衷主義（古今哲学史）」〕, *Enc.*, V, 273a.
(27) Diderot, article ENCYCLOPÉDIE, *Enc.*, V, 636vb.
(28) Du Marsais, article GRAMMAIRIEN〔デュマルセ、項目「文法家」〕, *Enc.*, VII, 847a.
(29) Jaucourt, ÉTYMOLOGIQUE (ART), (*Littérature*)〔ジョクール、項目「語源的技法（文芸）」〕, *Enc.*, VI, 111b-112a.
(30) Jaucourt, article PHILOSOPHIQUE, ESPRIT, (*Morale*)〔項目「哲学的精神（倫理）」〕, *Enc.*, XII, 515b.
(31) Diderot, article ENCYCLOPÉDIE, *Enc.*, V, 648ra. Voir Locke, *Essai philosophique concernant l'entendement humain* [1690]〔ロック『人間知性論』〕; P. Coste, 1700, Amsterdam, p. 622, et Condillac, *Traité des systèmes*〔コンディヤック『体系論』〕, La Haye, 1749, p. 195-196.
(32) Diderot, article HOBBISME, ou PHILOSOPHIE D'HOBBES, (*Histoire de la Philosophie ancienne et moderne*)〔項目「ホッブズ主義、またはホッブズの哲学（古今哲学史）」〕, *Enc.*, VIII, 237b.
(33) Diderot, article PRÉNOTION, (*Grammaire et Métaphysique*)〔項目「先取概念（文法と形而上学）」〕, *Enc.*, XIII, 295a.
(34) Diderot, article ENCYCLOPÉDIE, *Enc.*, V, 637rb-va.

(35) Diderot, *Pensées sur l'interprétation de la nature*〔『自然の解釈に関する思索』〕, DPV, IX, p. 32.

(36) Diderot, article SYNCRÉTISTES, HÉNOTIQUES, ou CONCILIATEURS, (*Histoire de la philosophie*)〔項目「諸説混合論者、単一神教徒、調停論者（哲学史）」〕, *Enc.*, XV, 748a.

(37) Turgot, article ETYMOLOGIE, (*Littérature*)〔テュルゴ、項目「語源学（文芸）」〕, *Enc.*, VI, 110a.

(38) Diderot, article LEIBNITZIANISME ou PHILOSOPHIE DE LEIBNITZ, (*Histoire de la philosophie*)〔項目「ライプニッツ主義、またはライプニッツの哲学（哲学史）」〕, *Enc.*, IX, 375b ; Leibniz, *Monadologie*, « Fulgurations continuelles de la Divinité »〔ライプニッツ『モナドロジー』、「神の数々の連続的閃光」〕, § 47, A. Robinet (éd.), *Principes de la nature et de la grâce fondés en raison, Principes de la philosophie ou Monadologie*, PUF, 1954, éd. 2001, p. 97 ; J. Brucker, *Historia critica philosophiae*, III, II, I, chap. VIII, « *per continuas divinitatis fulgurationes* »〔神ノ数々ノ連続的閃光ニヨッテ〕, « *De Godofredo Guilelmo Leibnizio* »〔ゴットフリート・ヴィルヘルム・ライプニッツ氏ニツイテ〕, Leipzig, 1742-1744, t. IV, 2, p. 413.

(39) Voir l'article ÉCLECTISME, *Enc.*, V, 272a.

(40) Diderot, article LEIBNITZIANISME, *Enc.*, IX, 374a.

(41) J. Brucker, *o. c.*, p. 405.

(42) Leibniz, *Monadologie*, § 10, *o. c.*, p. 75.

(43) Diderot, article IMMUABLE, (*Grammaire*)〔項目「不変のもの（文法）」〕, *Enc.*, VIII, 577b.

(44) Diderot, *Pensées sur l'interprétation de la nature*, DPV, IX, p. 94.

(45) Furetière, *Dictionnaire universel*, 2e édition, Rotterdam, 1701, t. II.

(46) Diderot, article INNÉ, (*Grammaire et Philosophie*)〔項目「生得的（文法と哲学）」〕, *Enc.*, VIII, 754a. 同様に次も参照のこと。L'article HARMONIE, (*Grammaire*)〔項目「調和（文法）」〕, *Enc.*, VIII, 50a-b.

(47) Article IDÉE, (*Philosophie, Logique*), non signé〔項目「観念（哲学、論理学）」〕, *Enc.*, VIII, 489a-494a.

(48) Diderot, article FORTUIT, (*Grammaire*)〔項目「偶発的（文法）」〕, *Enc.*, VII, 204b.

(49) D'Alembert, article FORTUIT, (*Métaphysique*)〔項目「偶発的（形而上学）」〕, *Enc.*, VII, 204b-205b.

(50) Diderot, article BEAU〔項目「美しい」〕, *Enc.*, II, 178a.

(51) D'Alembert, article OPTIMISME, (*Philosophie*)〔項目「最善主義（哲学）」〕, *Enc.*, XI, 517a.

(52) Diderot, article ENCYCLOPÉDIE, *Enc.*, V, 637b.

(53) Diderot, article JUIFS, PHILOSOPHIE DES, (*Histoire de la Philosophie*), *Enc.*, IX, 25b.

(54) Boureau-Deslandes, *Histoire critique de la philosophie* 〔『批判的哲学史』〕, Amsterdam, 3 vol., 1ère éd. anonyme, 1737 ; 3e éd., Amsterdam, 4 vol., 1756. この哲学史に先行して次の著作がある。Le Gendre, [Gilbert-Charles], *Traité de l'opinion* 〔『臆見論』〕, Paris, 6 vol., 1733. Gérando, J.-M. de, *l'Histoire comparée des systèmes de philosophie* 〔『哲学諸体系の比較史』〕, Paris, 3 vol.,1804.

(55) Voir G. Bianco, « Systèmes ou pensée ? L'histoire de la philosophie en question au Collège de France (1951) » 〔G・ビアンコ、「体系か思考か、コレージュ・ド・フランスで問題にされた哲学史」、一九五一年〕, *Revue de synthèse*, t. 141, 7e série, numéros 3-4, (2020) p. 303-347. 同様に次も参照のこと。Le projet de recherche « Passages des disciplines » 〔研究プロジェクト「諸学科間の通路」〕, dirigé par A. Compagnon, Collège de France (2012-).

【訳注】

（一）『百科全書』については、「本書に登場する辞典とその周辺」の『百科全書』の項を参照、二〇九頁。

（二）十八世紀当時行われた「一般文法」は、言語活動の一般的な諸要素・諸規則――たとえば統語法、文の構造など――がもつ意味や価値を一般的に考察した。フランス語等の個別言語を扱う「個別文法」と区別された。

（三）『百科全書』は項目をアルファベット順に配列しているが、各項目には、解説がどのような学術的な観点からなされるか、その学術分野名が付記されている。その一つとして「哲学史」がある。一七五二年の危機の後の第三巻以降、「哲学史」に分類される諸項目の執筆はディドロがほぼ一人で請け負うことになった。

（四）『系統的百科全書』については、「本書に登場する辞典とその周辺」の『系統的百科全書』の項を参照、二〇九頁。

（五）『古今哲学辞典』については、「本書に登場する辞典とその周辺」の『古今哲学辞典』の項を参照、二〇九頁。

（六）ネジョンによれば、上に見た『古今哲学辞典』の刊行はディドロの希望に沿うものだった。

（七）ここで「体系的精神」とは、抽象的な原理を前提とし、そこから命題を演繹していくことで体系を構築し、それによって「すべてを説明」しようとする態度を指す。

（八）ライプニッツ（一六四六―一七一六）の小品、いわゆる『モナドロジー』（一七一四年）はフランス語で執筆されたが、表題ももたず、著者の存命中は未刊であった。ライプニッツの自筆草稿と二つのコピーがハノーファーに、一つのコピーがウィーンに保存されている。著者の死後一七二〇年にウィーンのコピーから、この小品のドイツ語訳が『モナドロジー』という表題で出版された。一七二一年には同じくウィーンのコピーから、クリスティアン・ヴォルフ（一六七九―一七五四、ドイツの哲学者）によるラテン語訳が『哲学の諸原理《プリンキピア・フィロソフィアエ》』という表題で公表された。このラテン語訳はブルッカーのラテン語著作である『批判的哲学史』（一七四二―一七四四年）に収められた。ディドロは「ライプニッツ主義」の項目で、この『批判的哲学史』所収のラテン語訳を自らフランス語に翻訳している。なお、ディドロはライプニッツのフランス語草稿に接することはなかった。

（九）　ディドロが参照したブルッカー『批判的哲学史』に収められた、『モナドロジー』のヴォルフによるラテン語訳において、当該箇所は、ライプニッツのフランス語原文 « Fulgurations continuelles » から直訳されて « continuas [...] fulgurationes » となっている（原注38参照）。ディドロはこのラテン語を自らフランス語に直訳して、« fulgurations continuelles » としたため、結果的にライプニッツの元の表現と一致している。

（一〇）　メタ理論は、理論に関する理論。理論の生成や構造を外側から、より高い次元から論じる理論。高次理論。メタ理論については次の論文も参照のこと。C. Fauvergue, « Les aspects théoriques et métathéoriques du rapport de Diderot à Leibniz »〔C・フォヴェルグ、「ディドロとライプニッツの関係の理論的・メタ理論的諸様相」〕, revue *Libertinage et philosophie à l'époque classique (XVIe-XVIIIe siècles)*, numéro 18, Paris, Classiques Garnier, octobre 2021, p. 345-365.

【付録】
本書に登場する辞典とその周辺

1　フランス＝ルネサンス期

国語としてのフランス語が意識され始めたのは、十六世紀のことであった。一五三九年に当時の国王フランソワ一世はヴィレル＝コトレ（Villers-Cotterêts）市で、行政・司法・教会に関する事柄を扱った勅令を発した。この「ヴィレル＝コトレの勅令」は、公文書におけるラテン語の使用を禁止し、替わってフランス語を公用語としたことで知られている。フランス語の辞典がそれまでのラテン語からの対訳解説集から、今日われわれが使う意味でのフランス語辞典の形へと変わり始めたのはこの時期である。

仏羅辞典 *Dictionnaire français-latin* ……『仏羅辞典』はヴィレル＝コトレの勅令が布告された一五三九年に、エティエンヌ（Robert Estienne, *c.* 1503-1559）によってパリで刊行された。この博学な印刷工は一五三一年にすでに、『羅仏辞典（*Dictionarium seu Linguae latinae thesaurus*）』を出版していたが、一五三九年にそれを逆にして、フランス語の単語を最初に紹介することを思いついた。こうして最初のフランス語－ラテン語辞書が誕生し、フランス語－フランス語の単一言語辞書につながるプロセスが始まったのである。

フランス語宝典 *Trésor de la langue française* ……学者で外交官でもあったニコ（Jean Nicot, 1530-1604）は、一五七三年のエティエンヌの『仏羅辞典』の再版に関わり、注を付している。エティエンヌの辞典を改良し、定義により多くの語を費やした『フランス語宝典』は、彼の死後、一六〇六年にパリで刊行された。

2 十七世紀

十七世紀はフランス語の規範化が行われた時代である。国王たちはそれぞれの方法で、フランス語にかかわった。一六〇五年にアンリ四世の招きで宮廷詩人となったマレルブ（François de Malherbe, 1555-1628）は、それまでのフランス詩に使われていた古語や方言を排し、文法的な整合性や厳格な詩法を要求して、近代フランス語の確立に重要な礎石を据えた。ルイ十三世の治世下で宰相を務めていたリシュリュー（Armand Jean du Plessis, cardinal et duc de Richelieu, 1585-1642）は一六三五年にアカデミー・フランセーズを創設した。その目的は、国語としてのフランス語の保存と純化であった。文法家のヴォージュラ（Claude Favre de Vaugelas, 1585-1650）はアカデミーに招かれ、辞典編纂を委ねられている。彼は一六四七年にアカデミーでの語彙や文法、文体に関する論議をまとめた『フランス語に関する覚書（*Remarques de la langue française*）』を上梓した。世紀末にはスタイルの異なる大規模な辞典が三種刊行された（一六八〇年のリシュレの『フランス語辞典』、一六九〇年のフルティエールの『普遍辞典』、一六九四年の『アカデミー・フランセーズ国語辞典』）。

フランス語辞典 *Dictionnaire français*

『フランス語辞典』はリシュレ（César-Pierre Richelet, 1626-1698）によって一六八〇年にジュネーヴで刊行された、フランス語単一の最初の辞典である。これは古語、方言、俗語などを排して、フランス語の「美しき用法（bon usage）」を打ち立てることを目指しており、「紳士《オネットム》（honnête homme）」を対象とした。十七世紀の著名な作家たち（ボワロー、モリエール、パスカル、ヴォージュラら）の作品から選ばれた用例が掲載され、寄稿者であるリシュレ、パタン、ブウールらからも引用されている。リシュレは増補・改訂版も刊行しているが、そのうち彼の死後に出版されたものには、ピエール・オベール（Pierre Aubert, 1642-1733）によるもの（リヨン、一七二八年）と、グージェ（Claude-Pierre Goujet, 1697-1767）によるもの（同、一七五九—一七六三年）がある。

普遍辞典 *Dictionnaire universel*

フュルティエール（Antoine Furetière, 1619-1688）は一六六二年にアカデミー・フランセーズに選出されたが、アカデミーの辞典編纂とは別に、独自に『普遍辞典』を作成した。リシュレのように「美しき用法」ではなく、副題の「古今の全フランス語彙、技芸学術の用語を包括する」が示しているように技術的・専門的な語彙を積極的に採用し、語義を説明している。彼の死後の一六九〇年に初版の最初の二巻がアムステルダムで出版され、ピエール・ベール（Pierre Bayle, 1647-1706）による序文が付された。『諸宗教の寛容について』（一六八四年）を著したバナージュ・ド・ボヴァル（H. Basnage de Beauval, 1656-1710）は一七〇一年に、フュルティエールの辞典に改訂を加えて刊行した。

アカデミー・フランセーズ辞典 *Dictionnaire de l'Académie française*

アカデミー・フランセーズ発足後六十年の一六九四年に初版が刊行され、ルイ十四世に献じられた。以来、度々改版され、現在第九版が刊行されている。初版の序文では、本辞典は使われなくなった古語や芸術・科学用語ではなく、一般的な言葉に定義を与えるものと述べられている。初版は単語を語源によって配列していたが、二版ではアルファベット順になった。

3　十八世紀

百科事典刊行の動きは、フランスではモレリの『歴史大辞典』（一六七四年）、ベールの『歴史批評辞典』（一六九七年）、ショメルの『家政学辞典』（一七〇九年）、『トレヴー辞典』（一七〇四―一七七一年）、ドイツではブルッカーの『批判的哲学史』（一七二四―一七四四年）などにみることができる。またイギリスでは、チェンバーズ（Ephraim Chambers, *c.* 1680-1740）の『サイクロペディア、または諸芸諸学の百科事典』（一七二八―一七四二）が刊行された。フランス在住のイギリス人ミルズは、『サイクロペディア』のフランス語への翻訳企画を、パリの王室公認の出版業者であるル・ブルトンのところへ持ち込んだ。ル・ブルトンは『サイクロペディア』の翻訳を企画し、最初はフランス科学アカデミーのマルヴが編集者として予定されていたが、マルヴはル・ブルトンと意見が合わなかったため辞任する。その後、編集を依頼されたディドロは、ダランベールを共同編集者にむかえ、他にも多くの知識人を結集して、チェンバーズの翻訳ではなく、フランス独自の新しい辞典、『百科全書（アンシクロペディ）』を作ることを決意し、実行に移した。

歴史大辞典 *Le Grand Dictionnaire historique*

カトリックの司祭であり、神学者でもあったモレリ（Louis Moréri, 1643-1680）によって編纂された百科事典である。地理的・歴史的項目を多く含んでいる。モレリは第二版（一六八一年）の出版直前に亡くなったが、死後も版は重ねられ、一七五九年に最終版が刊行された。

歴史批評辞典 *Dictionnaire historique et critique*

ベールはカルヴァン派の家庭に生まれ、フランスからオランダに亡命した哲学者である。彼は新教徒迫害に対して、宗教的寛容を訴えていた。『歴史批評辞典』はベールによって、モレリの『歴史大辞典』などの従来の辞典や歴史書の誤謬や歴史の伝説化を正すことを目的として構想された。

本文下部に二段組みで大量の注を付ける形で構成されている。時に本文以上の分量で展開される注釈は、この辞典が「批評」辞典であることを印象づけている。一六九六年に初版が刊行されてから好評を博し、ベールの没後に至るまで改訂版が繰り返し刊行された。五十年の間に出版された八冊のフランス語版に加え、英語版（一七〇九年と一七三四―一七四一年の二版）とドイツ語版（一七四一―一七四四年）などが刊行された。

仏羅普遍辞典（トレヴー辞典）*Dictionnaire universel françois et latin*

フランス中東部の町トレヴーを拠点とするイエズス会の指導のもとに編纂されたため、『トレヴー辞典（*Dictionnaire de Trévoux*）』と呼ばれる。一七〇四年の初版はバナージュ・ド・ボヴァルがフュルティエールの辞典に手を加えたものを元にしているが、いずれの名も掲載せず、別の辞典の体裁を取っている。アルファベット順の百科事典の形をとっており、項目には固有名詞も含まれている。改訂を重ね、一七四三年には大幅な増補改訂を施した第四版を刊行、一七五二年の第五版を経て、一七七一年の第六最終版は八巻にまで拡充された。

家政学辞典 *Dictionnaire œconomique*

パリのサン＝シュルピス教会の神学校を出たショメル（Noël Chomel, 1633-1712）は、パリ近郊のアヴロンの城と神学校の所有地の管理を委ねられた。彼はルイ十四世の庭師の知己を得て農学を学んだ。またサン＝ヴァンサンの教区司祭として派遣されたリヨンでは、総合病院の財務官も務めた。こうした多様な職務や知友関係によって得た、農学を始めとする知識を『家政学辞典』としてまとめ上げた（初版二巻）。初版は一七〇九年に私家版の形で刊行された。一七一八年には第二版が刊行され、その後一七六七年まで版を重ねた。ショメルの辞典は英語、オランダ語、ドイツ語に訳述され、オランダ版は日本の江戸時代の蘭学者たちに重宝された。オランダ版を原本とする『厚生新編』の編纂は、江戸幕府の翻訳事業として文化八年（一八一一年）に開始された。

フランス語類語辞典 *Les Synonymes français*

類語研究は十八世紀初頭においてはじめられた。その発端となったのはジラール神父（Gabriel Girard, 1677-1748）の類語研究である。彼は一七四四年にアカデミー・フランセーズのメンバーとなった。『フランス語類語辞典』は一七三六年に刊行されて版を重ねた。ボーゼ（Nicolas Beauzée, 1717-1789）はそれに加筆する形で、増補版を編纂した。『百科全書』や『系統的百科全書』は、『類語辞典』との関係が強く、一部抜粋や転載された項目等も存在する。

批判的哲学史 *Historia Critica Philosophiae*

J・ブルッカーの主著『批判的哲学史』は、全五巻が一七四二年から一七四四年にかけて、ライプツィヒで刊行された。その成功を受けて、新版が一七六六年から一七六七年にかけて六巻で出版され、エンフィールド（William Enfield, 1741-1797）が一七九一年に英訳を手掛けた。近代における哲学諸派の最初の歴史書であり、豊富な資料と伝記を含んでいる。

百科全書、あるいは学問、技芸と工芸の合理的辞典 *Encyclopédie, ou Dictionnaire raisonné des sciences, des arts et des métiers*

『百科全書』は、ディドロ（Denis Diderot, 1713-1784）、ダランベール（Jean Le Rond D'Alembert, 1717-1783）の共同編集により一七五一年に刊行が開始されたアルファベット順の百科事典。第二巻刊行後の一七五二年と、第七巻刊行後の一七五九年に、王権の弾圧によって刊行中断の危機を迎えたが、それを乗り越え、一七七二年に本文十七巻と図版十一巻で完成した。版元・編集者が変わって『補遺』（一七七六―一七七七年、本文四巻、図版一巻）も刊行された。

系統的百科全書 *Encyclopédie méthodique*

『系統的百科全書』（一七八二―一八三二年）は、出版業者パンクーク（一七七六―一七八〇年に『百科全書　補遺』も刊行した）がアルファベット順であった『百科全書』の諸項目を、分野ごとにまとめるかたちに編成しなおした百科事典である。四十の分野ごとの辞典からなる。また、新たに執筆協力者を募って内容を大幅に増補した。十九世紀に入っても刊行が続けられ、期間にして約五十年、巻数にして約二百巻という規模に達した。

古今哲学辞典 *Dictionnaire de Philosophie ancienne et moderne*

『古今哲学辞典』（一七九一―一七九四年、全三巻）は『系統的百科全書』を構成する辞典の一つであり、ディドロの友人であるネジョン（Jacques-André Naigeon, 1738-1810）によって編集された。『百科全書』中の「哲学史」に分類される諸項目（ほとんどがディドロの執筆による）を再度収録し、ネジョンが諸項目に注などの補足を加えた。ネジョンはまた、ディドロが資料をブルッカーの『批判的哲学史』に頼ったのと異なり、自ら直接原著を参照した上で、新たな諸項目を執筆して追加した。

あとがき

この共同論文集がどのようにできあがったのかについて、すこし触れておきたい。筆者は科学研究費の助成を受け、「十八世紀貴族文化を基盤とした文学・思想と近代精神の誕生」（20K12983）という課題で研究に取り組んでいた。この課題で目指したのは、啓蒙思想が近代社会の思想的起源となったとする一方的な流れで歴史を捉えないこと、十八世紀のフランスを構成していたさまざまな要素のうちでも、とりわけ貴族と関わりの深かった自由思想（libertinage）に目を向けることである。研究を進めるにつれて、十八世紀フランス社会の複雑さと豊かさに驚くことになった。それを示唆するかのように、libertinage という語は、「自由思想」「不信仰」「放蕩」などを表しており、哲学的意味から王族や貴族の生活の乱れを批判するニュアンスまで、幅広い意味を担っている。

二〇二〇年にミシェル・ドゥロン氏の *Le Principe de délicatesse: Libertinage et mélancolie au XVIII*^{e} *siècle*（Albin Michel, 2011）を翻訳し、『アンシャン・レジームの放蕩とメランコリー――繊細さの原則』と題して水声社から刊行した。この書籍は文学・哲学書、回想録、絵画などの数多くの資料を通して、十八世紀のフランス社会に多方面から光を当て、その様相を丁寧に描きだしている。タイトルともなっている「繊細さ（délicatesse）」という概念——それに注目した経緯については、ドゥロン氏が自身の文章の中で語っている——と、十八世紀におきた価値観の変化、そして啓蒙の主軸ともいえる「理性」の傍らにある別の知、あるいは「理性主義」の余白(marge) にあるもの等々についてさらに知りたいと考え、松本潤一郎氏と話す機会があった。松本氏はフランス現代思想を研究している。十八世紀が有していた様々な要素は、他の時代においてどのように反響したのだろうかと、話が次第に広がった。時代同士の明証的な繋がりというよりは、「共鳴」や「呼応」、「こだま」といったイメージが念頭にあった。そして複数の論議を重ね合わせたいと願い、シンポジウムの企画が立ち上がった。

シンポジウムは二〇二二年に信州大学で開催された。大変興味深かったのが、各々の講演と発表を聴いているうちに、それらがところどころで反応し、反射しあい、点と点が急に線で結ばれるような、不思議な感じを覚えたことである。その時の感覚を形にしたいと思い、書物としてまとめようという願望へとつながった。その結果、生まれたのが本書である。

*

シンポジウムの開催と書籍の刊行にあたって、多くの方々の尽力を得た。まずは何をおいても、講演者・発表者であり、執筆者でもあるミシェル・ドゥロン氏、クレール・フォヴェルグ氏、吉田正明氏、シャルル・ヴァンサン氏、松本潤一郎氏と、翻訳者の飯野和夫氏の名前を挙げるべきだろう。筆者の呼びかけに快く応じてくださったこと、貴重な助言とご協力をいただいたことに、深甚な謝意を表したい。また、シンポジウムの際に、信州大学の鎌田隆行氏、日本大学の齋藤山人氏が、フォヴェルグ氏とヴァンサン氏の発表の司会をつとめてくださった。さらにドゥロン氏のテキストの翻訳には、微積分学と数学史の知識が必要となったため、信州大学の高野嘉寿彦氏、平井佑樹氏の協力を仰いだ。出版に関しては、水声社の鈴木宏氏、編集者の廣瀬覚氏、佐原希生氏に大変にお世話になった。衷心より感謝申し上げる。

二〇二五年一月

鈴木球子

編者／執筆者／翻訳者について——

鈴木球子（すずきたまこ）　一九七九年生まれ。現在、信州大学准教授。専攻は、フランス文学・哲学。主な著書に、『サドのエクリチュールと哲学、そして身体』（水声社、二〇一六年）、主な訳書に、ミシェル・ドゥロン『アンシャン・レジームの放蕩とメランコリー——繊細さの原則』（水声社、二〇二〇年）などがある。

＊

ミシェル・ドゥロン（Michel Delon）　一九四七年生まれ。ソルボンヌ大学名誉教授。専攻は、十八世紀文学・思想史。主な著書に、*Le Savoir-vivre libertin*（Hachette Littérature, 2000. 邦訳、『享楽と放蕩の時代』、原書房、二〇〇二年）、*Le Principe de délicatesse: Libertinage et mélancolie au XVIIIe siècle*（Albin Michel, 2011. 邦訳、『アンシャン・レジームの放蕩とメランコリー』、水声社、二〇二〇年）、*L'Idée d'énergie au Tournant Des Lumierès*（Presses Universitaires de France, 1988, Classiques Garnier Multimedia, 2023）、主な編著に、*Le Dictionnaire européen des Lumières*（Presses Universitaires de France, 2007）などがある。

松本潤一郎（まつもとじゅんいちろう）　一九七四年生まれ。現在、就実大学教授。専攻は、フランス現代思想・文学理論。主な著書に、『ドゥルーズとマルクス——近傍のコミュニズム』（みすず書房、二〇一九年）、『ピエール・クロソウスキーの現在——神学・共同体・イメージ』（共著、水声社、二〇二〇年）などがある。

シャルル・ヴァンサン（Charles Vincent）　一九八二年生まれ。現在、ポリテクニーク・オー＝ド＝フランス大学准教授。専攻は、十八世紀思想史・表象史（特に文学史）、ディドロ研究。主な著書に、*Diderot en quête d'éthique (1773-1784)*（Classiques Garnier, 2014）などがある。

吉田正明（よしだまさあき）　一九五七年生まれ。信州大学名誉教授。専攻は、フランス文学・フランス文化論。主な著書に、『シャンソン・フランセーズの諸相と魅力——民衆文化の花束』（編著、大阪大学出版会、二〇二四年）などがある。

クレール・フォヴェルグ（Claire Fauvergue）　一九六四年生まれ。現在、モンペリエ第三大学CRISES（人文社会科学学際研究センター）研究員。専攻は、フランス文学・哲学。主な著書に、*Diderot, lecteur et interprète de Leibniz*（H. Champion, 2006）、*Les Lumières et Leibniz avant la publication des Nouveaux essais sur l'entendement humain*（H. Champion, 2015）、主な訳書に、ニコラ・ポワソン『デカルト『方法序説』注解』（共訳、知泉書館、二〇二二年）などがある。

＊

飯野和夫（いいのかずお）　一九五一年生まれ。名古屋大学名誉教授。専攻は、近現代フランス思想。主な訳書に、ジャック・デリダ『たわいなさの考古学——コンディヤックを読む』（人文書院、二〇〇六年）、シャルル・ボネ＋マリー・フランソワ・グザヴィエ・ビシャ『生と死』（共訳［ボネ『心理学試論』担当］、国書刊行会、二〇二〇年）などがある。

理性の周縁——古典主義時代と近代の再考

二〇二五年三月一〇日第一版第一刷印刷　二〇二五年三月二〇日第一版第一刷発行

編者——鈴木球子

装幀者——西山孝司

発行者——鈴木宏

発行所——株式会社水声社

東京都文京区小石川二—七—五　郵便番号一一二—〇〇〇二

電話〇三—三八一八—六〇四〇　ＦＡＸ〇三—三八一八—二四三七

［編集部］横浜市港北区新吉田東一—七七—一七　郵便番号二二三—〇〇五八

電話〇四五—七一七—五三五六　ＦＡＸ〇四五—七一七—五三五七

郵便振替〇〇一八〇—四—六五四一〇〇

URL : http://www.suiseisha.net

印刷・製本——精興社

ISBN978-4-8010-0850-2